U0931114

我想和你好好的

I WANT TO HAVE A GOOD.

流年凉薄如水，唯有爱情暖如花火。

我倔强守候，只因我知，回头处，有你目光如初。

彼岸花主／著

中国文联出版社
http://www.clapnet.cn

图书在版编目（CIP）数据

我想和你好好的 / 彼岸花主 著. - 北京：中国文联出版社，2015.8

ISBN 978-7-5190-0266-4

Ⅰ. ①我… Ⅱ. ①彼… Ⅲ. ①长篇小说－中国－当代

Ⅳ. ①I247.5

中国版本图书馆CIP数据核字(2015)第214849号

我想和你好好的

作　　者：彼岸花主

出 版 人：朱　庆

终 审 人：奚耀华　　复 审 人：姚莲瑞

责任编辑：陈若伟　　责任校对：陈　烨

封面设计：杜林枫　　责任印制：陈　晨

出版发行：中国文联出版社

地　　址：北京市朝阳区农展馆南里 10 号，100125

电　　话：010-65389144（咨询），65067803（发行），65389150（邮购）

传　　真：010-65933115（总编室），010-65033859（发行部）

网　　址：http://www.clapnet.cn

E - mail：clap@clapnet.cn　　chenrw@clapnet.cn

印　　刷：河北信德印刷有限公司

装　　订：河北信德印刷有限公司

法律顾问：北京市天驰洪范律师事务所徐波律师

开　　本：880×1230mm　　1/32

字　　数：226千字　　印　　张：10.25

版　　次：2015 年 10 月第 1 版　　印　　次：2024 年 3 月第 2 次印刷

书　　号：ISBN 978-7-5190-0266-4

定　　价：46.00 元

若我白发苍苍，容颜迟暮，
你会不会依旧如此，
牵我双手，倾世温柔？

目　录

第一章　归来

“你还敢回来?”

这是苍颜回到那个所谓的家中时迎接她的第一句话，而她的对面站着的是她那个冷血无情、杀伐决断的祖父。

苍颜缓缓抬起头毫不避让地回视着她那个年迈却依旧身体硬朗的祖父，他此刻的眼神就像是盯着一个要来抢夺他财产的盗贼一样，当年他也曾用过这样的眼神盯灼过她的母亲吧，只是这么多年过去了，他的心里真的就没有一丝亲情荡漾过吗?亲情冰冷至此，他以为她真的愿意回来吗?

“离家多年，理当回来看看，祖父的身体还是与九年前一样硬朗!”

“既然选择了离开又回来做什么?这个家不欢迎你，就像当初不欢迎你母亲一样!”夏宾鸿的声音中透着毫不遮掩的厌恶，是的，厌恶，就像厌恶当年的蔚涯一样!

苍颜的脸上划过一丝失落，是啊，这个家不欢迎她，她本就是无家的孩子，怎么竟会奢望这个世上还有亲情存在。不知道当年蔚涯来到这个家的时候面临的是不是也是这样的情景，当时的她又是怎么化解这份难堪的呢？她那样娴静的女子除了默默忍受别人的百般刁难还会做什么呢？她一定惊惶不安地一退再退吧……

夏宾鸿看着沉默不语的苍颜，浑浊的眼中闪过一丝讥笑，他以为苍颜和当年的蔚涯一样，不过是个胆小怕事的小女子而已，然他并不知晓，就是眼前这个他瞧不上眼的女子，即便什么都没做，却也让他光鲜的一生以惨淡落幕！

“只要你不再出现，我会给你一笔钱，足够你安稳的过一生，追求你那所谓的梦想！”他的眼里闪烁着精明的光泽，当年的蔚涯在他说出了这句话后就离开了，没有人会抵得住金钱的诱惑，他如是想着。

“你那些肮脏的钱要一次就够了，我这次回来不是来找你的，是来找他的！”苍颜用手指了指站在一旁的夏明宇，她看着唯唯诺诺从她进来到现在一句话都没说的夏明宇，眼中闪过一丝恨意，声音凉凉地说道：“猫儿死了，除了我，蔚涯和这个家中最后的一丝牵连也断了，不过你们不当我是这个家中的一份子，我也从不认为我是这个家里的一份子，我是来替蔚涯向你告别的，你就好好守着你淡漠的世界过一辈子吧！”

苍颜离开的时候恰好在门口碰到刚下车的彭熙夜，两个人都有一瞬间的愣怔。

彭熙夜的脸上慢慢浮现出一丝惊讶，一丝欣喜，声音有些发紧地问道：“苍颜，苍颜，是你吗？”

苍颜扭头看向蓝天，沉默了一会儿才平下心中掀起的涟漪。她和这个冰冷的家已没有任何牵连了，当然也包括这个曾经屈服于夏宾鸿威逼利诱的彭熙夜！他看起来是那么意气风发，成熟帅气，只是他再也不是当年的彭熙夜了，她不是也非当年的苍颜了吗？时隔这么多年，人总是在变化的，从自己喜欢的样子变成自己讨厌的样子。

“是我。”

彭熙夜脸上绽出笑容，“苍颜，你终于肯回来了，这么多年你都去了哪里？我找……”

苍颜冷冷地打断了神情激动的彭熙夜：“我还有事，先走了！”

九年了，如今再说这些还有什么意义？人走方知情深吗？可是她再也不对亲情和爱情抱有幻想了，她更不想再拥有一份随时都会覆灭的感情，那种整个天空轰然塌下来将她埋没的感觉，她不想再承受。

“一定要这样吗？”熙夜那有些悲凉的声音从背后传过来，苍颜的脚便不自觉地顿住了。“九年了，当年你一声不吭的离开已经九年了，你现在回来一定要这么陌生吗？早知如此当年我放下所有包袱陪你去过那惬意潇洒的生活该有多好……”

苍颜的手不自觉地握紧，她紧紧地盯着脚下的地面，这么光华平坦的地面覆盖住的是曾经那深深的泥淖，她在这里一步一步走的有多艰难他不是没看见，可是他除了漠然地看着什么都没做，甚至在她流泪的时候他正牵着别的女生的手……

她努力深呼吸了几次，转身淡笑道：“彭先生是有妻室的人，说话还是谨慎一些的好，既然都已经做出了选择，这样的话以后还是不要说了，免得娅婻听到会胡思乱想！”

彭熙夜微微一怔，是啊，他已经有了妻子，他也从以前的熙夜变成了现在的彭先生，九年了，到底是物是人非了！他看着她坚挺的背影，心中升起一股怅然，她的头发剪短了，个子也长高了，脚上也穿起了高跟鞋，是都不一样了……

“对不起！”纵然有千言万语他能说的也只有这三个字了。

苍颜抬了抬下巴，头也没回。对不起，呵呵，好淡漠的几个字啊！就像夏明宇身体的血一样淡漠，抑或像夏宾鸿体内的血一样冷漠，只是她不需要！

高跟鞋撞击地面的声音一下一下敲着她的神经，没有人知道当她知道他结婚的消息时是多么的绝望，曾经的海誓山盟是多么的可笑啊！年少时的一段情让她痛了这么多年，甚至不得不离开这个生了她的地方……

彭熙夜，彭熙夜。

彭熙夜，彭熙夜。

我只是想来替蔚涯向夏明宇告别一声，没想到竟然这么不凑巧的遇到你！彭熙夜，当年我一定是疯了才会让你那样子的践踏！我已经决定斩断所有过往了，为什么上天还要让我再遇到你？你有你的妻，我有我的梦，从此桥归桥，路归路，各自天涯不是更好吗？

彭熙夜默默地站在那里看着她决绝离去的背影，这样的背影他好像在哪里见过。是的，他见过，九年前见过一次这样决绝的背影，连身上散发出来的冷漠气息都是一样的。当时的她，一个人，一只猫，一个背包，瘦弱的背影和现在一样微微坚挺着。

离开豪华的别墅区，苍颜坐着地铁来到这座城市的另一边。曾经蔚涯也这样两边赶吧，一边是爱情，一边是亲情，当时必定受尽了内心的煎熬才会那么决绝的离开吧。蔚涯，你终究是错看了那个男人，也错付了你一生的爱。

站在门前仿佛看到了来为她开门的姥姥，可是她眨了眨眼睛，哪里还有姥姥的身影，立在眼前的不过是一道红色的铁门，门上已锈迹斑斑。

苍颜掏出钥匙，有一瞬间的愣怔，重新回来已物是人非。

她在门前站了好一会儿，看着空荡荡的满是灰尘的房子，仿佛还看到了姥姥放下手中的活计，笑着迎过来和蔼地说一句："颜儿回来啦，饭马上就好了，你先进屋坐着!"

她缓缓走进屋内，打量着空空的房子，姥姥是极爱干净的人，怎么会允许房间里有这么多的灰尘呢？以前，姥姥每隔三天都会打扫一次房子，即便后来老了，扫不动了，也会让钟点工过来打扫。

可是这一次回来也只是来告别的，她在这里住不了，她要马上就走，继续她孤独的流浪生活，去追寻蔚涯曾经的脚步……

"姥姥，颜儿回来看看，就要走了。"

"你走，我不拦你，常回来看看就好，毕竟根在这儿。"姥姥亲切的声音响在耳畔，她的手缓缓抚摸上苍颜脸庞，眼中蓄起一层水雾，"你这孩子每出去一趟，总是要好久才回来，得好好照顾着自己才好，姥姥也好放心……"

苍颜微微闭上眼睛，好不容易控制住了想要大哭的冲动。

她站在窗前眺望着远方，十八层的高度，跳下去真的是会粉身碎骨。曾有人亲身做了这个实验，了结了一生！她看了看地面，很高，地上的人都快成了小不点儿，可一旦血在地上晕开了，即使真的很小也是能看的到的……蔚涯，那时你怎么就忍心抛下我们了呢？

她走到楼下的时候看到了斜倚着车子的彭熙夜，他身上穿着西装，衬托着他的好身材。只是身体斜靠在车子上的他指间夹着一根燃着的烟，曾经他说很讨厌抽烟，这辈子也不会碰，可是如今他也学会抽烟了，人果真都是在变的。

彭熙夜见她出来，慌忙扔掉指间的烟，站直了身体。他记得她最不喜抽烟的男生。是的，有关她的一切他都还记得，只是不知，她是否还记得？

苍颜本想绕开的，可是彭熙夜已经挡在了她跟前，他比以前更高了，也比以前成熟魅力了，棱角分明的脸上流露出些许哀伤，这本不应是他该有的表情，脑海中的他何曾有过这样的神情？

他看了看她臂上的包，比以前有品位多了，也干练多了，只是也淡漠多了，“你又要走吗？”

苍颜捋了捋挡到眼前的刘海，漫不经心地问道：“你怎么知道我在这里？”

彭熙夜双眼紧盯着神情淡漠的她，良久，微微一笑，“我不知道你在这里，只是想着在这里等一定会等到你。”

苍颜默默地看着眼神忧郁的彭熙夜，再一次领会到了命运的奇特之处。九年前，她曾问过他，究竟有没有爱过她，可是当时的他只是用冰冷的眼睛安静地看着她，一句话也不说。现在突然想到要挽留了吗？可惜这已经不是九年前了，她也不是十八岁了。

“我有理由留下来吗？”

“就当是给我一个向你赎罪的机会……”

“呵！”苍颜讽刺地轻笑一声，抬起头看着他琥珀色的眼眸，原来不想让她离开，只是为了想要获得一个赎罪的机会？原来九年过后，他们之间就只剩下歉意了。“赎罪吗？我真的不需要，若真觉得亏欠，就对娅婻好一些吧！”

彭熙夜的眼中似乎有什么东西一瞬间崩裂了，只是这么多年的商场熏陶，他怎么会轻易就让人看到他眼里的脆弱呢！他侧了侧身，抬头看了一眼蓝天白云，才猛然想到这么多年的行色匆匆，竟让他忘记驻足欣赏一下身边的风景，只要抬一下头就能看到那些干净纯粹的东西，可是这九年，竟是不曾这样抬头看过一次！

“我曾按照你在网上发布的图片找过你，只可惜我每次到的时候你都已经换了地点……”

找过吗？原来那个在西湖看到的有些熟悉的身影真的是他，当时她心里想着她再也不想见到他，那就不能让他找到她，所以她就不再发布图片了，自然也就不会再有她的消息了。只是他如果真的想找她，又怎么会找不到？她曾经在一个地方停留了四年，她读大学的那四年，他若真的要找她，又怎会难得住。

“彭熙夜，你现在跟我说这些还有什么意义呢？让我相信你自始至终都爱着我吗？”苍颜嘴角的微笑带着些许自嘲，“当年的苍颜死了，现在的苍颜是另外一个人，彭熙夜，你醒醒吧！”

“不，以前的你没有死，不然你也不会再回到这个地方来！”彭熙夜有些激动地说道：“苍颜最放不下的就是感情，她曾说她是依附于感情而活着的人……”

“难道只有生命消亡才算死了！”苍颜缓缓后退一步，“我是依附于感情而活着的人，当我的亲情、爱情、甚至友情一夕之间全都失去的时候可不就是死了？”

她的眼中渐渐升起一丝水雾，“彭熙夜，你还在奢求什么呢？奢求我会忘记那些日子里你们带给我的痛，然后带着一颗囫囵的心回到你身边吗？你真狠！”苍颜收了收脸上的表情，忽然魅惑一笑，声音也柔和了不少，“你难道不知道，多情又滥情的男人总是不如谦谦君子那般受欢迎？”

彭熙夜的脑中犹如闪电划过。曾经，在什么时候，豆蔻年华里情窦初开的她曾说过，谦谦君子，温润如玉，是她心中最喜的。

苍颜终究还是没有走掉。那天赶走了彭熙夜之后，突然就接到了一家出版社的电话，说是她发在网上的小说他们十分感兴趣，问能否面谈合作之事。她本想置之不理的，这么多年来她一个人无拘无束地过惯了，即便是对文字她也不想被束缚。

不过她还是答应了面谈的事情。

咖啡厅里放着悠扬的音乐，听了让人觉得全身的细胞都在放松，果真是个舒适的地方。

苍颜看着对面正在浏览书稿的出版社主编，见她看得认真也就不去打扰。她很庆幸选了一个靠窗的位子，她可以在面对陌生人时不那么局促。太专业的人总是会给人一种无形的压力，仿佛她就是法官，惊堂木一拍就能决定你的生死。

“吕小姐之前有没有跟其他出版社合作过?”沉稳冷锐的罗主编终于从书稿中抬起头来。

苍颜闻声回过头来，淡淡一笑，“有的。”

罗主编的脸上露出一抹职业女性的笑容，“吕小姐的文笔是很不错的，之前也在网上看到过你的小说，当初还以为苍颜这个名字是你的笔名，没成想竟是吕小姐的原名。”

“若我白发苍苍，容颜迟暮，你会不会依旧如此，牵我双手，倾世温柔？这是我名字的由来。”

罗主编淡淡一笑，“很诗意的名字，看来吕小姐也是出生在书香门第。”

苍颜笑的很浅，侧头看向窗外，她不打算在这个话题上深聊。罗主编观察到她脸上细微的情绪变化，也很识趣地转移话题，“吕小姐是怎样看待出书的呢？”

“在我看来，出书与否是要靠缘分的。”

罗主编的嘴角渐渐漾起一丝微笑，这个年龄就这样淡然的人还真是鲜少遇到，这女子身上流露着淡淡的忧伤气息，想来人生的经历也不少吧，不然待尘埃落定之后也不会这么自然了。她看着她，突然就想多聊几句，聊一些与工作无关的事情，是的，她想多了解她，多了解这个能让盛华集团的总经理亲自出面的人身上究竟有什么特质。

“吕小姐，除了喜欢文字之外，不知还有没有别的兴趣爱好？”

苍颜的反应有些错愕，她不曾想过这个以雷厉和专业著称业界的罗主编会好奇她的兴趣。一个人久了，果真连大脑都变得迟钝了。她捋了捋刘海，微微一笑，“摄影。”

短短两个字。简单利索。

许是见多了别人的奉承谄媚和唯命是从吧，也许是她身上那股忧伤而又洒脱的气息太吸引人了吧，罗主编竟是对她越发地感兴趣了。罗主编正色道：“不知吕小姐有没有兴趣来我们出版社工作？”

苍颜这次更加错愕了。曾经她站在罗主编所在的出版社门口静静看着那醒目的招牌，每一个从出版社出来的人不管是什么身份她都会崇拜地目送他们离开。没想到她曾经最崇拜的主编竟然亲自邀请她去那里工作……只是为什么现在心里却没有一丝欣喜呢？相反却有着些许沉重，毕竟这座城市带给了她太多的伤害。

“能不能……让我考虑考虑？”苍颜回过头有些歉意地看着罗主编。

没想到罗主编竟然朝她露出一个赞许的笑容。这倒让她不知作何反应了，毕竟驳了人家的面子，人家还对你笑，难免让人心中有些七上八下的不着地。

“当然可以！样稿我就先带回去，回头您整理出来一份完整的稿件，至于编辑会的决议如何，到时候会有专人通知您的。”此时罗主编站起来朝她伸出了手，“关于是否来我们出版社工作的事情，我静候佳音！”

苍颜急忙伸出手，与她握了握，“谢谢您！”

就这样，因为要等待出版社的回音，苍颜便暂时在这座城市住了下来，自然是住在姥姥的家里。文字是她的梦，等多久她都愿意。

她常常坐在窗台上发呆，或是看看蓝天白云，或是俯视着下面拥攘的人群。有时候在深夜醒来，她会抱着电脑把脑海中构思的故事写出来，实在困乏的时候也会喝一些咖啡来提神，有时也会望着茫茫苍夜静静发呆。

那一日之后，她就再也没见过彭熙夜。或许他真的以为她已经走了吧，又去天涯海角四处漂泊了吧。

苍颜淡淡一笑，本来就是来斩断过往的，现在究竟是怎么了？九年的飘荡她都能忍受那份孤苦，现在却不能了吗？彭熙夜难道还有那么大的威力叫她心神动乱吗？当年他选择了娅婻而非她，她心底就应该明白他也是那贪恋荣华富贵的人，这是她最不屑的一类人，为了钱和权什么都可以抛弃的人她又怎会多看一眼，更何谈放在心上呢？

她捂着胃在床上打滚，汗渐渐浸湿了衣服。苍颜不知道这一刻她的脸色是多么苍白，她只知道只要能死死地抓着胃就能好受一些。当她颤抖着双手去够桌上的药时突然有一个杯子就递到了面前。

苍颜有一瞬间的愣怔，可她现在哪里还管得了那么多，伸手就要去够那杯子和药，结果却把水杯碰到了地上。呵呵，原来不过是幻觉而已，原来心底还幻想着能有一个人来关心她，在她脆弱的时候呵护她……这是多么讽刺啊，她心底究竟幻想的是什么，那些所谓的感情吗？曾经她最在意的感情都离她而去，她最在乎的人都抛弃了她，对感情她还妄图奢想什么呢？

她用背死死顶着床，只要再坚持一会儿就可以了，只要疼痛散去，她依旧是鲜活的。

她蜷缩在一起，像个还在母体中的婴儿一般竭力保护着自己……蔚涯，你是不是也曾在这样寂寥的夜中像我一样死死抓着自己的胃来抵御那使人抽搐的痛感呢？你真是一个自私到极致的人，竟然想着把我打造成和你一模一样的人，倘若你看到我如今的样子，你会不会觉得很欣慰？

第二章 旧伤

有些人总是会遇到的，不管你心里有多么不愿意遇见。明明一个在城西，一个在城东，这么远的距离却会在同一个超市遇见，可不就是造化弄人吗，这让苍颜险些怀疑城东没有超市了。

她只是推着推车在超市逛一圈，就碰到了娅婻和彭熙夜，他们一前一后地走着，时而会交流几句，大概是在商量要买什么东西吧。苍颜见他们朝着自己这边走来，慌忙推着推车去了另一道。为什么明明当年受伤害的是她，她却要像一个窃贼一样躲避？可是这样的相见又能怎么样？一个是她曾经最爱的人，一个是她的闺蜜，两个都是她曾经最在乎的人，这样见了除了尴尬还能有什么？

可是上天一定要让他们相见，又如何躲得过？苍颜见他们走过去了就随便挑选了几样东西想着赶快离开，不然那样的尴尬想想都会觉得窒息。可是就在收银台，他们还是相遇了，苍颜仓促之中忙将自己的头发放下来，这样遮住了脸或许就不会被认出来了吧。

是的，没有人认出她来，她暗自庆幸着。

“那个人好像是苍颜!”

是娅嫡的声音，与以前相比倒是没有多大的变化，只是增加了些时间感，听起来更加悦耳了。

苍颜的心一下子都快提到嗓子眼了，难道，难道还是被认出来了吗?

彭熙夜看了一眼苍颜的方向，淡淡说道:“先出去吧。”

“总共三百二十七元三角。”收银员甜甜的声音传过来。

接下来是什么苍颜不知道了，不过不用想不用看也知道是付款，然后走人。连娅嫡都认出她了，他难道就没认出吗?还是他不想认?还是怕认了会给他带来什么麻烦。

看着他们相携着出了超市，苍颜才把头发拢到耳后。他们的背影看起来是那么和谐，那么恩爱啊!连苍颜看了都不由痴了，这样的幸福她也曾经拥有过呢，只是后来都失去了……

她走出超市的时候，阳光有些刺眼，她微微眯起眼睛，感叹真不该大中午的来超市，回到家怕又要出一身的汗吧。

“苍颜，是你吗?”

一个辨不清喜忧的声音传进耳中，苍颜吓了一跳，几乎是条件反射，她侧头看了一眼声音的来源处。竟然是他们!他们不是先出了超市吗，她故意磨蹭了一会儿为什么他们还没走?她看了一眼那两个人，用的是陌生的眼神，然后她回过头想要假装不认识他们径自离开，可是若真不认识刚才就不会条件反射地侧头，从一开始她就暴露了自己。

“苍颜!”娅嫡紧走两步走到苍颜的面前，拦住她的去路，“你是不是想要假装不认识我们，一走了之?”

你看，闺蜜到底是闺蜜，朋友里最了解她的人就属她了，连她的心思都能掌握的这么清楚，也不枉那些年她有了什么事情都会跟她说了，也不枉那些年她把自己在她面前掰开晒了，可她怎么也没想到最锋利的那把刀却握在她这个曾引以为傲的闺蜜手中！

苍颜站定脚步，放下遮挡阳光的手，静静地对上娅婻那双漂亮的眸子，曾经她以为能拥有一双这样漂亮眼睛的人心底也一定是纯净的……

她还记得曾经有一次她胃疼得实在是受不了了，大半夜又打不到车，是娅婻背着她走了两公里路去的医院。那个时候她比娅婻还要高一点，没有人知道那个时候她是多么的感动，泪水流了娅婻一背，她曾发誓这辈子一定要对娅婻好，一定要尽自己所有的力量对娅婻好……

她和娅婻还曾经在校园的操场上发誓说要做一辈子的闺蜜，她们约定要做彼此的伴娘，要牵着彼此的手把彼此送到那两个能给她们一辈子幸福的男人手中。等她们有了孩子，就做彼此孩子的干妈，这样孩子就会有两个疼他们爱他们的爸爸妈妈……等她们老了，就让彼此的孙子去接她们到彼此的家中聚聚。累了的时候就不带老伴儿、不带儿子、不带孙子，就她们两个白发苍苍的老人相携着去旅行，羡慕死那些年轻人，她们要做一辈子的闺蜜……

可是娅婻结婚的时候她没有按照约定来做伴娘，因为她实在不能看着娅婻嫁给彭熙夜，那个时候她笑不出来。再者，即便她可以忍受心中的剧痛去做伴娘，她也进不到婚礼现场，那些想把她赶走来促成这段婚姻的人怎么会允许她出现呢？他们都巴不得她死在外面，永远都不要再回来吧！

苍颜眨了眨眼睛，突然有些恍惚，看着眼前的娅婻，好像真的回到了从前一般。可是现实无一刻不在刺痛着她，告诉她过去的美好都过去了，现在面对她的只有残酷的现实，让她不得不痛、不得不清醒的现实。

“你认错人了。”

她丢下这句话就绕开娅媠要离开。她真的把事情想的有些简单，她以为只要她逃，就不会有人追，只要她躲避着，就不会有人询问她。

“熙夜跟我说你回来了我还不相信，如果不是亲眼看见……”

“我说过你认错人了！”苍颜有些不耐烦地打断她的话，尤其是在听到“熙夜”这个名字从她口中叫出来的时候，她就莫名的心烦。

程娅媠微微一怔，随即拉住苍颜的胳膊，有些激动地说道：“苍颜，你可真狠！明明你就在我面前，却说我认错人了！”

狠吗？是她狠吗？当初那个抢走她男朋友的人说她真狠，当初那个逼得她甚至大学都还没上就不得不离开的人说她真狠？呵呵，当初不得不让出男朋友黯然离开倒是她的错了！

彭熙夜见此不得不走过来，他拉开娅媠的手，眼神有些冷，薄唇轻启道：“娅媠，有话慢慢说。”

苍颜忍不住看向彭熙夜，她灼热的眼光甚至透过他的皮囊看到了里面那颗跳动有力的心脏，他的语气有些冷，他的表情有些冷，他整个人都变得冷锐！

人果然都是会变的，苍颜后退一步，离他们远一些，她突然觉得这些人都虚伪得可怕。

咖啡厅的音乐本来是极舒缓的，可这一刻却有了让人坐立难安的刺耳感，让人忍不住想要逃走。

“你回来多久了？”娅媠气定神闲地轻抿一口咖啡，才看向苍颜，那样的神情和姿态俨然是在审问一个拒不招供的犯人。

苍颜的视线从窗外转移到娅婻的身上，她看着对面那个富贵万千的贵夫人，可是视线又好像没有落到她身上，或许她的视线正穿过时间隧道，看着青春年少时的她们，那个时候可没有现在的压抑感，更没有如坐针毡的感觉。

她端起咖啡杯在手中晃了晃，又搁下了，淡声道："回来一周了。"

娅婻的眼中划过一丝晦涩，她嘴角噙出一抹若有似无的笑容，"是吗？"一周了，都不曾想过要给他们打一个招呼。"你住在你姥姥留下的房子里吗？"

苍颜好想结束这样的谈话，明明两个人坐在一起就很尴尬，却还要一起喝什么咖啡，幸好娅婻让彭熙夜先回去了，不然还不知她会不会窒息而亡。娅婻这一点倒是没怎么变，她总能找到让你最不自在的事情，让你坐立难安想要逃走，而她还是怡然自得地坐在那里，一副若无其事的样子，好像真的就什么都与她无关。

她淡淡"嗯"一声，算是对娅婻的回答。然后她侧头看向窗外，不管和谁约会只要坐在靠窗的位子总是好的，不想看人的时候就可以看看外面的风景。

娅婻抬起眼皮凝视她良久，故作轻松地问道："你回来做什么？"

终于要问到重点了吗？她最关心的果真还是她失踪了九年突然回来要做什么，抢走她的丈夫吗？苍颜心里冷笑一声，何时在别人眼里她竟是这样卑鄙的人了。

"猫儿死了，我把它带回来跟过去道个别。"苍颜看着娅婻的脸色微变，半笑着继续道："你不用担心，我对你的老公已没有丝毫的兴趣，我还没有差到要找一个二手货，等我处理好手头上的事情就会离开，从此，你走你的阳关道，我过我的独木桥，再不相干！"

她的话刺痛了对面的娅婻，她清晰地从那双闪烁的眸子中看到了痛，只是那又怎样，若是早知道一切都只是别有用心的设计和故意接近，她又怎么会被这双毫无杂质的眸子迷惑，以为她们的友情是干净的，可是居然被欺骗了那么多年，想想都觉得讽刺。

"你说话一定要这么刻薄绝情？当年你一声不吭地离开，你知不知道我们找了你多久？"

"找我做什么，看你们恩爱幸福吗？看原本属于我的一切都变成你的吗？"

"夏苍颜！"

苍颜的眼睛微眯，冷声道："我户口本上写的是吕苍颜！"

她毫不避让地与娅婻对视着，并不去理会周围异样的目光。是的，这一刻她终于有勇气正面迎接娅婻那带着些许火焰的目光了。为什么明明是他们逼走了她，却好像她的走给他们带了多大的伤害一样，明明她才是最大的受害者，为什么觉得他们好像都在怨恨她一样？

良久，娅婻惨然一笑，她冷讽道："你果真还是一点没变，绝情的时候一点余地都不留，连自己的姓都可以改，连祖宗都可以抛弃，还有什么是你做不出来的？"

这些话多多少少让苍颜的心里觉得不平，毕竟不是她抛弃了祖宗，是祖宗抛弃了她！那她还留着祖宗的姓做什么？让自己想起来的时候难受吗？不，她才不会给自己找罪受。

"你把我叫到这里就是为了和我说这些？"苍颜的手搭在包

上，做着随时离开的准备，这里她一刻都不想多待了。

娅婻看着那只搭在包包上的手，她的手指更加纤细了，她竟然这样瘦，胃不舒服想来也会影响饮食吧。

“照顾好自己，他在等你!”娅婻说完这句话率先离开了，留下苍颜愣愣地坐在那里。

他在等你，他在等你……她透过窗子看着娅婻优雅地坐进车里，看着那车子消失在熙熙攘攘的车海中。苍颜的视线还依旧落在人群中，嘴角慢慢浮现一丝微笑，娅婻你这一点也没变，宁愿你抛下别人先走，也不愿去看着别人的背影。

九年了，我二十七岁了，你也二十八岁了，我们竟然都没变，或许是都变了，就觉得没变化了吧。

苍颜走出咖啡厅的时候已经下午五点钟了。她提着包默默走在步行街上，心里是鲜有的平静。九年时间，这里也变化了许多，以前的小店铺都被换掉了，只这青石地板还是以前的样子，以前她和彭熙夜不知道把这里走了多少遍，这里的每一块转都有他们的脚印。

耳边仿佛又听到熙夜的话。“丫头，以后我们要考同一所大学，我每天还这样接你上下课，或者我们一起出国深造也可以，到时候我们还这么手拉手踩马路，你累了就趴到我背上，我背着你走向地老天荒……”他突然扮了一个鬼脸，嘿嘿一笑，“我们谁都不能抛下谁，谁若失信了谁就是小狗，这辈子都不会得到幸福!”

“好好好，谁先抛下谁，谁就是小狗!”

那时熙夜就在昏黄的灯光下轻轻地吻上了她的唇，苍颜的心里有找不到出口的小鹿胡乱地撞，撞得她心“怦怦”直跳，她硬是困住那头乱撞的小鹿，结结实实地捂着满心的幸福。

苍颜驻足看着前面牵手走过的一对小情侣，他们嘻嘻笑着走向远方，那两个蹦蹦跳跳的背影多像曾经的苍颜和熙夜啊！可是现在不是黑夜，甚至还不到黄昏，哪有昏黄的灯光，哪有那个冗长缠绵的吻……

她缓缓迈起脚步，不再去看两边的街道，也不再去看周边的人。都不是以前的样子了，也都失去了曾经的味道。再想这些不是会让自己心神更加不安吗？既然选择放弃又何必再怀念过去？

苍颜最终没有答应罗主编的邀请，她真的没有勇气在这个城市长期生活下去，她怕自己一不小心也会起了轻生的念头。她想等出版的事情定下来了，她就离开，可是等待是何等的煎熬，或许煎熬的不是等待，而是茫然的未知。

她坐了车去郊外的墓地，很远很远的路，她坐了将近两个小时的车才到。她穿梭在墓碑之间，眼睛扫到墓碑上的照片，各不相同的面孔，却无一例外都是笑着的。

她心想，那句话说的果真是正确的。当你来到这个世上的时候你是哭着的，而你身边的人是笑着的；当你离开这个世界的时候你是笑着的，你身边的人是哭着的。可是仔细想想，又觉得这句话不是那么的准确，并不是每一个离开尘世的人都是笑着的，心中若有牵挂也会觉得不舍吧。就像姥爷、蔚涯、姥姥，他们走的时候都是哭着的。本该笑着离开的人却哭了，这一切都要拜大富大贵的夏家所赐！苍颜的眼中不自觉地流露出一丝恨意，在这个城市一手遮天的夏家最后会不会遭到报应？会的吧，不是有一句话说善恶终有报，不是不报，是时候未到吗？

她的视线突然顿住，视线的终点是一个西装革履的背影，那个背影有些微的佝偻，终究再厉害的人也捱不过时间的摧残。苍颜快步跑过去，然后又在快要跑到跟前的时候驻足。

“你还知道来看看她？”苍颜的语气中满含冷意。这个素来淡漠的男人，竟然还会来看蔚涯？他怎么敢来看她呢？他就不怕那个狠戾无比的夏老爷子骂他？

夏明宇听到声音似乎吓了一跳，他有些惊慌地侧过身来看着苍颜，嘴角嗫嚅了几下终究什么也没说，他只是偷偷来看看蔚涯，这么多年了，他很少来看她，这一次竟然让苍颜撞上了。怎么办？逃走吧！思想控制行动，夏明宇脑海中有了这个想法后，就立刻转身就要从另一边离开。

“你就这么走了？”苍颜厉声喝住他，“你对她就一定要这么偷偷摸摸的？她生前是这样，死后还这样，你怎么就知道她想让你来她的墓前？你是存心想让她灵魂不安吗？”

她疾步走到他跟前，一把拽住他的胳膊，她从未想过她会有这么大力气能够那样轻易地拽动一个中年男人的身体。她一手指着墓碑上蔚涯的照片，一手死死拽着夏明宇的胳膊，“你看她是不是还很年轻，还很漂亮，是不是模样没有一丝的改变？你看看现在的你，你以为你配得上她吗？三十年前你配不上她，三十年后你还是配不上她！我就想不明白，她那样一个青春美丽的女子怎么就遇上了你这个懦夫……”

“够了！”夏明宇忽然大力甩开苍颜的手，他有些近乎失控地嚎起来，“对，我就是个懦夫！那又怎样？你能把我怎么样？”他颤抖着手指着苍颜的鼻子说道：“你什么都不懂，凭什么来教训我？我配不配得上她岂容你来置喙，当初没有人逼迫她跟我在一起，是她自愿的！她自愿的！”

“是，当初是她自愿跟你在一起的，那么死呢？也是她自愿的吗?”苍颜毫不相让地厉声说道,“你知道她留下的最后一句话是什么?你知道她从十八楼跳下去的时候摔成了什么样子?你知道那血是怎么从她身体中流出来的?夏明宇,你才是什么都不知道!如今你凭什么站在她的墓前叨扰她的灵魂?”

夏明宇安静下来,定定地看着苍颜,“她,她最后……说了什么?”

当年他赶到的时候见到的就只有蔚涯的骨灰,甚至下葬的时候他都没敢出现,只能远远地看着……他犹记得那一天下着微雨,那样的天气是蔚涯最喜欢的,她说只有这样的天气才会让她拥有无尽的创作灵感,她说雨是万物之源,只有雨才能抚慰万物的灵魂,让生命得以延续,灵感得以滋生,这样才能创作。

苍颜怒吼出声,“她说,夏明宇你为什么不死!”她的眼中有要冲出来的怒火,她恨不得将夏明宇生吞活剥了!只有这样,只有这样才能告慰蔚涯的亡灵。才能让蔚涯不那么痛!

夏明宇脸色一白,惨然一笑,“你的性子倒是像极了她,她发起狠来也是像你刚才那样决绝狠戾,恨不能将人撕了喂狗。”他摇了摇头,微微叹道:“我知道她是恨我的,说到底是我亏欠她太多。”

苍颜就那样看着夏明宇微微摇着头缓缓离去,也是这个时候她才看到夏明宇的头上已有了些许的白发。老了吗?蔚涯都已经死了二十多年了,他也该老了……想必这些年过的也不是那么尽如人意吧,连自己命运都不能掌控的人,你还能指望他过的有多好。即便是含着金钥匙长大,即便是一生富贵荣华,权势地位都有了,也不过是一个没有魂的人,只能依附于他那个惯用手段的父亲……

“蔚涯,你看到了吗,他和二十多年前相比除了老了是不是没有一丝的变化？他还是那样什么事情都不能自己做主，什么事情都得听他父亲的。你是那么热爱自由的人，当初怎么就看上了他呢？”

她将掉在地上的菊花拾起摆在蔚涯的墓前，然后把头靠到墓碑上，就像靠着蔚涯的身体一样，虽然当初蔚涯不肯让她叫一声母亲，虽然蔚涯常常会打她骂她，可是那时小小的她知道蔚涯时常半夜里掉眼泪，知道蔚涯并不坏，只是心里太痛而已。

“若我白发苍苍，容颜迟暮，你会不会依旧如此，牵我双手，倾世温柔？蔚涯，这是你为我取的名字，你的愿望终究是没有实现，终究被你带进了坟墓。蔚涯，你跳下高楼之前说的那些话，是你的心底仍放不下他吧，就算他不肯给你一个名分，不肯给你一个家，你还是那样撕心裂肺地爱着他，到死都希望他能好好的……”苍颜抚摸着碑壁，细细地摩挲着，就像以前蔚涯轻轻拥抱着她一样。“我就想不明白了，世间男子千千万，比他优秀的更是数不胜数，为何当初在画坛享有盛名的你偏偏就选中了他这样一个有家的男人？”

良久，苍颜在心底默默地长叹一声，关于爱情，哪还需要什么理由呢，谁又说的明白呢！真的爱上了，就变成了扑火的飞蛾，明知道是粉身碎骨，万劫不复也还是毫不犹豫地扑进那要命的火坑……

第三章　折磨

出版社终于有消息传来了，不过已经是一个月后了，然而罗主编的秘书说因为这段时间稿件比较多，所以现在她的稿件还在审核当中，他们会尽快审核，请她再耐心等待一段时间。

收了线之后，苍颜有些愣怔，她不是第一次出版书，之前都未有过这么长的时间，这次怎么会用时这么久呢？还是说像M这样的出版社审核出版用时都是这样长？

其实她是一个最怕麻烦的人，凡事简简单单多好。

她对着电脑屏幕良久，却是再敲不出一个字。她最近好像失去了那份淡然，越来越无法静不下心来，就算好不容易构思好了小说的框架，就算也想好了情节，她还是觉得手指放不到键盘上，好像那是能要人性命的毒蛊，让她一触即死。

她索性起身走出卧室，走到书房门口时才想起她回来这么久还没去过书房。推开书房的门，看着书架上排的满满的书，眼前好像出现了姥姥和蔚涯在这里看书的身影。

姥姥曾经说过，蔚涯是极爱书的，她是那种明媚而不燥热的女子，就像三四月的天，安静而不哀伤。可是她的记忆中蔚涯却是大部分的时间都在走神，有时候也会拿起画笔画画，偶尔也会翻翻这里的书，她好像睡觉的时候很少，有时还会在不确定的时间死命地抓着胃呻吟，然后满地打滚。苍颜那时候最害怕的就是蔚涯疼得要死的时候会大声狂笑，那带着眼泪的肆笑让她觉得瘆的慌，就好像地狱的勾魂使者要来了一样。

苍颜看到的蔚涯总是哀伤的，不是那种透着艺术气息的哀伤，而是从骨子里流露出来的哀。只是那个时候她还小，不懂得那份哀从何而来，九年前却是一下子懂了，是为情而伤。

随手抽出一本书，翻开来看，却在扉页上看到这样一段文字，“世情薄，人情恶，雨送黄昏花易落。晓风乾，泪痕残，欲笺心事，独语斜栏。难，难，难！人成各，今非昨，病魂常似秋千索。角声寒，夜阑珊，怕人寻问，咽泪装欢。瞒，瞒，瞒！”

这是唐婉《钗头凤》里的诗句。字体娟秀，到底是画画的人，也没枉费那么多年的辛苦练习，写出这样一手好字。

她合上书放回原处，手抽回来的时候不小心碰落了一本书，捡起来随手翻了翻，却看到从中滑出来的一张纸笺，“你在心上，便是天堂”。她的眼睛一滞，似乎想到了什么，若是这些书蔚涯都读过，那是不是每一本书里都留有她的笔迹？她曾记得姥姥说过蔚涯是那种不看书则已，看书必要拿笔的人。

她赶忙去翻看别的书，一本一本翻过，心一点一点下沉，蔚涯果真是那种喜欢在书上写感想的人。有的在书的扉页，有的在末页，有的在中间，有的几乎每一篇或者每一章节结束的地方都有她的感想……

“昏鸦尽，小立恨因谁？急雪乍翻香阁絮，轻风吹到胆瓶梅。心字已成灰。”

“相思相见知何日？此时此夜难为情。”

“人到情多情转薄，而今真个不多情。”

“重叠泪痕缄锦字，人生只有情难死。”

“还卿一钵无情泪，恨不相逢未剃时。”

“若我白发苍苍，容颜迟暮，你会不会依旧如此，牵我双手，倾世温柔？”

“男人的誓言果真没有任何的分量，他许你一个海市蜃楼，傻女人还真的以为那是个家！”

“我的胃本来就坏了，你却又在我的心上插了一刀，你不就是想让我死吗？那好，那好……”

苍颜颤抖着身体坐在书堆里，她竟不知蔚涯还知晓这么多伤怨的诗词，她竟不知她也是这样古典的女子，字里行间里无一不是深闺怨妇的写照。原来蔚涯竟是这样一步一步走向绝望的。

夏明宇，你看看你是多么的残忍！你看看你是多么的无情！你明明知道她是那样一个温柔却又决绝的女子，既然不能给她一个家，你又为何来招惹她？为什么招惹了她又那样抛弃她？为什么？为什么？

突然有敲门声传过来，坐在地上的苍颜有一瞬间的愣怔。以前的亲戚朋友几乎都不联系了，谁会在这个时候来拜访这里？谁会知道现在这里有人住？

她迟疑着站起身来，走向玄关处。心突然就提了起来，会是谁？是他吗？敲门声又响了起来，苍颜的神经也猛然一紧，好像那只手扣的不是门，而是扣在她的神经上。

“谁啊？”她的喉咙紧了紧，甚至连声音都有些颤抖了，她真恨自己，居然会这么紧张。

然而等了一会儿外面并没有声音传进来。沉默，沉默……苍颜猛的拉开门，外面站着的果真是他，依然是一身笔挺的西装。她不喜欢他穿西装的样子，总觉得陌生，觉得冷。她想再关上门，关了一半却再也推不动，他们就那样以一扇门展开了一场拉锯战。毫无疑问，身体瘦弱的苍颜哪里会是身材高大的彭熙夜的对手。

放弃抗战的苍颜冷冷地站在玄关处，冷眼瞧着因她突然撤力而险些跌倒的彭熙夜。两人静默良久，此时电梯口传来几个人的嬉笑声，彭熙夜看着苍颜，“能不能让我进屋说话？”

“你认为这里会欢迎你吗？”苍颜双手环臂，站在玄关中央。那声音和神情冷的仿佛是腊冬寒天一般。

“苍颜，你能不能不要这样，有话我们就不能好好说吗？”熙夜的眼中闪烁着疼痛，可他知道他现在的疼痛都不及九年前苍颜疼痛的十分之一，所以他再遇见她，他是那么欣喜，那么激动，那么……想要欢呼雀跃，又是那么尴尬无比，疼痛难耐。

苍颜转身走进了客厅。熙夜见此便伸手关上门跟了进去。然后又是沉默，长长的沉默。

“我这里除了凉水和啤酒，什么都没有，你喝什么？”苍颜终于捱不住这沉默带来的慌乱，冷声说道。

熙夜闻言眉头不由一皱，以前她从来不喝酒的，她是那种娴静却又不失可爱的女子，温柔体贴，善解人意，总是为别人着想却又照顾不好自己……

“不了，不喝了。我刚好路过这里，想着你应该在，就上来看看。”

是呵，只是刚好路过。苍颜脸上的冰冷丝毫没有融化的意思，反而越来越寒，真是没出息，你没听到他说只是刚好路过而已吗，你心跳的这么慌乱做什么？

“现在看完了，我就不耽误彭先生的时间了，您可以走了！”

熙夜沉默了一会儿，突然拉起苍颜的手拽着就走，他是那样的大力，甚至都忘记了要怜香惜玉，他的脸色也阴沉着，就像是雷雨将要落下来一般。

苍颜被他拖拽着往前走，使劲挣也挣不开，到门口的时候就用另一只手扳着门框不肯再往前走一步。“彭熙夜，你这是什么意思?”

熙夜见拖不动了干脆扭过身来一把抱起她，死死地把她扣在怀中使她动弹不得，却不愿再多说一句话。他怕听到的总是她冰冷的没有温度的声音，或者是冷嘲和热讽，无论哪一种无疑都会让他心痛难耐。是他亲手把一个阳光明媚的女孩变成了现在这个样子，他谁都不怪，只怪他自己当初屈服于夏宾鸿的威逼，把她生生地逼走了。

九年了，他从未停止过找她，可是一直都没找到她，九年来疯狂想念她的心一丁点儿都没变，他甚至无数次想象过重逢的场景，他甚至也想过这辈子还能不能再见到她……如今她终于回来了，终于回来了，可是他不知道要用什么方法留住她，只好去请求别人来帮他留住她。从一个月前第一次见到她，他的内心就一直沸腾着，迫不及待地想要见她，可是又不知道该怎样面对她。

熙夜把苍颜按进车里，赶忙跑到驾驶座钻进去，他担心晚一秒钟苍颜就会从车上下去。果然不出他所料，他发动车子的时候苍颜的手已经够到了车门，他眉头一紧只得狠踩油门，车子像了解到他的心情一样一溜烟跑了。

苍颜从未坐过这么快的车子，她看着疯狂的熙夜，只得使劲抱着前面的椅背。“彭熙夜，你疯了吗?”

然彭熙夜棱角分明线条紧绷的脸上没有丝毫的动容，完全不顾她现在有多害怕。虽然摇摇晃晃坐不安稳，苍颜的心却慢慢平静了下来。若不是这疯狂的车速她真的以为回到了从前。

那个时候熙夜也像现在这样载着她，驶向郊外，那里人很少，车子可以潇洒自由地在路上奔跑。她会让熙夜打开天窗，她从天窗处站起来，风一下子就会吹起她的长发，她喜欢那种感觉，那个时候她能闻到自由的气息。

苍颜张开双臂，感受着风从指间划过的惬意，她在风中笑得开怀。“熙夜，你以后要经常带我来郊外放风，那拥挤的城市就好像难熬的监牢一样让人喘不过气来！”

“好，只要你喜欢，我就天天带你来！”熙夜嘴角含着笑，看了一眼张开双臂似要飞翔的苍颜，大声说道。

“夜，你有没有闻到自由的气息，那挣开牢笼能够自由呼吸的感觉真好，夜，你喜欢吗？”苍颜对着天空大声地喊道，完全不理会迅速被抛到后面的路人异样的眼光。

“喜欢！”

“喜欢什么？”苍颜低下头调皮地眨了眨眼睛，看着边开车边回头看她的熙夜。

“喜欢夏苍颜！”熙夜微微一笑，又赶忙扭头去看方向。

苍颜坏坏一笑，把两只手放在嘴边对着熙夜喊道。“彭熙夜你说什么？我没有听见！”

彭熙夜的嘴角大幅度的向两边翘起，几乎使出了所有的力气大声喊道：“彭熙夜喜欢夏苍颜，很喜欢很喜欢——！”

苍颜紧抱着椅背的手微微有些松弛了，她看着熙夜的侧脸，微微一笑，然后身体便缓缓滑了下去。

熙夜的眼角突然没有了苍颜的身影，他以为她终于肯乖乖坐好了，回头看了一眼却没看到苍颜，心中一惊，急忙把车停到了路边。他回过身来看到苍颜被夹在前后椅子中间的那一点空间里，脸色有些苍白。难道是晕车了？

他下车打开后座的门，见苍颜双手紧捂着胃，身体微微地颤抖着。心突然一紧，慌忙钻进来扶起苍颜，她的额头上已经有豆大的汗珠渗出来了。“苍颜，你怎么样了？你怎么样了？”

她靠在他的怀中，微微闭着眼睛。

熙夜见她的手捂着肚子，不，确切地说是捂着胃，因为用力指节都已煞白了。他的心一沉，是啊，他怎么忘记了她的胃一直都不舒服，他怎么能把车开的那么快，让她不舒服了呢！“颜儿，你坚持一下，我这就送你去医院！”

他刚要抽离身体，苍颜就抓住了他的西装袖子，“我一会儿就好了，不要送我去医院。”

熙夜定定地看了一会儿脸色苍白的苍颜。她还是像九年前一样，她不想做一件事情的时候就会死命拽着他的袖子，然后说着她不想的理由。那个时候他常常被她那可怜兮兮的样子打败，就只好随了她的心意。可是现在她明明很痛还是不愿意去医院。

“我们去看一下医生，看了就出来，不久待，好不好？”他轻声说着，这个时候只能哄着她，她对医院的恐惧他是知道的，她有多讨厌那个地方他也知道，可是生病了还是不得不去那个地方。

“你如果不想让我更恨你，就打消这个念头！”苍颜恶狠狠地说完，脸又紧紧地皱到了一起。那胃似要被刺穿的感觉，如果不是她经验丰富早就叫出声来了。

恨，她说恨。熙夜有些许的恍惚，苍颜刚才说了恨……果真是恨的吧，不然也不会一走就是九年。当年她走的时候只带走了一只猫和一个背包，如今她回来的时候只有她自己和一个提包，好多东西都没变，好多东西却再也回不到从前了。

“我关上车门。”熙夜抽出那只被苍颜死死抓着的手，轻轻关上车门，然后紧紧地抱着她，好像这样就能减轻一些她身上的疼痛一样。他的心中此时真的是五味杂陈，就这样抱着她好像是在幻想中一样，从九年前开始他就不敢想有一天他还可以这样抱着她，可是这不是幻想，她的疼痛是那么的真实，她的身体是那样颤抖，抖的连他的心也跟着颤抖了起来。

以前她的胃也时常不舒服，也会疼，可是从来没有出现过现在的情况。难道她的胃经过九年的沉淀也加重了它疼痛的程度？

他的眼角有些许的湿润，想着曾经地老天荒的誓言，他却把她弄丢了九年……

不知过了多久，感觉怀中那个瘦弱的身子终于不再颤抖了，熙夜低头看到苍颜紧闭的眼睛，竟不知何时她已在他怀中睡着了。紧抿的嘴唇终于有了舒缓的迹象，他小心翼翼地拨开贴在她眼睛上的刘海，这么多年了她还是固执地留着这样的偏刘海。还记得当年她调皮耍赖的时候就会不停地甩她的刘海，美名其曰魅力无人可挡。

看着她长长的睫毛在眼睛下方投出的剪影，他禁不住微微一笑。看着车窗外的阳光和一望无际的田地，心里竟也安然了。九年了，他一次不曾到过这郊外，他怕回过头来他的后座里没有她，只有无尽的苦楚。自从不能再出去寻找她，他就逼迫自己不停地忙碌，常常一个人忙到深夜，他想只有忙碌才能抵抗他对她的思念……

九年前其实她本可以不走的，只要她不走，他就不会和娅婻在一起。也许当时是他太淡漠了，伤着了她，所以她毅然决然地走了，除了一只猫什么都没带。他此刻突然想起来苍颜曾经在玩笑的时候说过一句话，她是孤独的双子座，一旦发现她的爱情里溶进了沙子，一不做二不休，她立刻走人！

熙夜就在这个时候突然想要了解她曾经说过的双子座，他拿出手机搜索，出现的内容让他的心不断地下沉。原来双子座的孤独是一种绝症，原来双子是有两颗心和两颗头却只有一个身体，所以要用一个身体来承受双倍的感受和思想。双子座天生在找寻能与自己契合的另一个人，但学过哲学的人都知道，这世上根本就没有两个完全相同的人，所以，双子座的人注定是要孤独的?

他心疼地看了一眼沉睡中的人儿，原来她的内心竟是如此的孤独，原来她承受着双倍的煎熬。熙夜从来不相信什么星座分析和占卜算卦之类迷信的东西，可是突然之间他就相信了。

谁说双子座的孤独是一种绝症？他不会再让苍颜觉得孤独了，一定不会了！曾经失去过一次了，这一次他一定会牢牢地抓住她，不让她再逃离自己的怀抱，不让她再一个人在漆黑的夜里默默地掉眼泪。

“颜儿，不要再离开我了，再也不要了，等我完成了那件事情，就带你走，远远地离开这里！”

苍颜醒来的时候已经日近黄昏了，她睁开眼睛看到正注视着她的熙夜，心中猛然一惊，难道她就是这样在他的怀中睡着的吗？她急忙跳起来，猝不及防撞到某人的下巴之后又一头撞在了车顶上，是了，她忘记了这是在车里，在熙夜的车里。

熙夜伸出的手终究还是没来得及帮她挡住那车顶，“咚”地一声之后，苍颜的眼中果真噙出了泪。他看着她半弓着身子捂着头，忍不住心疼，以前她不老实坐在车里的时候也会突然站起来，却忘记了天窗没有打开而一头撞到车顶上，那个时候她总是眼中噙着泪，一脸委屈地看着他，只要他伸手帮她揉一揉，她立即就会一脸明媚的傻笑。

此时他不自觉地伸出手想要去帮她揉一揉，却见她打开车门走了出去。熙夜抬起的手不由定格在那里，脸上的表情也是一滞。是了，今时不同往日了，她已经能够自己舔舐伤疤，自己疗伤了。

熙夜下车站到她的身边，双手插进裤袋里，微微抬起下巴迎着风，这九月的天气就是凉爽了许多，不比夏天的燥热。

他侧头看了一眼苍颜，见她微微闭着眼睛，想来是在掩饰眼中方才凝聚的泪吧。她果真比以前坚强多了，也比以前沉默或者沉稳多了。

“还疼吗?”他轻声问道，眼睛紧锁着她的眉眼，果真看到了她的睫毛微微动了动，只是并没有睁开眼睛。

良久，苍颜觉得眼中的泪被差不多逼回去的时候才缓缓睁开眼，如今她不能脆弱，尤其是在这个男人面前，她丝毫不能表现出脆弱来。她看着前方，幽幽地说道：“谢谢你带我来这里，我先走了。”她说着转身，真的就迈开了脚步。

熙夜的眸光闪烁不定，看着那个渐行渐远的瘦弱背影，她脚上穿着的是家居的拖鞋，即便如此她走的还是那么快，没有一丝留恋或者不舍。她坚挺的背脊是那么的倔强，又是那么的孤单。只是九年前他就曾默默地站在她身后看着她离开，这一次怎么会仍旧无动于衷呢?

他不再顾及他这些年来维持的冷傲的外表，也不再顾及路人会怎么看他一个西装笔挺的人在路上奔跑。他就那么快速地跑到她前面，注视了她三秒钟，然后一把抱住她，将自己的唇印在了她冰冷的唇上，然后就开始肆虐地掠夺。他一只手紧紧抱着她的背，一只手紧紧扣着她的头，这样即便她再怎么挣扎也不能挣开他。

苍颜被这个突如其来的吻惊得大脑空白了好久，待她反应过来的时候才知道这个她恨了九年的人正在对她做多么野蛮粗鲁的事情。她使劲地挣扎，却怎么也挣不开那个犹如铁笼一般的怀抱。在她觉得快要窒息的时候他还是没有丝毫放过她的迹象，她只得使劲咬了一下他的嘴唇，那一下她用了很大的力气。熙夜果然吃痛放开了她，她立即挣开他的怀抱，在他还来不及去捂嘴巴的时候扬手就给了他一个耳光。

那个耳光真响啊，震得苍颜的大脑都在“嗡嗡”地响，更何况是被打的熙夜了。她所有的恨仿佛都随着那一个耳光得到了宣泄。

熙夜歪着头保持着被打的姿势，良久，他抬手擦去嘴角的血迹，微微欠了欠身子，“倘若这样能让你不那么恨，你尽情地打吧，只要你内心的痛能够得到宣泄就好。”

“你以为你欠我的，一两个耳光就能还清吗？难道我姥姥的命就值这么多吗？难道我过去的九年靠打你一顿就能偿还了吗？彭熙夜，你也太自以为是了！”苍颜咬牙切齿地说道。只要她一想到蔚涯的死，只要她一想到姥姥的死，她就恨不能将他、将夏家的每一个人都撕碎了喂狗！

熙夜的眸子沉了沉，“对不起！苍颜，对不起！”

“还有，你既然娶了娅婻，就该好好的对待她，如今你这算什么？搞婚外情吗？彭熙夜，你为什么要伤害了我之后再去伤害娅婻？”

第四章　谎言

苍颜回到家的时候天已经黑了，当然，是熙夜送她回来的。她进到屋里没有开灯，就站在蔚涯跳下去的那个窗户前看着路灯下的车和人，他不坐进车里，她也不离开窗子，两个人隔着十八层楼的距离默默地对望着，但苍颜知道，她站的位置熙夜从下往上是根本看不到的。所以她才敢有恃无恐地这样盯着他，这个曾经属于她的男人。

不知道过了多久，苍颜的肩膀开始微微颤抖，再接着就是剧烈抖动。她靠着墙壁缓缓蹲坐到地上，声音慢慢从喉咙间散发出来，充斥着空荡荡的房间。她如今富裕的只剩下一座空房子，所有人类依赖的感情她都已经失去了，也许会永远的失去。

手机突然在这时响起来，苍颜本欲置之不理的，可是那铃声好像知道她的思想一般，没有丝毫要放弃的意思。苍颜止住哭声，掏出手机，来电显示上没有名字，但这个号码她又怎么会忘记呢，原来这个她曾经无数次输出来却不敢拨出去怕听到的是忙音的号码一直都是在的，九年了，她的号码换了好多个，她以为这 11 个数字也早已被尘封在时间里……熙夜，求你不要再折磨我了好不好？现在的我没有九年前那样坚强了。

她站起来透过窗户看着路灯下那个依旧在坚持的人，心里的苦涩更浓。倘若以前他能再坚持一下，或许他们也不至于到这般田地。苍颜按下接听键，手机里什么声音都没有，沉默，他们都沉默。

“你没有开灯……”彭熙夜抬头看着十八层的黑暗，终于还是先开口说道。

苍颜的目光突然变得冷峻，手也猛地抓住窗户，甚至听到了指甲划过玻璃的声音，她语气透着寒意说道：“你是怎么知道我号码的？”她的这个号码，只有出版社的罗静婷或者罗静婷身边的人知道，但是彭熙夜如今是怎么知道的？难道……

熙夜的心猛地一紧，听着她冰冷的声音，即使现在看不到她的表情也知道不会比她的声音暖多少。

不曾想到她现在已经这样聪明了，以前他说什么就是什么，许多事情她都不会去想，她说想得太多会累死脑细胞，会把本来就不聪明的她变得更笨的。从什么时候开始她要独自去想那么多事情了，她向谁说她不想那么复杂，她遇到事情了向谁撒娇、向谁寻求帮助呢，她的心情向谁倾诉呢？是他生生地把渴望简简单单的她赶走了，把她所有的温暖都毁灭了……换做是他，也会恨的吧。

可是他忍不住想要听到她的声音，哪怕那声音冰冷透骨，哪怕那些话刻薄入骨……

“和你想的一样，我是从罗静婷那里知道的……”熙夜停顿了几秒钟，又补充了一句，“是我那次刚好经过那家咖啡厅看到你们一起坐在里面，才去求她的。”

“是吗？”苍颜冷笑一声，她或许已经知道为什么那么大一家出版社会主动找上她了，而且来人竟然是业界最不好说话的罗静婷，她还意外那么大一家出版社为什么会主动邀请她去工作，原来是沾了这位盛华集团总经理的光！她深吸了一口气，扬声说道："那麻烦彭先生告诉罗主编一声，我的书突然不想出版了！"

"苍……"

苍颜匆匆收了线，熙夜后面的声音她就听不到了，也不想听了。她抠掉电池将手机扔到一边，伸手拉上窗帘，将自己完全置在黑暗之中，只有这样她才能清醒地思考。这个地方她已经不能待下去了，即便她不愿意走，想必过不了多久也会有人来赶她走的，她的回来只会让已经平静下来的各种关系再掀起波澜，与其等到别人恶言来驱赶她，还不如自己识相一些主动离开。

彭熙夜什么时候离开的她不知道，只是再次掀开窗帘的时候路灯下已经没有那辆黑色的车和那个人了。走了吧，谁会那样傻傻的坚持一个没有回应的等待呢！

她打开电脑恰好看到姜枫发来的消息，说是有人组织要去爬洛子峰，问她要不要去。这些年走南闯北也去了不少地方，也爬过许多高山险峰，她总觉得反正她一个亲人都没有了，即便从高山上掉下来摔死也没关系。若是运气好被驴友找到就还有收尸的人，若没有人能够找到她，那刚刚好，她最喜欢的就是自由和大自然，两个一下子齐全了，也是人生的一大幸事，这样风就能永远陪着她了……

姜枫是她在旅行的途中认识的一个驴友，曾一起去过一些地方，是驴友当中最熟悉的一个了。他比她大两岁，从事着酒店高管的工作，也是一个爱山爱水的人。

她打出一个字，“好”。可是迟迟没有发送，最终又删除了。她在黑暗中摸到冰箱旁边，拿出一罐啤酒。她酒量不好，但常常失眠，睡不着的时候她就会喝一点酒来帮助睡眠。可是今晚她喝了两罐却还保持着清醒，苍颜险些怀疑她的酒量一下子变好了，曾经可是典型的一杯倒啊！

那个时候她很安稳，几乎从不失眠，自然不用借助酒精的麻痹来帮助睡觉。苍颜其实是很讨厌啤酒的味道的，起初喝着就觉得是在喝洗澡水让人难以下咽，可是渐渐地即便不喜欢也能喝下去，再后来就麻木了。她喝酒但不嗜酒，每次喝一些，只要觉得那些酒精能够麻痹她的神经了就会停止，也几乎没有喝醉过……可是这一次她好想让自己醉个够，让自己彻底的睡去。

天下之大，没有她一个家，难道她就要一生居无定所，四处漂泊吗？苍颜摸了摸鼓囊囊的胃，轻轻一笑，谁知道这一生还能有多久呢，也许明天，后天……她就去见蔚涯和姥姥、姥爷了。

苍颜仰躺在床上，盯着黑夜看了好久。想到夏宾鸿那张沟壑纵横的脸她就觉得恶心，想到夏明宇那畏畏缩缩的样子她就觉得厌恶，再想想熙夜那棱角分明的脸和高高帅帅的绝好身材她心里就觉得开心，只是开心都是以前的，她现在只觉得不想见到他，只要见到他，那些被她刻意封存的前尘往事都会拥挤进脑海里……

她终究还是爬起来在电脑上敲出一个字，“好”。既然这里没有她的立足之地，不妨就走吧，不为别人，就当是为了不让娅旖难受吧。

苍颜背起背包打开房门的时候彭熙夜就站在门前。熙夜见她又背起了背包，眼中升起浓浓的痛色，他拦在门口，冷声说道:“你就这么恨这个地方、就这么恨我?”

这时一个看起来二十七八岁的男人拿着一份文件从电梯出来突然站到了苍颜的跟前,抬了抬那个文件袋故作轻松地说道:“吕小姐,出版的合同我拿来了,敝社愿意……”

“我要走了!”苍颜微微一笑打断那男人的话,“想必彭先生昨天已经转告过贵社了,合同还没签,我有权单方面决定不出书。”她低头看了看手腕上的表,“对不起,我赶飞机,请让一下。”

这句话不知道是对熙夜说的还是对那个有些无措的陌生男人说的。那个男人看了一眼熙夜,见他没动便也站在那里没动。

彭熙夜侧头看了一眼那个男人,淡声道:“你先去楼下等我,我有话单独同吕小姐说。”等那个男人走进电梯,他才盯着苍颜略显苍白的脸色问道:“你喝酒了?”

苍颜抓着背包带的手一紧,以前她喝酒就算睡了一夜之后见了他还是会被他察觉,他会阴着脸毫不留情地抬手给她一记爆栗,落到头上却像是轻轻的抚摸,那个时候他会宠溺地说:“你胃不好,不准你再喝酒,听到没?不然我就再也不理你了……”

她傻傻一笑,彭熙夜怎么会舍得不理夏苍颜呢,他对她那么好那么好,恨不得将所有的疼爱都一下子给她。她安然地享受着这份宠爱,可是没想到有一天他会真的不理她,可他就真的当着那么多人的面牵起了娅嫞的手,然后转身走掉,成了娅嫞的男朋友,又成了娅嫞的丈夫!

她将视线从熙夜的脸上移开,微微扯了扯嘴角,却是没有笑出来。“我想没有人愿意看见你现在这样吧,你在纠缠什么?你以为我们还都是十八岁吗?彭熙夜你醒醒吧,我忘记告诉你了,不仅是你结婚了,我也结婚了,和你同一年!”也是同一天。只是这句话她是在心底说的。

就在熙夜错愕的瞬间，她一把推开他就冲向了电梯的方向，兴许她自己都没发觉自己按电梯按钮的手是多么的颤抖。可是当她跑出去的时候，就看到了在熙夜的车边站着的身量高挑穿着时尚的程娅婻，她好整以暇地站在那里，好像就是在等苍颜……或许是在等他那一大早就跑到别人家门口的老公吧。

娅婻见苍颜跑了出来，浅笑一下，便走了过去。苍颜看了看走过来的娅婻，又回身看了看追出来的熙夜，突然有些想笑，可是难度有点高终究是笑不出来。这样的画面太过熟悉了，曾经他们两个也是这样一前一后朝她走过来，可是给她的结果是他们两个手挽着手走了，留下独自愣怔了半天的她。

"历史是要重演了吗?"苍颜没好气的冷哼一声，目光变得冷峻，语气透着寒意："只是这一次是我自己选择离开的，不是被人逼走的。"

她现在什么都不怕了，因为她现在已经没有可以再失去的亲人了。当年他们可以逼死姥姥，现在只要她自己不想死，他们还能拿谁来当作筹码呢!

"苍颜……"

娅婻还没来得及说别的话就被苍颜突然响起的手机铃声打断。苍颜故作镇静地掏出手机，是姜枫打来的，他们这些常年漂泊在外的人之间似乎更有一种相惜的感觉，渐渐地就从驴友变成了朋友。平时几乎不联络，但一有活动便会格外的活跃和亲切。很难想象，苍颜的足迹已经遍及了大半个中国，她的哭声和笑声也飘过许多山巅……

不待那边兴奋的声音传过来，苍颜抢先说道："喂，老公，我正在赶往机场的路上，下午四点钟就到了，你记得接机哈!"

那边停顿了几秒钟才开口，“苍颜，我是姜枫!”

有些激动的苍颜并没有发觉姜枫语气中的不对劲，只是打着哈哈继续着一个人的自导自演：“我一个人没关系啦，又不是第一次坐飞机，放心啦，你就安心等我回家哈!”她使劲咧着嘴笑，那笑容阳光明媚，像三四月的天气，让人瞧着真的幸福得如同花开。

她不敢多说话急忙收了线，扬着努力堆起的笑容看向已站到一起的熙夜和娅婻，脸上的笑容不自觉的一滞，却又很快恢复如常。你看，他们两个站在一起郎才女貌是多么的和谐啊，她在这里多待一刻就让他们多一刻的不舒服……还在等什么呢?等熙夜拦住她吗?她摇了摇头。

娅婻的脸色极其难看，那神情严肃的好像随时都会扑过去一样，“夏苍颜，你结婚了？什么时候的事?”

熙夜眼中的痛色在一瞬间绽满眼睛，方才她说结婚了，他还以为是故意气他的，可是她竟然用洋溢着幸福的声音对着别的男人叫老公？他的脸色不比娅婻的好看多少，甚至更加阴沉冷冽。他感觉自己的身体正在一点一点的膨胀，好像下一秒就会爆炸，炸的他全身只剩下模糊的血肉。

他一把扣住苍颜的肩膀，可是他的手又好像是被她肩上的背包带硌着了猛地颤抖了一下，可是接下来他几乎用尽全身的力气去捏着那个瘦的只剩下骨头的肩膀，这一刻他什么话都说不出来，只能一遍又一遍地唤她的名字“苍颜，苍颜……”

苍颜的眉头紧皱起，险些以为自己的肩膀就要被他捏碎了，可是就算是真的捏碎了又能怎样呢，此生若是能死在他手中，也是幸福的事情呢……可是现在儿女情长的主角已经不是她和他，而是他和别人。

苍颜抬手拂开熙夜的手，看着他嘴角不停地嗫嚅就是发不出声音的嘴巴哂笑一声。“我就不陪两位在此上演表情大戏了，时间真的很紧，再见！”

她像个做了错事的孩子一般落荒而逃，到底是在一起这么多年了，夫妻相都有了，两人表情都是如出一辙，她怎么还能站在那儿看他们的心有灵犀。

“苍颜，你想害我害到什么时候！”

身后传来娅婻冷寒凄厉的声音。苍颜逃跑的脚步微微停顿，可下一瞬却跑的更快了。你看，这些人进入社会之后都变得这么假惺惺了，明明是她被逼走的，现在反而是她害了别人……

姜枫在机场见到苍颜的时候有一瞬间的愣神，她还是一个人一个背包，简单的很。只是她去哪里都会抱着一只叫猫儿的狸猫，说是舍不得把猫儿丢下，况且她居无定所在哪里都是只住一阵子，或许参加了一个活动就不再回那个住着的地方了……只是这次为什么她的臂弯里没有猫儿呢？那只猫，他第一次见的时候就有些老了，他还是第一次见活了那么久的猫。

“对不起！”苍颜有些歉意地看着姜枫。上午在电话里让他充当老公，是她利用了他。

姜枫微微一愣，眼中闪过一丝不自在，他摸了摸鼻子，故作轻松地笑道：“没什么的，为朋友两肋插刀嘛！”说着他似乎是怕尴尬，连忙接过苍颜的背包放到后备箱，又极其绅士地为她打开车门。

苍颜微微一笑，定定神，才坐进车里。其实她和姜枫也不算是很熟的那种，可是除了驴友和文友她几乎没有别的朋友了。大学四年都在埋头写小说，几乎成了宅女，整天沉浸在自己创造的世界里而忽略了和外界的交流，虽然稿费挣的让别人羡红了眼睛，可几乎丧失了社交能力。

她安静地坐在后面看着车窗外的风景，本来还在前面的，一瞬间便被抛到了后面，然后就越来越远，直到再也看不见。就像人一样，本来可以拥有的，慢慢地就分开了，然后就再也找不到了。

有人说所有的爱情都是起于偶然，细细品来也感觉的确是这样。当年她和熙夜怎么就走到一起了呢，相识的确是偶然的。她记得那天阳光很明媚，他站在她家门前笑的很干净，他的旁边站着他妈妈……那时他六岁，她四岁……那天是蔚涯的葬礼，他是跟着家里大人前去吊唁的。他们相识在年少，一起成长，一路上都有他的陪伴，他们从偶然到自然就走到了一起。可是十八岁那年她却弄丢了他。

那时以为，弄丢的只是一个人，谁知道失去的，是一生。

苍颜微微笑了笑，兴许是偶然相遇，所以要突然结束吧。兴许蔚涯害怕她一个人会孤单，所以有意让另外一个人来陪伴她走过年少青春，直到足够坚强，能够一个人独自面对人生……

姜枫从后视镜中观察着苍颜，她比上次见面时更加消瘦了，也更加沉默了。也许是不想让两人这么一直沉默吧，就想找一个话题，最适合作为开头的自然是猫儿。姜枫率先开口，半笑着说:“猫儿呢？你可是走到哪里都对它不离不弃的啊，怎么这次怎么舍得不带它啦?”

苍颜闻言缓缓闭上眼睛。良久，久到姜枫以为她睡着了。他突然觉得自己好像是说错话了，那只狸猫已经很老了，他上次听她说那只猫儿已经二十二岁了。他还特地上网查过猫儿的寿命一般在 12 到 17 年之间，可那只猫儿几乎是猫中的异数，竟然活了二十多年。

就在姜枫以为苍颜不会回答那个问题时，却听到苍颜有些悲凉的声音，“死了。”淡淡两个字，她却用了这么久来做回答，和那只猫儿有那么多年的感情了，心中定然是十分不舍的吧！

“对不起，我不知道……”

“没关系，不管是猫还是人，总会有那一天的。”苍颜长出了一口气，摇下车窗让风儿吹进来，也只有风吹着的时候她才能自由地呼吸。看着那高耸的大楼和穿行的行人，好像城市都一样，除了冰冷的楼，就是漠然的人还有受制于人的车……

到了哪个城市她都会有种不曾离开过 N 城的感觉，N 城，那个有熙夜，曾经也有蔚涯和姥姥、姥爷的城市。可是再像的城市也终究是有不同的，人再多，没有一个是她想见的。

“我这次来不想去参加活动了，很抱歉，麻烦你来接我。”苍颜将视线从窗外转到姜枫的身上，脸上也有些歉然。

姜枫并没有立即答话，她的语气中有一种让他觉得不舒服的刻意的疏远，直觉她这次的状态不是很好，好像极累的样子。她以前也是那种安静的女生，虽然不会和人大声说笑，但也不至于这么沉默。

“先在酒店住下吧，有什么事情我们明天再说，你太累了。”他也不是那种很幽默的男人，也不那么会哄女孩子开心，他能做的仿佛就是给她一个安静的环境，让她不会觉得吵，不会觉得更累。

到了酒店门口，姜枫先下车来，当他打开后面的车门时才发现苍颜已经睡着了，他拉车门的手就那么顿在那里，定定地看着这个他认识了五年，却很少见她笑的女子。她眼中的悲伤不是天生的，她身上散发的那种忧郁的气质也是后天才形成的。吕苍颜，你身上应该是有故事的，有着被你深藏在心底、不向人言说的故事。

正待他犹豫是叫醒她还是抱她进酒店的时候她的手声突然响了起来。苍颜微微动了动，依然没醒。姜枫突然想到上午他打电话给苍颜的时候她曾称呼他为“老公”，她是在什么情况下才这么叫的？

“苍颜，你电话。”

她兴许是极累了，并没有理会他。姜枫犹豫了一下够到她的包包，拿出手机，来电显示是“夜”。

“颜儿，颜儿，你终于肯接电话了，你在哪儿？你告诉我你在哪儿好不好？”电话刚接通里面便传来一阵急促的声音，甚至还带着一丝乞求。

姜枫握着手机的手一紧，他犹疑了一下说道，“苍颜睡着了。”他的声音中倒是听不出情绪，“等她醒了，让她给你回过去吧！”

说着他就要收线，毕竟是别人的电话他也不好说太多。

然而，身在N市的彭熙夜一听是个男人接的电话，而苍颜竟然在睡觉……他猛地站起身来，心跳开始不断加速，苍颜说她结婚了，苍颜今天上午还对着别人叫“老公”，难道，难道真的是这样吗？

“你是苍颜的朋友吧，我找苍颜有急事，能否告诉我你们现在在哪里？”熙夜努力保持镇静，尽量让自己的声音听起来没有异样。

姜枫看了一眼熟睡中的苍颜，又听到电话那端的人一开口就说终于接电话了，心中寻思着想来应是苍颜不想让对方知道她身在何处而故意不接电话的吧，既然她本人都不说，他又何必多此一举呢。也不管对方看不看得到，他微微一笑说道：“还是等苍颜醒来之后再跟你说吧，我还有事，先这样吧!”

熙夜拿着电话愣了好久。苍颜，苍颜……我不会再让你一走就是几年了，我再也不能把你弄丢了。那个男人竟然可以看着你睡觉，怎么可以，这怎么可以！熙夜觉得自己的胸腔正在膨胀，他快要抓狂，快要发疯了，他一脚踢开办公桌前的椅子，承认吧，彭熙夜，这一刻你嫉妒的要死！

“颜儿，我一定会找到你的，我一定会找到的，我再也不会让你离开我！再也不要了……”

第五章　转折

“若我白发苍苍，容颜迟暮，你会不会依旧如此，牵我双手，倾世温柔?”蔚涯靠在沙发上有些失神地喃喃自语，眼里噙着泪花。她精致的脸上画着淡妆，她是那种空灵的有些飘渺的女子，也许正是这份充斥着艺术气息的空灵，她的身边从来不缺乏男人。被吸引的又何止夏明宇一个人。

苍颜睁着懵懂的眼睛看着蔚涯，年方四岁的苍颜哪里懂得她内心的荒凉，只是怔怔地坐在沙发的另一边，有些不知所措。她不喜欢看到蔚涯这个样子，每每出现这样的情况蔚涯就会骂她或者说一些她根本就听不懂的话。

“妈妈……”小小的苍颜弱弱地叫了一声就赶紧闭上了嘴巴，她突然想起妈妈曾经说过不准叫她妈妈的。

蔚涯狠狠地吸了一口烟，然后吐出许多许多的烟雾来。她回过神来看着对面坐着的有些不知所措的小孩，这是她的孩子，她一个人的孩子……蔚涯突然扔掉手中的烟跑过去抓住苍颜的两只小胳膊，她双眼冷冷地盯着苍颜的脸，小孩已经吓得脸色发白了，眼里也噙着泪水，可是依旧隐忍着不哭。她微微一笑，这孩子果真是像极了她，这么小就知道克制自己的情绪。

“以后不准再叫我妈妈，再叫一次，我就把你扔到孤儿院去！”蔚涯惨然一笑，她眼中一直噙着的眼泪终于在那一刻坠落。

“苍颜，苍颜，你知道我为什么要给你取这个名字？”蔚涯的手又握紧了一些，几乎要把苍颜的胳膊捏断，“你以后千万不能像我一样，落得被人抛弃的下场，知道吗，你知道吗？”她使劲摇晃着苍颜，眼睛瞪得大大的，嘴唇甚至开始颤抖，“不要让那些负心的男人毁了你的一生！男人是不可靠的，当你不想成为别人的负担，又一个人无力承受的时候，就来找我，我会在那里一直等你的……”

小小的苍颜完全不知晓蔚涯在说什么，可她又不敢哭，只能那样任由蔚涯摇晃着，只能怯怯地看着蔚涯眼中不断流出的眼泪。她长这么大，时常看见的就是蔚涯坐在那里发呆，或者坐在书房里画画，或者捧着一本书认真地看。她没见过蔚涯哭，她吓坏了，她想叫姥爷和姥姥过来，可是她不敢。

“离有钱又深藏不露的男人远一些，你永远猜不透他们在想什么，你永远都不知道他们接近你是抱着什么样的心思，是认真的还是玩你的……”蔚涯怔怔地松开抓着苍颜的手，颓然地坐到地上，像是想起了什么一般，突然抬头看着苍颜，“永远都不要去招惹结了婚的男人！除非你也想让你的孩子和你一样被人指指点点说是私生子！”

蔚涯愣了愣，突然冷笑一声，“颜儿，倘若有一天你想父亲了，你就去夏家，夏明宇他不敢不承认的……他若不承认，你就去我的墓前告诉我，我去帮你找父亲，我要他一辈子都活在悔恨中……听到没？”蔚涯的声音陡然提高了许多。

“我这辈子只爱过夏明宇一个人，所以你一定是夏明宇的孩子!”

苍颜被她凄厉的声音吓了一跳，懵懵懂懂地使劲点头。蔚涯的表情实在太吓人了，她忍不住紧贴着沙发，有些愣怔地看着又陷入了失神的蔚涯。她觉得哪里不对劲，蔚涯从未与她说过这么多的话，蔚涯常常停留在自己的世界中，她突然回到现实中，又说了这样多的话，苍颜觉得好害怕，她慌乱中爬起来去叫姥姥和姥爷，可再跑回来的时候就看到蔚涯白色的长裙在窗台那边划出一道剪影……

接着就是姥爷和姥姥的大声呼喊，小小的苍颜呆呆地站在原地，不知道发生了什么事情。当看到姥姥和姥爷大叫着跑出家门的时候她也跟在了后面。

再站到蔚涯的身边时，只看到蔚涯安静地躺在地上，血从她身体里一直蔓延出来，染得她的白色长裙上到处都是红色，刺眼的红色。

可是那地上躺着的还是蔚涯吗？她的身体都浸泡在血泊里，身体已经摔的不成样子了，那张美丽的脸几乎完全辨别不出来。苍颜躲在姥姥的身后“哇”地一声就哭了出来……

姜枫从外面买了晚餐回来，不知道苍颜有没有醒来就进到她的房间看看，结果一进来就听到苍颜的哭泣声。他先是一怔，急忙把手中拎着的食物放到桌子上跑到床边，她还安睡着，可是她哭着……

“苍颜，苍颜!”姜枫试探性地轻唤了两声，苍颜渐渐地停止了哭泣，依旧睡得沉稳。

姜枫轻轻擦去她脸上往发中滑落的眼泪，然后缓缓坐到地上。连睡梦中都在哭泣，苍颜你到底经历过什么？苍颜你究竟有着什么样的故事啊？他的目光渐渐变得深邃，仔细认真地看着床上的女子，若时间能在这一刻静止该有多好，这样不管她愿意与否，他就能一直看着她的睡颜，一直守着她。

还记得五年前初见她的情景，那时他们在 A 城 C 大，那是快离校的前几天，他和吴飞扬一起去吃早餐，路上碰到了彪悍奇葩的她。那时她手里拎着人家的锅，好像是她要买早餐结果等了一个多小时都没给她做，要么做了老是放葱，而她恰好不吃葱，等得不耐烦的她冲到老板跟前拎起人家的锅，在扔与不扔之间犹豫了一下最终也没扔出去，要回自己的饭钱走了。

他当时只觉得这个女生彪悍，也没在意，可当他看到她在水房前不小心碰倒了别人的热水壶后，看到壶盖破了就想着留下自己的联系方式，她去水房找看管水房的大叔借了一张纸一支笔，写了些什么，发现干纸贴不到水壶上就又在纸上写了几个字然后果断的吐了一口唾沫到纸上，捏着两角搓均匀后就“啪”一声贴到人家热水壶上了。她站起身时看到了他，有些尴尬地别过头迅速走开了。他好奇地走过去看了看那张纸，见上面写着：碰破了阁下的壶盖十分抱歉，如需赔偿请和敝人联系，唔，记得刷水壶。

那之后就毕业离校了，他就再没见过她，可是却一直记得有这样一个彪悍又奇葩的女生。后来有一次驴友组织的爬山活动中他再一次见到了她，可那时她却总是沉浸在自己的世界里，不怎么与人说话，爬山的时候总是走在最后面，但是也不会让大家等她。休息的时候她就捧着一本书看或者不停地敲击着电脑键盘。他心想着这也许就是缘分吧，让他们再次相遇。

后来他才知道她的文笔这样好，有很多短篇小说都上过杂志，只是没有见过她出的书，后来才发现她只是追求着自己想要的事物，并不刻意的去在乎那些外在的形式。

他一早就知道她是有故事的人，这几年断断续续地和她一起去爬过几次山，每次的活动都是因为打听到她的名字也在里面才去的。她身上好像有一种空灵的气质，飘渺得难以捕捉，也难以言说，就知道这种气质从一开始就吸引着他，从浅到深。

“倘若记忆不美好，就忘记吧，这样就能腾出空间接纳新的美好的记忆。”

姜枫微微一笑，起身走回自己的房间。过去是应该给未来让路的，人不能一辈子只活在过去，未来还有许多美好在等着你，快点从过去醒来。这期间我会一直等着你。

姜枫听到床上的动静转过身来看到苍颜已经坐了起来，就边往床边走边说道：“醒了，一起去吃点东西吧或者叫进来也行。”

苍颜被突然响起的声音吓了一跳，侧头见是姜枫才捂着胸口呼了一口气。有多久没出现过这样的情况了，一醒来房间里突然有个人在。就是以前和熙夜在一起的时候也很少出现过这种情况，心里莫名地就多了一丝烦躁。

“你一直都在这里？”苍颜理了理散乱的头发，侧头看着姜枫说道，“我记得我睡着前是在车子里的吧？”

姜枫掏手机的手一滞，他不是傻子自然听出了苍颜语气中的不高兴。“我见你在车子里睡着就把你抱了进来……”他顿了顿，脸上划过一丝不自然，“不好意思，确实是我冒犯了。”

原来他们之间还是这样陌生，陌生到连一个拥抱都会被计较？

苍颜突然觉得自己过分了些，毕竟是人家帮了她。她掀开盖在身上的被子一边低着头穿鞋一边满含歉意地说道：“对不起，我心情不太好，说话就冲了一些，你别介意。”

因为陌生，才会客气。

姜枫有些尴尬地笑了笑，见苍颜要去拿手机就想起了今天下午那个接连打了几次电话的人，后来他干脆就把她的手机调成静音了。“对了，有一个叫‘夜’的人给你打了几次电话，我怕吵到你，就调了静音。”

苍颜的略显瘦弱的身躯瞬间僵住。夜，是夜吗，她记得她早已在电话簿里删除了他的联系方式，来电显示怎么会有名字？她忘记了她昨夜喝醉酒后又存了这个名字，和以前一样，只存了一个“夜”字。

“嗯，谢谢你。”她拿起手机，看了一下时间已是夜里十一点了。未接电话还有五个，都是同一个名字，苍颜怔了怔，然后面无表情地删除，也许该换号码了。

“我们去吃点东西吧，确实有些饿了。”苍颜故作轻松地揉了揉肚子，那里真的饿扁了，一天都未进食了呢。

他们走到酒店门口时苍颜突然就站着不动了，眼睛直勾勾地看着前面不远处站着的一个西装笔挺的男人，他双手插在口袋里，安静地站在那里。这可真是他的招牌动作，从很小的时候许是为了装酷吧，他就两手插在兜里，这么多年了已经是习惯性的动作了吧。

她本可以不用看见他的，只是这路灯太亮了，只是他长的太高又太帅，不觉间就能吸引别人的眼睛。要知道他们从四五岁的年龄相识，一直到十八九岁分开，这一路走来苍颜可是见太多女生被他吸引的样子，回头率是那么高。

熙夜也在那一刻看见了她，以及她身旁的那个男人。插在口袋里的手慢慢握成拳头，他打了好几次电话，刚开始的时候都是一个男人接的，后来干脆没人接了，那人说苍颜一直在睡觉，他们又一起从酒店出来，难道……难道他们一直都在一起？难道眼前的这个男人就是接他电话的男人？在路灯的朦胧中看着都不怎么样，苍颜的眼光真是变差了……

姜枫顺着苍颜的视线也看到了站在不远处的彭熙夜，眼中闪过一丝疑惑，他们认识？

苍颜看了一眼身边的姜枫，眼睛里分明写着：是你告诉他我在这里的？姜枫摇了摇头，他的确没有说过。

熙夜见苍颜站着不动，那个男人也站在那里没动，就自己走上前去。先是礼貌性地向姜枫点了点头，接着视线便全部落在了苍颜的身上。“你走的太匆忙，我还有话没有跟你说。”

苍颜扭头看了一眼深夜的大街，城市里就是这样，无论多晚，街上都会有那么多车和人，好像真的有人可以二十四小时不休息一样。她垂眸，声音有些冷淡，“我不觉得你还有什么话可以和我说。”她嘴角微扬，笑得讽刺，“为了找我你还真是花费了不少心思。”他现在能找得到她，那过去的九年当中也一样可以找到，可是他一直都没来找她。

的确花费了不少心思，根据手机定位才查到这里，当时听到有男人代替她接电话，慌乱中的他差点出动私家侦探。苍颜，他已经错过了她九年，这一次无论如何也不要再错过了，不然他这一生该要怎样痛苦地回忆她。

“我们换个地方说话吧。”熙夜双眼紧紧地盯着苍颜，生怕一眨眼她就会再次不见了似的。

苍颜盯着他看了半晌才淡淡道：“有话在这里说吧。”

熙夜知道现在的苍颜已经不是十八岁的苍颜了，也不会像以前一样黏着他了。

是啊，其实熙夜自己也知道苍颜为何会变成现在有些不近人情的样子。她四岁的时候亲眼目睹了妈妈跳楼的惨状，可是那些阴影在脑海中停留的时间并不长，她还是那样活泼开朗。可是九年前当她被逼着独自一人离开 N 市的时候，她在几日之内失去亲情、爱情和友情……还要被迫离开生活了十几年的家乡，那个时候即便是再坚强的人也会被摧垮心志吧，何况是并不那么坚强的她。

她把自己伪装成一个刺猬，当遇到那些曾经伤害过她的人时就会不自觉地蜷缩到一起，露出那些尖尖的刺。她只是不想再次被伤害，她只是害怕靠近她的人会再抛弃她。

熙夜转头看了看姜枫，有些歉意地点了点头。姜枫自然会意，笑了笑便走开了。

“其实我和娅婻并不是真的结婚，结婚只是当时的权宜之计，我有我爱的人，她有她爱的人。颜儿，只要你肯跟我回去，我马上跟娅婻离婚!”

呵——，不是真的结婚？只是权宜之计？马上就可以离婚？苍颜愣愣地打量着眼前这个气宇轩昂，英俊不凡，冷静智慧的男人，不管是真酷还是装酷，他素来都是自信沉着的人，如今竟然会说出这样不负责任的话来。

苍颜突然长叹一声：“这样的话以后不要再说了，熙夜，我们都不是小孩子了，现在也不是过家家的游戏，不要任性了好吗？不要再伤害任何一个人了，好吗？”

“苍颜，你以为你现在看到的就是你以为的真相吗？九年前发生的事情你究竟知道多少，就把我们都判了死刑……”熙夜还要再说什么时口袋里的手机突然响了起来，他掏出来看了看来电显示是娅婻。

接了那个电话后彭熙夜脸上是难得出现的严肃神情，他定定地看着苍颜，“颜儿，我要马上回 N 城，你可愿随我回去，我会慢慢告诉你九年前的事情，会慢慢告诉你我从不曾背叛过你，跟我回去，好不好？”

“你先回去吧！我这会儿太饿想去吃饭。”

彭熙夜迟疑了一下，微微点点头，“也好，你考虑一下，我先回去，有什么事情随时可以给我打电话。”

是什么事情能让一向沉稳的他这么严肃？是公司里的事情还是……娅婻？苍颜静静地站在那里看着他钻进一辆出租车然后驶离她的视线。

好像一个梦啊，他突然从另外一个城市出现在她面前，还没说几句话就又这样匆忙离去，如果她现在是在床上，一定以为自己刚才是在做梦，梦到了她的前男友、别人的丈夫。呵呵，她看了一眼被路灯照亮的天空，微风轻轻吹来，扬起她长长的发，遮住了半边脸颊。夜，为什么你会叫这个名字，让我每次抬头看夜空的时候都会想起你……

她扯了扯嘴角想笑，可笑意还没抵达眼底的时候就已经收敛了。彭熙夜什么时候这样抛下过吕苍颜？不管他有什么急事都会以她为先，都会在确认她安好的时候才会离开，她哭了笑了累了开心了都是他陪着哄着安慰着。十四年啊，从她四岁到十八岁，她已经深深的习惯了有他在身边……丢下她一次就会有第二次了吧，然后就会有第三次……

“你哭了。”姜枫说的不是疑问句，很笃定的语气，他边说边递过去一张纸巾。

苍颜使劲眨了眨眼睛，低头看了一眼熙夜离去的方向，一只手不自觉地捂着胃，一手接过姜枫递来的纸巾，微微一笑，“我没事，风吹了眼睛。”

“你若实在放心不下，明天也回去看看吧。”姜枫一只手插进口袋里，也抬头看向夜空。他不是那种善于表达的人，现在也不知道该说什么或者该做什么，唯一能说的就是说出她心里的话。他不知道苍颜和刚刚那个男人之间发生了什么，也不想知道，可他知道他现在不能说出心里的想法，不是已经等五年了吗，还可以等更久的……

苍颜长舒了一口气，有些歉然地看着姜枫，“这次真的是谢谢你了，让你这么麻烦。”

“苍颜，其实我们可以不用这么客气的……”姜枫的视线被苍颜的手吸引，他的表情一滞，关切地说道“你不舒服吗？肚子还是胃？”

“啊，我……”苍颜赶忙将手从肚子上拿开，“我好像是太饿了。”她尴尬地笑笑。

姜枫微微一怔，笑了笑，“是我疏忽了，走，我们去那边吃点东西。”他只知道苍颜晚饭没吃，却不知道她早饭和午饭也没吃。苍颜的胃大抵就是这样饮食不规律而坏掉的吧，常常会发脾气将她折腾得死去活来。

晚餐吃的并不怎么愉快，苍颜心事重重的样子，姜枫也就不好开口多说什么，草草吃了些便回了酒店，各自进各自的房间。

许是睡了半天睡饱了的缘故，苍颜回到酒店一丝睡意也没有。她端着一杯红酒站在窗前，浅浅地抿了一口。她晃了晃杯中的红酒，看着窗外，她喜欢这黑夜的宁静，黑夜是灵感的源泉，想象力在这期间爆发，是创作的最佳时期。

她又在窗前站了一会儿，电话在这个时候响起来，苍颜微微一愣，凌晨了，谁会打电话过来？看了看手机竟然是罗静婷的号码，她犹豫着接了起来。

“吕小姐吗，是我，罗静婷。”里面传来罗静婷沉静又礼貌的声音。“吕小姐，我今天太忙，现在才有时间，不知道有没有打扰您休息?”当然，她知道写作的人都是睡不早的，果真如她所想，苍颜还没睡。

“没有。”自从知道罗主编居然把他的联系方式泄露给彭熙夜，苍颜对她的好感已经打了折扣，说话也没有那么大的兴致了。

“听我的秘书说你不想合作了，而且今天已经离开N市了。”罗主编沉吟了一下继续说道，“首先我需要向你道歉，我不知道您和彭先生之间有什么过节，但是您的联系方式的确是从我们这里泄露出去的，是我们对合作者的隐私保护的不周到，关于这一点我诚挚地向你道歉!”

苍颜没想到罗静婷会亲自打电话来道歉，一时竟有些无措起来，她握着手机沉默了一会儿，才开口说道：“罗主编，其实也没关系的，即便您不说，他也有办法知道我的号码。”

她说的没错，只要她在N市出现了，彭熙夜要想知道她的所在和联系方式都是易如反掌的事情，毕竟他背后的那家公司实力太强了，是夏宾鸿一手助他发展并巩固的公司。

“你心里不介意就好。”罗静婷揉了揉太阳穴，很是疲累的样子。遇到一个聪明又较真的女人还真是麻烦。“吕小姐，其实我觉得我们合作的事情你还可以再考虑一下的，我看你的稿子并不是因为彭先生的关系，是我的确在网上看到过你的作品，你以前在小说杂志上也发表过不少作品，我们很认可你的文笔，也很欣赏你对文字和文学的这种态度，当然最主要的还是你的作品写得好，我觉得这对你来说是一个机会。”

罗静婷顿了顿，似乎想透过电话觉察一下苍颜的反应，只可惜，距离太远她根本感觉不到，若是别人她真的已经撂手机了。这真是一个棘手的女子，把一切看得都太淡了，金钱和名利完全不能打动她，不过也正是因为她的这份淡然，自己才会喜欢她、尊重她。“我以我个人的名义诚挚地邀请你，吕小姐，这是双赢的合作，而且得到认可会让你更加自信，也更能让你追求自己的理想，不管怎样，人还是应该多尝试些新事物，兴许你的内心就会得到释放……”

第六章　车祸

苍颜第二天就坐了最早的航班，飞回 N 市。她觉得罗主编说的对，只有尝试了一些新的事物，才会将内心释放。

有人说痛苦是一把插在胸口的刀，你拔出来，不光自己疼，还会溅别人一脸血。苍颜想若是这样让身边的人都跟着不好受，还不如找一个释放口，这样也不会让身边的人跟着她一起疼了。

想想自己这么些年来的不快乐都是在 N 市埋下的悲伤种子，逃避从未让她的心里轻松过，还不如回去把这粒深埋在内心深处的伤心种子挖出来，不管她还能活多久，至少不能再让自己活的苦了。是啊，她还有许多事情没做，还有许多风景没去看，还有许多美好没享受，若一味活在悲伤里，的确有点浪费生命了。

当然她回去还有别的事情做，熙夜说她所看到的并非是她所以为的真相，那么她就再回去找找那所谓的真相是什么，还有他和娅婻的结婚背后是不是还有着什么秘密。当年夏宾鸿让她远离 N 市，因为姥姥的死，因为熙夜的背叛，因为夏明宇的淡漠，她在 N 市一个亲人都没有了，所以带着悲痛和恨，就那样拿着夏宾鸿给的钱离开了。现在想来当时的事情确实有些稀里糊涂的，过于悲伤的她并没有想太多……

站在夏宾鸿的面前，苍颜发现自己竟然在微笑。她环视了一眼四周，除了夏宾鸿，还有夏明宇，彭熙夜和程娅婻都在，你看今日多齐全呀。

娅婻的脸上始终挂着淡淡的笑容，她微笑着打招呼，远远地比了比椅子，“苍颜，你要喝点什么？”任谁都能听出她声音里的喜悦。

苍颜的心里不是不疑惑，在这个家中，所有人都巴不得她永远不再回来，只有娅婻和熙夜。大家都知道她和熙夜长达十四年的感情，甚至可以说是长达二十三年的感情，她的回来无疑是娅婻和熙夜婚姻的一个潜在威胁……可你看娅婻她笑的是多么真诚。

“谢谢，不用麻烦了。”苍颜的目光疏离，“我来说几句话就走了。”

“你这个人真是不知好歹！”夏宾鸿冷声开口道，“你走了又回来，走了又回来，这里究竟还有什么是你放不下的？你究竟想干什么？”他浑浊的眼睛恶狠狠地盯着苍颜，眼里有着深深的厌恶。这个女人比吕蔚涯真是麻烦多了，还如此不知趣。

苍颜停顿了几秒钟，嘴角的笑意更浓，“这里是生我养我的地方，我自然有放不下的，只是夏老爷子，我就想知道您为什么不想让我待在这座城市？难道这里有什么不可告人的秘密不成？而且是不能让我知道的秘密？”

“你——”夏宾鸿恼羞成怒地看着苍颜，恨不得拿手中的拐杖去打她，这么多年了，不管是他在任的时候还是退居二线后，何曾被人这样挑衅过？如今一个二十几岁的小丫头竟然敢这样和他说话。

“父亲，父亲请您息怒。”夏明宇见形势不好赶忙上前劝道，同时不停地向苍颜使眼色。

娅婻见此也赶忙上前劝说苍颜，只是苍颜并不理会他们的劝说，似笑非笑地看着夏宾鸿。“蔚涯当年是怎么被你欺负，被你封杀的我现在可以不去计较，时隔这么多年了我也不想让蔚涯灵魂不安。当年我姥爷是怎么死的你也心知肚明，我姥姥是怎么被你逼死的，大家心里也都知晓，夏宾鸿，我从来没有想过让你和夏明宇承认我是这个家的一分子，我也不稀罕进你们夏家的大门……”

苍颜顿了顿，继续说道：“我不想和你们吵也不想和你们闹，我也没有那么大的实力与你们这些权势地位、荣华富贵什么都有的人抗衡，我来是想告诉你们一声，我回来了，彻底地回来了！你们若是妄想用对付蔚涯的那套来对付我，那是不可能的！”

“你说完了没有，说完了就滚！”夏宾鸿指着门的方向冷声喝道。他侧头看着夏明宇，颇具威严地说道：“去叫保安来，把这个疯女人赶走，我不想看见她！”

“你不想看见一个人就可以把一个人赶离自己的视线，是，你手中的权力的确可以做到！但你以为我还是九年前那个懵懂无知的小丫头吗，说让你赶走就让你赶走了！”苍颜眸光一闪，继续说道：“我知道你担心什么，我不会报复也不会去抢什么，更不会破坏你现在固有的一切，我只是想在我的家乡安安稳稳地生活，我不想在异乡漂泊了。”

苍颜心里知道，她要想在这个城市生活下去，一定得让夏宾鸿点头，不然她过不了几天安稳的日子就会有这样那样的人来找茬，逼着她自己离开，就像九年前一样。

“苍颜，要不你先回去吧，你现在情绪有些激动，外公也不太舒服，不如你改日再来吧。”娅婻拉了拉苍颜，又朝熙夜使了个颜色。

熙夜也来劝说道：“颜儿，不如你先回去吧，你刚下飞机，回去先休息一下如何？”

还真是妇唱夫随，伉俪情深啊！

苍颜知道她今天如果就这样走了，可能就再也没有机会再来夏家了，得不到夏宾鸿的首肯，她在这个城市怎么住的下去。

是的，她即便再不想承认，她也是夏明宇的私生女，也是夏宾鸿的亲孙女，一个见不得光的身份。她从来都不曾想过要从这个家里得到什么，却连普通人在这里生活的权利都没有。就因为夏宾鸿曾经是这个城市的市长吗？就因为他曾经有这么大的权力吗？为什么他一个城市的人都能容忍却容忍不了一个小家庭，容不下一个蔚涯，容不下自己的亲孙女？

“只要你点头，我就再也不会出现在你面前！”苍颜定定地说道。

夏宾鸿的眉头紧皱，拄着拐杖的手微微颤抖着，一看就是气得不轻。“我如果不答应呢？”

“现在媒体这么发达，二十三年前的事情只要你不怕，我不介意曝光……”

“混蛋，你在威胁我？”真是不知好歹，竟然敢威胁他！他的目光逐渐冷峻，“好，你可以留在这里，但我如果发现你和夏家的任何一个人有来往，你就立刻给我滚出这个城市，滚得远远的！”

苍颜微微一笑，瞥了一眼夏明宇转身离开。夏明宇你看到了吧，其实夏宾鸿也是一个欺软怕硬的人，当年如果你能像我一样坚持，蔚涯也就不会是那样的结局了，你也不会是这样的结局了……

看了一眼时间，五点多，到了吃晚饭的时间了。苍颜拐进离家不远的一个小饭店里，向老板要了两瓶啤酒，就坐在那里有一口没一口地喝着。有人说女人比男人更需要啤酒，她曾看过一个帖子，说是台湾一个曾经当过日本皇太后御医的女博士说过适当的饮用啤酒对身体好，苍颜也觉得这个说法有道理，所以会时不时地喝一些来怡情。

冷眼看着别人出双入对，勾肩搭背，她只自己猛灌两口酒，然后结账离开。为什么现在就只剩下她自己了呢？

兴许是她过马路太匆忙忘记看车了，兴许是那开车的司机在路口忘记减速了，总之当苍颜回过神来的时候就已经没有时间做任何反应了，耳中充斥着急刹车和车胎摩擦地面的声音，她的身体像断了线的风筝一般跌飞出去，重重地摔到远处的隔离栏上又跌到地上。

恍惚中感觉有人叫她，好像还有慌乱的脚步声，苍颜觉得身上好疼好疼，眼前的明亮渐渐被黑暗代替，苍颜沉沉地闭上眼睛。蔚涯，是你来接我了吗？你也觉得他们对我不好要接我过去疼爱我了吗？

电话响起来的时候熙夜正在办公室中看一份文件，手机上显示的是苍颜的号码，他的心突然就提了起来。他轻咳了一声清了清嗓子然后满怀激动地接起电话，九年来苍颜可是从没有主动给他打过电话……

“您好，请问您是夜先生吗？”陌生的女人声音。

熙夜微微一愣，随即道：“是我，请问您是哪位？”

“这里是中心医院，刚刚有位小姐被送进急诊室，她的手机里最近联系的人是您，所以……”

熙夜没有耐心听完那个女人的话，他也来不及细想，慌忙拿起车钥匙和外套就往外跑，一路上对打招呼的人都视而不见。公司上下哪有人见过总经理这样慌乱的模样，他向来都是沉稳内敛，自信沉着，冷静睿智……

在公司门口险些被熙夜撞飞的何小猛一边揉着肩膀唏嘘，一边不可置信地看着那个匆忙跑走甚至都来不及打招呼的背影。“他家着火了吗？他这么风风火火地要去哪儿？”

“能有什么事情让他恨不能飞呢？”一旁同样惊讶的魏明疑惑地说道。

他们三人从高中到大学可都是在一个学校的，毕业后又这么多年了，相识十来年了哪见过彭熙夜这样不顾形象的样子？毕业后他们两人都来了彭家的公司，给熙夜当帮手，目前分别担任着两个重要部门的部长。

“他曾经为了一个人这样慌乱过……”魏明略作思考后沉声说道。

何小猛立刻来了兴致，像是发现新大陆一样两眼放出精光，凑过来小声问道：“那人是女的吧，谁啊？”

魏明白了一眼何小猛，甩出三个字便朝电梯走去，“夏苍颜。”

夏苍颜？何小猛愣了一会儿才反应过来这个名字，夏苍颜。是哦，只要一遇到夏苍颜的事情，熙夜几乎没有淡定过。可是她不是已经消失了九年了吗？难道……他回过神来见魏明已经走远了，慌忙去追。进了电梯后，他一脸贼兮兮地问道：“难道苍颜回来了，他现在火烧屁股一样赶着去接人？”

魏明无奈地看一眼笑得邪乎的何小猛，毫不留情地说道：“猛子，你真不该投胎为男人，女人的八卦更适合你！”

何小猛一听立刻撇了撇嘴，不屑地甩了甩头，“谁稀罕你说，我自己猜都猜出来了。”

“你知道夏家的关系复杂，当年苍颜走的时候又是那个样子，这件事情你还是少跟人提，免得惹来不必要的麻烦。”魏明警告道：“夏老爷子可是个说一不二的人，对自己的亲孙女都能如此，别说咱们这些外人了！”

“那这件事情我们就装作不知道？熙夜虽然结婚了可他心里最在乎的人是谁别人不知道咱们还不知道吗，苍颜走的时候他表面没事人儿一样，实际上有多心痛我们也都见着了，他晚上喝酒白天还要强装笑脸去陪程娅婻……”何小猛说着说着自己竟然也严肃了起来。那段时间怕是熙夜最难过的一段日子了，这九年虽然他看起来很幸福，可他夜深人静想起苍颜的时候会不会依旧兀自流泪呢？

“咱们先观察一段时间再说，有些事情夏老爷子也确实做过头了。”魏明看着电梯停了若无其事地走出来，跟何小猛摆了摆手就向自己的办公室走去。

彭熙夜赶到中心医院的时候苍颜还在急诊室抢救，他有些愣愣地看着门上那两个血红的大字“急诊”，怎么出了车祸呢，怎么就出了车祸呢？他颓然地坐到椅子上，双手抱着头。

颜儿，颜儿，你可一定要好好的，一定要好好的……他自己都没觉察到自己的颤抖，好像一个迷路的小孩子找不到回家的方向一样无助。

娅婻赶到医院的时候看到颓然坐在椅子上等待的熙夜，她原本匆忙的脚步一下子缓了下来。她抬头看着紧闭的急诊室门，怔怔地看了许久。曾经的闺蜜，最最要好的朋友在九年前被逼得离开这个城市，那个时候他们才十八岁，现在都已经快二十八岁了……不管是她和苍颜还是熙夜和苍颜，都已经错过了太多的时间。人生中最美好的时间里他们都活在痛苦中，这样的日子不应该再继续延长了，否则这些生活在痛苦中的人会依旧深陷在痛苦里无法自拔。

人生苦短，又何必这样责罚自己呢！

娅婻缓缓走到熙夜身边，伸手拍了拍他的肩膀，故作轻松地说道："放心吧，颜儿吉人天相，不会有事的。"

嘴上虽是这么说可事实上她自己心里也没有底，她不知道苍颜被撞的时候是什么情景，有多严重他们都不知道，但这个时候必须要有一个人是冷静的。

"肇事车主查到了吗？"彭熙夜头也没抬，沉声说道。他现在恨不能立刻冲到那个车主身旁，狠狠地打他一顿方能让自己心中的担忧、害怕、愤怒、心疼得到发泄。

"交警已经在调查了，熙夜，你别太担心……"

"我怎么可能不担心，那里面躺着的是苍颜，是苍颜啊！"熙夜抬起头来激动地说道，他的嘴唇颤抖着，身体也在颤抖，就这么一会儿的功夫他那彬彬有礼的模样就已经被完全颠覆了。

娅婻愣愣地看着激动的熙夜，突然发现这么多年了她并不了解这个男人，哪怕他们已经结婚五年了。在他心中，无论苍颜身在何处，对他是什么态度，苍颜永远都是排在第一位的。

急诊室的门被推开了，有一个护士慌慌张张地跑了出来，熙夜赶忙起身迎过去，"里面的病人是什么情况？"

"目前还在抢救中……"那护士边说边走。

熙夜一拳砸在一边的墙上，他扭头看着站在一旁不吭声的娅婻，眼中闪过一丝恨意，他冷声质问道：“是不是夏滨鸿干的?”

这个城市谁会和苍颜结仇，谁会这么见不得苍颜，除了夏滨鸿他实在想不到谁会这么做。

娅婻不可思议地看着熙夜，她真的没想到他会这么想，她也从没想过他对夏家是抱着这样的想法的。“你就没想过这只是一场意外吗？苍颜有了什么事你总是先怀疑夏家，夏家在你心中就是如此不堪吗?”

熙夜看了一眼娅婻，无力地走到椅子上坐下来，把头埋得深深的，声音有些嘶哑地说道：“对不起!”

的确是他情绪失控了。每每遇到苍颜有什么事情，他总是不能冷静思考，只要他看到苍颜受伤或者难过就忍不住想要发疯、想要抓狂。

娅婻缓缓在椅子上坐下来。魏明曾经说过，苍颜就是熙夜的死穴，看来是没错的。从小到大，他最在意的都是苍颜，以前他还可以忍受是因为没有危及到苍颜的生命，她侧头看了一眼紧闭的急诊室，又看了一眼双手抱着头的熙夜，眼波微动，这一次苍颜正在急诊室里抢救，是何结果还不知晓，这大抵已经在他忍受范围之外了吧。

九年了，什么都变了，唯独他对苍颜的感情没有变，他和苍颜相识二十三年了，这样的感情有多深厚娅婻心里也知道，所以她从来没想过要和苍颜争，她知道她是争不来的，还好她的心中也有一份感情，不然每天面对着这样的熙夜该是多么痛苦。

娅婻的手不自觉地抚上了小腹，嘴角微扬，她还有自己的幸福要珍惜。苍颜，如果这次你能安好，我会找个机会和熙夜离婚，我不想和我爱的人偷偷摸摸，也不想这样折磨我们四个人，倒不如各自解脱，我想外公那边应该也不会太阻止的……

刚才出去的那个护士跟着一个医生又匆匆忙忙进了急诊室。熙夜慌忙站起身跑到急诊室门前，还没来得及看一眼里面的情况门又被关上了。他颓然地靠着墙壁，因为紧张，额头上都是汗珠，脸色也有些发白了。

娅婻看到他衬衣上的血才知道他的手竟然破皮流血了，她站起身走到熙夜身边，“熙夜，你的手流血了，让医生处理一下吧，不然……”

“娅婻!”熙夜的脸色一沉，语气颇淡地说道，“你回去吧，这里我守着就好了。”

现在跟夏家有关的人他看见了就莫名的心烦，夏宾鸿和夏明宇对苍颜姥姥和苍颜的伤害他都是看在眼里的，一个孤苦无依的老人是如何请求夏宾鸿又被赶走的他也看见了，苍颜姥姥死的时候夏宾鸿竟然说了一句“是该死了”，再加上九年前苍颜被逼离开 N 市……人心凉薄如此，熙夜早就对那个看似无害的夏宾鸿失望透顶了，也早已厌烦极了，现在他就想找一个机会脱离夏宾鸿，然后带着他的颜儿远走高飞!

娅婻愣了愣，淡淡点点头。如今熙夜的态度她也知道，她说什么他都听不进去的，还不如先不说的好。现在她离开也好，这样两个人都能平静一下。

出了医院的大门，娅婻站在车旁，只觉得茫然。原本好好的朋友怎么就走到今天这个地步了呢？她抚摸着自己的小腹，已经一个多月了，她将要为人母了，难道还要整天对着彭熙夜那张冷冰冰的脸吗？也不知道站了多久忽然意识到路人异样的眼光，才恍然拉开车门坐进车里。

“外公，当年您以为是对我的疼爱，逼着熙夜娶我，殊不知是将我推进了一个怎样的冰窟窿。”

娅嫡坐在车里喃喃自语，扭头恰看到车窗外一对相拥而过的恋人，眼睛就在那一瞬间突然一热。以前苍颜和熙夜，她和钟怀古，他们也曾这样开心幸福地相依相偎，那个时候虽然还小，可也正是最无忧无虑的年纪，肆意地享受着青春的交响乐，欢快地度过初中和高中的六年。现在想来恍如隔世，原来他们已经错过幸福这么久了！

她痴痴地看着那对渐行渐远有说有笑的恋人，眼中闪着泪光，多希望能够回到从前啊，回到那个懵懵懂懂的年纪，该有多好啊！

她拿出手机拨出去一个号码，嘟嘟几声之后里面传来了一个女声，甜甜的声音说着：您所拨打的用户正在通话中……娅嫡轻笑，自从那日之后钟怀古的电话再也打不通了，不是他的助理接听就是关机或者直接被挂掉，她愣愣地看着手机，眼泪一滴一滴地砸在屏幕上，我们都怎么了？不过是九年时间我们就都陌路了吗？

先是失去苍颜，后是失去怀古，现在就连熙夜也快失去了吧……随着时间往后推移，她还会失去什么呢，夏家吗？

娅嫡的车子驶向了交警大队，熙夜不相信这件事情与夏家没有关系，那她就去寻找证据来证明外公的清白……

接待她的是一个负责这起交通事故的交警，说肇事车主目前还在追查中，一切要等到受害人醒过来之后才能再做进一步的调查，不过他们会全力追查肇事车主的。

娅嫡停顿了几秒钟，“能不能调出当时的录像让我看看？”

“当然可以。”那名交警说着便去了电脑旁，很快就找到了苍颜家那个路口的录像。

娅嫡仔细地看着那辆车，试图想看清楚车里的人，可是终究没能如愿。当她看到苍颜被撞飞出去后先落到隔离上才又摔到地上时顿时捂着嘴巴睁大了眼睛，她惊讶地看着苍颜在地上滚了好远才停下来，用她的身体在地上划出一道血痕……

她哽咽着哭出声来，“苍颜……”

交警看到这一幕只是摇摇头没有说话，他们见了太多这样的情形，这个女人还是属于那种比较理性的，大哭大闹的他们也见过，死去活来的他们也见过……只说了些他们会尽力去追查的，一定会将肇事者找到之类的话便又去忙别的事情了。

第七章　放手

熙夜在苍颜的病床前站了多久他不记得了，只是沉默地看着全身缠满绷带，鼻子上还带着氧气罩的苍颜。好久没有这样安静地看着她了，她以前性格活泼，难得有安静的时候，他们中间又空白了九年，她回来了，性格也变了，也不愿与他说话了。

医生说她全身多处骨折，肋骨断裂三根，头部也受伤了，虽然现在经过抢救已脱离生命危险，但何时醒过来就要看她自己了。熙夜缓缓走到窗前，看着外面的阳光，一个渴望旅行，向往自由的人，现在要毫无知觉地躺在床上，她若知晓该会多么伤心难过？

这时外面响起了敲门声，然后是门被打开的声音，熙夜赶忙回身做了一个噤声的手势，他看了一眼安睡着的苍颜，脚步轻轻地走出病房，生怕吵醒了她。

“什么事？”熙夜边关上门边轻声问道，他的对面站着的是他的私家侦探。

那人拿出一个档案袋，递给熙夜，“这是您要找的人的全部资料，目前他在Y市的一家五星级酒店做高管，收入不菲，据调查显示他的老家是 N 市，也就是咱们市，具体的您可以从档案中看到。”

熙夜接过档案袋，眼睛扫了一下上面的名字，姜枫。他沉眉，然后淡淡点了点头，“我知道了，你先回去吧。”熙夜正要转身似乎又想到了什么，又说道：“你去查一下夏家的车，包括配送给别人的车，看看出勤如何，都去了哪里，查完后还到这里来……”熙夜顿了顿，眼睛突然变得冷峻，“记住，我让你调查的一切事情都必须只有我们两个人知道!”

那人深解其意，半笑着说道，“彭先生，我既是你的私人侦探，自然知道什么该做什么该说，您尽可放心。”

彭熙夜坐在病房内仔细地看着姜枫的资料，身高 1 米 82，年龄 29 岁，祖籍 N 市，目前居住 Y 市，某五星级酒店高管，未婚，真真正正的高富帅，想来他也是一个很谨慎的人，留下的痕迹不多，除了从事某酒店高管的工作之外，还是一名户外运动爱好者，喜欢各种探险，无论是高山还是峡谷，但凡有时间都会去。

他将资料装回档案袋里，陷入了沉思。资料上没有什么不妥之处，简直是社会大好青年，五年前苍颜在大学毕业旅行时遇到了他，从此他们就不间断地联络着，五年……颜儿，你的五年当中一直有一个这样的人不间断地出现着，你们一起去旅行，一起欢笑，你甚至叫他一声老公……颜儿，我知道你是在故意气我，可我还是忍不住嫉妒，嫉妒那个只在你生命中出现了五年却有此殊荣的男人。

姜枫是 N 市人，早晚有一天他会回来的吧。

手机不合时宜地响起来，他看了看号码，眼中不由闪过一丝冷意，他甚至已经看到了手机那端那张因为气愤而略显扭曲的脸了，果然他刚按了接听键，里面便传来了近乎咆哮的声音，他不慌不忙地把手机远离了耳朵一些，这样才不会震得耳膜发疼。

“彭熙夜，你消失了一天究竟去哪里了？你不知道今天是和龙华集团洽谈合作的日期吗？我要马上见到你，不管你在哪儿都必须立刻马上给我回来！”夏宾鸿盛怒之下猛地撂下电话，双手按在拐杖上，气呼呼地喘着粗气。

熙夜只听到“啪”地一声，但并没有收线，不由冷笑一声，看来夏宾鸿也已经意识到他已经不是以前事事听从于他的傀儡了，羽翼将要丰满的人果然是有筹码在手的。

他眼神冰冷，声音却带着几分歉意：“对不起，外公，我现在有事在外面，恐怕不能如您所愿立刻马上出现在您的面前，不过，我会尽快赶回去的！”他说完不等夏宾鸿咆哮的声音再次传来便收了线。

真想不通，七十多岁的人了，整天还有这么多力气和闲心去管那些早该放手不管的事情。权力究竟是个什么东西，让人如此恋恋不舍，甚至流连忘返？掌握权力这么多年了，还不觉得过瘾，或者是不觉得累吗？

熙夜缓缓坐到床前的椅子上，眼睛一眨不眨地打量着脸色苍白如纸的苍颜，手慢慢抚摸上她的脸颊，她是最怕疼和最怕流血的了。记得高中体检的时候因为医生抽了她几毫升的血她就吓得脸色发白，结果一量血压，高压五十，低压三十，吓得医生赶紧给她输液。她当时死命地抱着他，浑身都在颤抖，她说刚才她觉得眼前都黑了，还有好多黑线不停地跳动，就像以前那种老式的电视机搜索不到电视台一样有很多很多雪花闪动……

当时还惹得娅婻、魏明和何小猛他们一阵唏嘘，嘻嘻哈哈哄笑着说原来夏苍颜竟然晕血啊！

他还记得，苍颜因为这句话内心受到了打击，他忙劝着说晕血又不丢人，他信誓旦旦地发誓说以后再也不让苍颜流血牺牲了，一定会好好的保护她！苍颜为了挽回面子还专门跑到献血站去献血，她一边喝着护士给她的酸奶，一边闭着眼睛任由那护士将橡胶管系到她手臂上，然后就觉得胳膊一疼……她慢慢睁开眼睛装着没事儿人一样把手中的酸奶放到一旁的椅子上，眼睛盯着窗外。苍颜觉得过了好久，她的眼前慢慢变黑了，那些什么雪花黑线又开始闪动了，她不吭声死扛着不说，心想再坚持一会儿她就能拿到献血证了吧，看以后谁还敢笑话她晕血……

“姐姐，姐姐，我的眼前好黑！”苍颜觉得自己快晕过去了急忙喊道。

那给她抽血的护士闻言忙将抽血的针拔出来，又给她按了一会儿才缓声问道：“你觉得好点了吗？”

苍颜过了好一会儿眼前才勉强恢复了正常。她点了点头，调皮地说道：“好多了，姐姐，我献了多少毫升？”

那护士姐姐意味深长地看了她一眼，“你才献了20多毫升，我们按照规定不能给你发献血证，你回去好好补补血，多注意休息。”

苍颜傻愣愣地坐在那里，这么久才抽了20多毫升啊？她委屈地看了一眼他，闷闷不乐地走了出去，她把这件事情讲给熙夜听的时候还遭到他的一颗爆栗呢。

他宠溺又心疼地给她吃了一周的补血食物，那个时候她率性活泼，爱笑爱闹，可是现在呢，她像刺猬一样总是把背亮给别人，远远地拒绝着任何人，他知道她是害怕再受到伤害。

苍颜，九年前，我不是不爱你了，我是没办法了！家里遭了巨大的变故，一夕之间我几乎家破人亡，那个时候我也才二十岁而已啊，却要用我还不成熟的肩膀撑起那个家，苍颜，我但凡还有一点点办法也不会委曲求全到现在！

熙夜的视线落到苍颜的身上，绷带上透着丝丝的红色，这次一下子丢失这么多血，怪不得昏迷了这么久……想想那个时候啊，他们多好！

苍颜醒来的时候已经是三天之后了，她缓缓睁开眼睛，映进眼里的都是白色，她先是一怔随即感觉到身上的疼痛，待她的眼睛适应了光线之后又仔细打量起她视线能及的地方，白色，全部都是白色……她下意识的动了动，恐惧渐渐爬进她的眼里，这里是医院？

趴在床上的熙夜感觉到了动静，急忙直起身子，看见苍颜睁开了眼睛正上下打量着病房，顿时大喜过望，“颜儿，颜儿，你醒了？”

他兴奋得有些不知所措，想去抚摸她的脸颊又怕弄疼了他，理性告诉他要赶快去叫医生，他跑到门口的时候脚上一软一个趔趄险些摔倒，却顾不得自己，对着苍颜露出一个大大的笑容，然后拉开门兴奋地跑出去叫医生了。

没过多久熙夜就和一群医生进来了，苍颜双眼紧盯着那群身穿白衣大褂的人，姥爷就是死在这群所谓的白衣天使手中的！姥姥到死都不愿踏进医院半步，后来竟活活病死在家中。她不要待在医院里，不要待在夺走了她至亲至爱的人的医院里！

苍颜不顾身上的疼痛，挣扎着要坐起来，她先是抬起无力的手臂要去拽手上输液的针头。熙夜见此大惊，慌忙跑过去抱住挣扎的苍颜，“颜儿，耐心一下，听医生怎么说，没有大碍了我们就回去，就回去……好不好?”

“走，我不要待在这里！夜，我不要待在这里!”苍颜半躺在熙夜的怀中眼睛一眨不眨地看着他。她不是担心留在医院里会怎么样，她也不担心自己就这样死掉，她怕她的身体状况会让她最不想让知道的人知道了，这是她以为的最后的尊严了。

熙夜看着怀中的女子，突然觉得他们好像回到了从前，颜儿最害怕待在医院里了，即便她在人前笑得开怀，可她童年的阴影始终过不去。曾经在初中的时候有一次苍颜因胃痛而晕倒过去，娅婻背着她走了好几里路去医院，可她醒来的时候也像现在这样挣扎着要离开，她的眼里满是对医生的恐惧。毕竟当母亲全身的血在她面前全部绽开的时候她才四岁，那些血的画面一直充斥着她的脑海，还有姥爷，因为蔚涯阿姨的跳楼自杀他才一病不起的，结果送到医院的时候医生判定为胃癌晚期，竟不进行救治……

他好想将过去的九年当作一场梦，梦醒了，他和苍颜从不曾分开过。可是他看着苍颜如今的模样，怎么还敢把那几千个日夜当作一场梦呢！

“好，好，苍颜乖，我们这就回家，这就回家……”熙夜的眼泪掉进苍颜的发里，他轻轻抱着她，尽己所能安抚着她。“苍颜再在这里躺一会儿好不好，我去办理出院手续，就一会儿，好不好?”

苍颜感受着熙夜狂乱的心跳，好一会儿没说话，这么近的距离，这么温暖的怀抱，久违了啊！熙夜，如果你娶的不是娅婻该有多好，你们两个都是我最珍惜的人，偏偏是你们两个……她默默地点点头，任由熙夜将她放回床上，直到熙夜的身影消失在病房里，她才让眼中那滴泪滑落。

夜，我打算放过自己，也放过你，放过娅婻，甚至放过夏宾鸿，原谅夏明宇……我曾和娅婻发过誓，将来结婚了一定会祝福彼此，虽然现在是这种情况，也一样要祝福不是吗？兴许这样我们才能让那过去的九年永远过去，一味地活在过去，活在痛苦里，怎么让阳光照进心房呢，怎么能重新面对人生呢？

“送我回自己的房子吧！”熙夜再进来的时候苍颜微微一笑，对他说道。

看着她这样的笑容，虽然觉得无力，可看得出那是发自内心的笑，因为那笑到达了眼底。熙夜微微一愣，就这样突然放下了吗？

“可是你的伤……”

苍颜看着有些无措的熙夜，嘴角的笑容绽放得更大了，“你帮我请个护理吧，等我痊愈了就可以自理了。”

死过一次的人，其实对死亡已经没有多少感觉了，至少不会再害怕。连死亡都不怕了，还会害怕活着吗，如果就这样看着他，看着娅婻幸福，也未尝不是一件乐事吧。反正本来就是希望他幸福的，又何必在意这幸福是谁给的呢？

苍颜平躺在加长的私家车里，默默地注视着坐在她身边的熙夜。其实算算也是她赚了，他曾像疼爱妹妹那样疼爱了她十四年，宠了她十四年，毫无血缘关系的他们让她快乐了那么多年，是不是赚到了呢！

“夜，等我好了的时候你送我一只猫吧。”苍颜看着熙夜，用的是肯定句。

熙夜侧头，眼中闪过一抹痛色，曾经那只狸猫跟着她奇迹般地活了二十三年，如果再养一只猫，会不会……

“猫儿已经死了，去找蔚涯了。有人说去世的人如果一直被人念着就会走的不安稳，就会在忘川河边徘徊，进不了轮回圈。”苍颜将视线转到车窗上，看着蓝天，“我不能再这么自私地念着蔚涯了，是时候放蔚涯离去，也放过姥姥和姥爷。”她将视线重新落到熙夜的脸上，淡淡一笑，“最主要的是放过活着的人。”

熙夜盯着苍颜，沉默良久。她确实已经长大了，思想也成熟了许多，一个人独自生活的这么多年，一定经历很多事情吧。他点点头，“好，都听你的！”然后微微一笑，宠溺地揉了揉她的发。

真的就这么长大了吗？就这么不再需要他的庇护了吗？

熙夜把苍颜送回了城东的住处。又打电话叫人雇来一个经验丰富的护理，他又招来一名保姆一同过来照顾苍颜。他自己更是一空闲下来就过来看望苍颜，看着她的伤势渐渐好转，脸上的笑容也渐渐增多了不少。如果一直就这样，该有多好！他多想好好的，使劲地对她好。

可是他这样反常的举动，终于引起了夏宾鸿的注意，但一向严厉的他也只是反常的没有过问。

苍颜的伤势渐渐好转了，有时候能在屋内走动一会儿，护理和保姆工作都十分尽心。期间娅婻来过几次，但待的时间都不长，每次都是坐一会儿就离开了。

刚开始的时候两个人之间还很尴尬，多数时候都是沉默着。后来倒是能心平气和地说些无关痛痒的话。苍颜有时候也在想，熙夜曾经是那么的爱她，突然之间娅婻代替了她的位子站在了熙夜的身边，刚开始的时候也会很尴尬吧，毕竟他们都是从小一起长大的最最要好的朋友，磨合期要很长一段时间吧。

魏明与何小猛一起来过一次，说了几句话就走了，这些朋友这个时候还能记得她，还敢背着夏宾鸿来看望她，也是不容易了。有人说朋友是什么，朋友就是在你落难的时候仍对你一如既往的人，这些人都是熙夜的好朋友，因为她和熙夜的关系，与他们也比较熟识，真的没想过他们会来看望自己。

外面响起了敲门声，保姆阿兰看了一眼苍颜，得到苍颜的肯定之后才去开门。苍颜知道这个时候能来的不会是别人，肯定是熙夜。只是是娅婻和他一同前来的。她拄着双拐挪到客厅，淡笑着让他们随意坐，“你们喝点什么，饮料还是茶?”

娅婻将肩上的包放到一旁的沙发上，笑道：“不用麻烦了，我们坐一会儿就走了。”

苍颜一愣，抬头看了一眼熙夜，见他沉默地点点头。她侧头对着阿兰说道：“兰姐，帮忙沏点茶吧。”

阿兰点点头，转身去了厨房。

客厅里就只剩下他们三人了，一时之间气氛有些尴尬，他们俩从不一起过来，今天这样倒好像是有什么事情发生一样。

“有什么事情你们就直说吧，现在还有什么是我不能承受的呢!”苍颜微微一笑，视线在两人身上来回摆动，最终落到了娅婻微微隆起的肚子上。

娅婻怀孕了?

他们今天来是想告诉她这个消息吗?怪不得两人都面露难色，甚是尴尬的样子。呵呵，也是啊，结婚五年了，也该要个孩子了，该有个孩子了……

娅婻见苍颜的视线盯着她的腹部看，不由一阵紧张，手也不自觉地抚上了腹部。“苍颜，你……”

“恭喜你们!”苍颜回过神来涩涩地说道。

这件事情来的太突然了，而且熙夜经常来这里都不曾告诉过她这件事情，娅婻距离上次来这儿已经有一个月了，那个时候就应该检查出来了吧，可是没有人告诉她，只让她自己用眼睛来看。竟不知他们是真的为她好不想告诉她还是不敢告诉她，可这不是早晚都会知晓的事情吗，有什么可隐瞒的呢？

“颜儿，我是来向你告别的，我可能要离开一段时间……”熙夜站在一边，神色比较沉郁，对着苍颜愧疚地说道：“娅婻要去澳大利亚养胎，那边刚好也有一项业务要做，我们可能要离开一段时间。”

一起走吗？

苍颜的视线重新落回娅婻的腹部，那里正有一个小生命在孕育，是熙夜的孩子吗？要去澳大利亚养胎，中国就不能养胎了吗？还是怕在这里会出现什么意外？

“哦，好啊，你们一起去，娅婻在那里也有个照应，那边的气候也好，的确比较适合养胎。”苍颜收起杂乱的思绪努力保持着微笑。既然选择放手了，就不能再给他们中的任何一人增加负担了。

娅婻有些失落的看着苍颜，一个全身心放下的人就是这样的吗？苍颜不是非常非常在乎熙夜的吗？甚至是拿自己的命在爱他，记得高中的时候有一次熙夜走路看手机，没有看到红灯还亮着就走上了人行道，就在那个时候一辆左转的车突然驶了过来，眼看着就要撞到熙夜了，等红灯的行人都不由大喊出声，紧张地捂着嘴巴，在她还没反应过来的时候苍颜已经奋不顾身地冲过去了，奋力一把推开了熙夜，幸好那辆车及时刹车才让苍颜只受了些许轻伤……

那个时候好险啊，可苍颜就能想都不想地冲过去，现在为什么就不争不抢呢？

苍颜啊，九年前你就那么放弃了熙夜，独自一个人，一只猫，一个背包就走出了我们的世界，你知道那个时候表面坚强的熙夜变成了什么样子吗？连着几天不吃不喝，整个人都好像被掏空了一样，他把你们的照片翻来覆去地看，那个细心沉着，聪明睿智的熙夜完全被他消沉的一面打败，那些日子他很少有清醒的时候，总是酩酊大醉，用酒精来麻痹自己，即便清醒了不是翻照片就是去你们以前去过的地方……

那个时候我们都才十七八岁的年纪，可是那时我就知道，再也不会有人像你一样住进他的心里了，不管他的身边出现什么样的女人，都不会住进他的心里了，因为一个你，就已经装满了，腾不出你，就进不去别人。

这一次为什么你就不能把他从我身边抢走呢？为什么就这样放弃了呢？殊不知你放弃的不是一个人的幸福！

三人尴尬地沉默着，谁都不知道该如何开口，能说些什么，恰好此时阿兰端了茶来，苍颜慌忙伸手端起一杯茶往嘴里送，忘记了水是开的一下子烫得不行，又慌忙吐了出来，捂着嘴巴不断地吹气，吹着吹着就泪流满面了……

熙夜见此忙绕过沙发跑到苍颜的额身边，关切地问道："疼不疼，这是开水呀，怎么能这么不小心呢？有没有烫到？"他一边有些责怪地说道，一边接过阿兰递过来的药片喂到她嘴里让她含着。

苍颜使劲摇了摇头，用手抹掉脸上的泪，忍着舌尖的疼痛，轻轻一笑半玩笑道，"哪就那么娇贵了，没事的，只是烫了一下而已，一会儿就好了。"她说着又看向娅婻，"你们什么时候走?"

娅婻刚才也紧张地站了起来，可看着熙夜那样紧张就站在了原地，此时听苍颜问话，才开口说话，"大概就这两天了吧，看熙夜公司的日程安排。"

第八章　命运

熙夜那天离开之后就真的没有再来过，一个月了。苍颜的身体也恢复得差不多了，可以不借助拐杖自己行走了，只是不能站的时间太长。

护理也不用每天都来了，苍颜便自己做主辞退了她。只有阿兰还在这里照顾她，多了一个人这屋子也不显得那么空荡了，苍颜想阿兰在这里还有个人和她说话，日子也不那么孤单了。

复杂的城市生活就这样开始步入正轨了，其实与城市比，苍颜更喜欢乡村或者山水，总觉得那里才是纯净的地方，不像城市，没有那么多的喧嚣和算计。曾经她以为这世上一定还有干净没有被污染的地方，可是经历了这些年的漂泊流浪之后才幡然醒悟，有人的地方就会有欲望和贪念，纯粹干净的东西大抵是不好找了。

苍颜坐在卧室的房内敲打着键盘，因为受伤都很久没有写文了，还好她每部小说都会事先做好大纲，不至于让自己隔两三个月后就忘记当时写文的感觉。

她听罗静婷的助理说那本书近期就会上市了，才三个多月而已，这样的速度已经算是很快了，以前听文友说过出书很麻烦的，作者不停地修改，出版社不停地审核……好不容易达成一致了就又开始漫长的等待，等的心都是焦的。其实苍颜觉得出书这回事还是随缘的好，能出固然是好，不出也不用刻意强求，不然伤害的都是文字。

何小猛进来的时候苍颜还沉浸在自己创造的世界里。她突然听到一声猫叫，整个人都机灵了一下，猫儿？她猛然抬头就看到了站在卧室门口的何小猛，他的怀里抱着一只纯白的猫，很小的样子，正东张西望地叫着，那声音真好听，它的样子也很好看，纯白纯白的没有一丝杂质。

“夜子走的时候吩咐去取的，这些日子我一直忙东忙西的就给忘记了，今天路过宠物店的时候才猛然想起这茬，幸好他还没回来，不然我可又要挨批了。据说这只猫可是有很多人出高价要买呢，因为已经订了让那宠物店老板着实心疼了一大把啊！怎么样？喜欢吗？是不是很可爱啊？”

何小猛说着还把猫儿托在掌心举到脸旁边，对着苍颜使劲眨眼睛，“我和它谁可爱啊？你不要告诉我是它！”

苍颜见此忍俊不禁，堂堂男子汉竟然和一只猫咪争着卖萌，为了逗她笑也真是难为他了。“猫儿自然可爱，可你那颗不老的心更加可爱！”

苍颜停下手中的工作，慢慢下床，从何小猛手中接过那只超级可爱的猫咪贴到自己脸上，亲昵地顶了顶它的小脑袋。兴许是出于女生的那种爱一切可爱的东西的心思，第一眼苍颜就爱上了这只加菲猫。

“这可是真正的CFA纯种血统的猫，苍颜，你放心养着，绝对假不了！”何小猛一屁股坐到客厅的沙发上端起阿兰准备好的茶边喝边说道。那一杯茶竟是给他三口喝的见底了。

苍颜淡淡一笑，这样的喝茶法让那些品茗大师见了恐怕要跳脚了，少不了一顿鄙视的。她抚摸着在她怀中乖巧的猫咪，也许是突然到了一个新环境很是好奇呢，眼珠一直在房间内转来转去的，煞是可爱。看着猫咪的样子也就三四个月大，这样等她养大了，最和她亲呢。

CFA 是一个于美国登记的非营利性团体，发展至今，已经有一百多年的历史了，每年举办的猫展就有四百多次，得到 CFA 认证的猫都是纯种的。没想到，她让熙夜送她一只猫，他还用了这么多心思。

“这猫儿这么讨人喜欢，我宠爱都来不及了，哪里还会有不放心之说，不管它是否是纯种的，我都爱极了！”苍颜嬉笑着蹭了蹭猫咪的小耳朵，真是爱不释手啊！

“呦呦呦，这要是让某人听见了还不得嫉妒死啊！”何小猛凑身过来，口无遮拦地说道。当他看见苍颜的表情一滞他才发现自己的口误，气氛顿时尴尬起来。他看了一眼苍颜，摸了摸鼻子，略显尴尬地说道：“苍颜，喜欢它就给它取个名字吧！”

苍颜低眉思考了一下，“就叫它‘二十四’吧。”蔚涯的狸猫她养了二十三年，加上蔚涯养的那一年，猫儿活了二十四年，能活这么久的猫算是少有了吧。

何小猛一听立即反驳道：“这算什么名字啊，太拗口了，苍颜，你起一个好叫的吧，比如黛西，索妮亚，玛利亚什么的，顺口就行。二十四，它听着也反应不过来啊！”

苍颜顿了顿，他说的也不无道理，不是已经答应了自己要放下吗，怎么还是会纠结这些呢！她端起茶杯浅浅啜了一口茶，想了想说道：“不如就叫‘四月’吧！”

“不愧是玩文字的，想个名字都这么文雅。”何小猛说着伸手挑了挑喵咪的小鼻子，“四月?”他有些奇怪为什么是四月而不是其他的月，可他想着一定有苍颜的想法吧。他不由嘴角一咧，爽笑一声，“好！以后你就叫四月了，记得好好陪你家主子啊，不然我就把你剥了煮着吃!”

他说话的时候还不忘扮狰狞相，吓得四月使劲往苍颜的怀里钻。

他们这些人唯一没变的或者说变化最小的应该就是何小猛了吧，他还是一如既往的活泼，即使现在也快三十的人了。在社会这样一个复杂的大染缸里能这样好的守着自己也是一件不容易的事情吧。

苍颜瞪了一眼何小猛，然后温柔地安抚着往怀里钻的四月，“有妈妈在，不会让坏人欺负你的!”她的语气故作严肃正经，那样子也说不出的可爱呢。

何小猛怔了怔，突然觉得以前的苍颜又活了过来，就像初中和高中的时候那样，动如脱兔，静若处子，浑身上下充满了灵气。可是时隔九年再见到她时她病怏怏地躺在床上，身上缠满绷带，眼神空洞，好像灵魂已经枯萎了一般，哪里还有当年的风采呢，不过也是，那些事情搁到谁身上也不会比苍颜的状态好。

“公司里还有事情，夜子走的时候给我留了好多活，我得回去了。”他一副委屈的样子，恋恋不舍地看着四月，“苍颜，你会善待它的吧，你会的吧?”

苍颜微笑着点点头，他才佯装放心地离开。

其实他只是想让她笑，想让她开心而已。

送走了何小猛，苍颜就开始逗弄怀抱中的四月，它睁着圆圆的眼睛一转不转地看着她，也许是在想以后这个女孩是它的主人了吗？她笑的时候可真好看，四月歪着头蹭了蹭她的胳膊，“喵喵”地叫了几声，那样子说不出的萌态可爱。

苍颜看着看着就想起了猫儿，蔚涯的那只狸猫。没有眼前的这只可爱，有时候甚至很凶，它不允许别人摸它尾巴，即使是她也不行，有的狗见了它会绕道走，因为它一见到狗就会炸毛，凶巴巴地盯着那些狗，给它们一种心理的威压，遇到比它凶的狗，它就会边撤边叫，气势上也不认输，很聪明的猫儿呢！

阿兰站在一边微笑着看着这一人一猫，两三个月了她还是头一回见苍颜笑得这么开心，以前即使是笑也只是轻咧嘴角，笑不到眼底。“这猫咪可真是可爱，彭先生可真是用心呢！”

苍颜笑着抬起头，“兰姐你也抱抱它吧。”她说着将四月递给阿兰。

阿兰笑嘻嘻地接过来，小心翼翼地抱在怀中，四月似乎已经喜欢上了苍颜，眼睛一直看着她，然后扒着小爪子不愿待在阿兰的怀里，苍颜见此笑得更开怀了。

“它还不愿让我抱呢。”阿兰摸了摸它的小脑袋，又把四月递给苍颜。然后就站在那里静静地看着她们。

苍颜见她一直站着，一副欲言又止的样子，一边逗弄着四月的小爪子一边抬起头，“兰姐，有什么话就不妨说吧。”

“我家里的孩子生病了，这些天一直在这里也没回去看看，现在姑娘你康复的也差不多了，我能不能请几天假回去看看，我家孩子一好我马上就会回来的，你看行不？”阿兰有些歉疚又有些期待地说道。

“孩子生病了是大事，你看这些日子我总是沉浸在自己的世界里也忘记问你这些了，我这里已经无碍了，兰姐你收拾收拾快回去吧，等孩子彻底好了再回来。”

苍颜边说边把四月放到沙发上，站起身来拉着阿兰的手，“我去给你拿这几个月的薪水。”

“彭先生已经给我结算过了。”阿兰拉住要去卧室的苍颜，“我的薪水都是彭先生那里统一结算的。”

苍颜一愣，原来如此。“既是这样，那兰姐你快收拾下回去吧，不用着急回来的，好好照顾孩子要紧。”

阿兰走了之后这屋子里就又剩下了苍颜一个人，不，还有四月陪着她，她不再孤单了。她点了点四月的小鼻子，“乖乖在这里哈，妈妈去给你弄些吃的哈。”

苍颜从冰箱里拿了两个鸡蛋丢进锅里煮一下，猫咪是需要蛋白质的，目前吃这个应该是比较好的吧，她又去拿了些牛奶给四月喝，从此她就又有伴儿了。

日子就这样平淡地过着，有了四月陪伴的日子也就不觉得孤单了。吃饭的时候她会把四月放在一旁的椅子上，她写文的时候就会把四月放在身旁，她看电视的时候就会把四月抱在怀里或者放在肚子上。她又像以前一样，不管走到哪里都会抱着四月，就像以前抱着猫儿一样，形影不离。

这样平静的日子被罗静婷的电话打断了。罗静婷第一次在咖啡厅见到苍颜的时候听说苍颜爱好摄影，杂志社最近要出一本风光集子，问苍颜手中都有哪些照片，能不能向杂志社投稿。

苍颜挂了电话之后盯着电脑屏幕沉默了好一会儿，九年来她走南闯北确实拍下了不少风景照片，只是这次是不是也是彭熙夜的意思呢？娅婻怀孕了，即便能像以前一样，但有一份感情是怎么也回不去的，那就是她和熙夜的感情。现在她和熙夜之间的牵扯越少越好，牵扯越少，伤害也才会越少。

她起身去找那些收藏着的照片，看着那些照片就像是回到了那些地方。原本她就是渴望自由的，梦想着出去流浪，去看更多的风景、更多的人、更多的事、更多的人生……看多了生死离别，却越来越不明白自由究竟是什么了。

苍颜曾经想追求绝对的自由，可这世上哪里有绝对的自由。有爱有情就会有牵挂，有了牵挂就会有羁绊，自由也就成了相对的。

这些照片都是对她过往的纪念，一张一张，虽然没有她的身影，却都有她的精心融在里面。翻着翻着突然就看到了姜枫，苍颜一愣，这是在香格里拉的时候拍的，她怎么不记得有这样一张照片？兴许是去洗照片的时候一起洗的给忘记了吧。

她抽出那张照片，仔细地端详着。她一直都很想很想去香格里拉的，她以为那里是干净的地方，所以大四那年毕业旅行的时候她就去了那里。娅嫞曾搂着她的脖子说："颜儿，你那么那么想去香格里拉，我一定会帮你实现这个愿望的，等将来有一天我陪你去！"她说完还"吧唧"一下亲在了苍颜的脸上，呵呵，那个时候啊，天真无邪，无忧无虑，哪里会料到世事变迁如此，让她们险些形同陌路。

她去香格里拉的时候是一个人去的。一个人，一只猫，一个背包就去了神往的地方，尽管转了很多次车，尽管到的时候已经很累了，可是当她的脚站在那片渴望了十几年的地方时心里真的好开心。

苍颜就是在那个时候遇到姜枫的，那个时候他穿着一套纯白色的休闲装，背着一个黑色的大背包，棱角分明的脸对着梅里雪山微微笑着，露出一口洁白的牙齿。那个时候他也还没有脱去学生气息，后来也才知道那也是他的毕业旅行。

看他现在也比那时候成熟了好多，他不再穿纯白色的休闲装，大多数时间都是西装革履。他笑的时候也很少发自肺腑，带着些职业化的气息。你看人都是会变的，在社会那个大染缸里纯白已经不存在了。

或许这也是在职场生存必不可少的吧。

苍颜缓缓把照片放回去。抚摸了几下蹲在身侧的四月，它看得也好专注呢！

在去送那些风景照片的路上，苍颜完全没想到会遇到他，姜枫！这个原本应该在 Y 市的人，现在却站在 M 杂志社的大楼前，而且看样子像是刚从里面出来。苍颜知道这座办公大楼里有好几家公司，但是实在想不通姜枫怎么会出现在这里。

姜枫也在同一时间看到了苍颜，他一如既往的绅士，对苍颜微微弯腰笑了一下，算是打过招呼了，然后他就和他身后的几个人一起离开了。

苍颜站在台阶前诧异地目送他钻进一辆黑色的汽车里，接着几辆车就一同走了，姜枫坐在后面，有专门的司机为他开车。这是搞的什么名堂？来这里出差？那也用不着这么大的阵势吧！

“看来吕小姐是认识刚才那位先生了。”不知何时出现在苍颜旁边的罗静婷幽幽说道，她用的不是疑问句或者反问句，而是肯定句。

“嗯?”苍颜猛地回过神来看到站在身旁的罗静婷，眼中闪过一丝惊讶，他们这些混迹职场的人道行都这么高深吗？总是突然出现在眼前，又莫名其妙地离开。“啊，还好，只是不陌生而已。”苍颜微微一笑，扭头看着姜枫离去的方向，“罗主编认识他?”

“何止是认识，姜枫嘛，龙华集团的少爷。我和彭先生只是认识，但和这位姜先生就是上下级的关系了。”罗静婷微微一笑，保养极好的面容上透着些许的无奈，她的眼睛里分明写着落寞。

苍颜惊讶地张大了嘴巴，姜枫，是龙华集团的少爷？他原来还有这层背景？相识五年，原来她竟然一点都不了解他。是啊，其实她又了解过谁呢，熙夜？娅旖？呵呵，这些曾经那么在乎的人她又真的了解几分呢，大家都把她当作了傻子一般玩弄。

在N市恐怕没有人不知道盛华集团和龙华集团吧，两家集团旗下都有许多家子公司，涉及多个领域。两家一直以来都在明争暗斗，视彼此为最大的竞争对手。现在好了，熙夜是盛华集团的总经理，姜枫是龙华集团的接班人，而不巧的是这两个人她都认识。

“哦，呵呵，原来他是龙华集团的公子啊。”苍颜说的有些心不在焉，突然想起今天来这做什么了，连忙把手中的照片集递给罗静婷，“这些照片都是我精选过的，若能用得上，罗主编您尽管挑选吧。”

罗静婷接过来大致翻了翻，然后将集子递给身后的助手，脸上挂着职业的笑容，“我会细心挑选的，多谢吕小姐对本社工作的大力支持。今天我还有事，改天我请吕小姐喝咖啡，好吗？”

苍颜微微一笑，挪动脚步站到一边。罗静婷看了一眼高悬的太阳，明明是深冬了，明明已经很冷了，为什么觉得像是有炙阳在火辣辣地烤着一般？难道是因为姜枫回来了？

罗静婷看了看安然待在苍颜怀里的那只纯白色的猫，“这猫儿真可爱!”说罢她就大踏步地离开了。

苍颜在那里看着罗静婷的背影，都已经是中年人了身形还这么清瘦，也许像她这样的女强人常年为工作劳累，很容易保持这样的身材吧。只是她的落寞究竟是从哪里来呢？她很少见她这样雷厉果断的女人身上有这样落寞的感觉，荣华富贵，权势地位，终究不是女人心底最想要的东西。

女人，再怎么聪明美丽能力有佳，最终也不过是想有一个爱她疼她的男人，能为她遮风挡雨，能够倾心相互，夫妻同心，相扶相携……所以这世上钱财什么的并不是最重要的，不必贪多，最重要的是那份让自己安心的感情。

苍颜抚摸了几下怀中睡着的四月，因为天气冷的缘故它使劲地躲在臂弯里，幸好出门的时候她还带了件暖袖，不然四月该多冷呀。以后这么冷的天气还是尽量减少出门吧，她也怕冷。

苍颜从超市出来的时候看到了站在一辆黑色汽车前的姜枫，他还是那样绅士，那样彬彬有礼。她没想到，竟然会在这里碰到他。

姜枫见苍颜出来就走了过来，一上来就接过苍颜手中拎着的装满食物的大袋子，眼睛瞥到她怀中抱着的猫咪微微一愣，她还是以前的样子，走到哪里都带着一只猫，只是以前是只狸猫，现在是只纯白色的。他下巴微抬，微笑着问道："刚买的猫儿吗？"

"嗯。"苍颜伸手去够那只大袋子，她也不想和这样不了解的姜枫有太多的牵扯，这样的人家就算是交朋友也是她高攀不起的。

姜枫对苍颜的漠然已经习以为常，她本就是那种比较安静的女子，话也不多，是以他没发现苍颜的异样。"我们去喝杯咖啡吧，你暖暖身子。"

"不用了，我还要回家呢，四月很冷。"苍颜说着从姜枫手中夺过袋子就要走，其实她也不是真的要避开姜枫，四月真的很冷，它现在睡着了，她担心它会着凉。

“苍颜，你难道就不好奇我怎么会出现N市吗？我好不容易争取到来这里出差的机会，好不容易在这里遇到你，你就这样走了吗？”姜枫紧走两步，抓住苍颜的手臂，那沉重的大袋子一下子从苍颜的手上脱落掉到地上。

苍颜愣愣地看着满袋子的食物从袋子中滚出来。出差吗？是来出差的，还是好不容易争取来的机会。她缓缓蹲下身子，一只手将袋子撑开，然后去捡地上的东西。

姜枫见此也蹲下身来伸手去捡，直到此时他才发现苍颜情绪的不对，提袋子的手微微一怔，“苍颜，这些日子是不是发生了什么事情？”

他听说三个月前苍颜曾出了一场车祸，调查之后发现并没有什么异常，肇事司机刚好路过那里，没看到苍颜突然出现才造成了事故的发生。当他知道这个消息的时候没有人知道他有多紧张。他从来都不知道能为苍颜做些什么，也不知道她都曾经历了些什么，更不知道怎样做才会让她开心一些。

“好吧，我们去喝咖啡。”苍颜一手扶着腰缓缓站起来，对着同时站起来的姜枫说道，她脸上的表情是那么平静，没有一丝一毫的波澜。

姜枫没有忽略苍颜手上的小动作，想来是受伤之后还没有完全康复吧。不过听到苍颜答应，他眉梢微扬，脸上立即挂上了笑容，他提着袋子率先走向他那辆黑色的宝马，打开车门等待着苍颜。

第九章　姜枫

安静的咖啡厅里放着舒缓的音乐，让人一听就觉得全身心都放松了。苍颜坐在靠窗的位子，看着街上来来往往的行人和车辆，她总是比较喜欢这样坐在窗前发呆。静谧，不受叨扰。

姜枫百无聊赖地搅拌着咖啡，无奈地看了一眼犹自发呆的苍颜，都快半个小时了，她一直沉浸在自己的世界里。以前见她的时候她也是这样经常一个人发呆，人在这里思想却不知道飞到哪里去了。可是就这样看着安静的她竟然也是一种享受，她不管是什么姿态，总能让人生出一种呵护的心态，想护她安好。

他看过她的书，基调总是悲伤的，很少有大团圆的结局。也许这跟她的经历有关吧，自己所经历的都不能让人开心，文字受心驾驭，不知不觉间便也有了这种悲伤的情绪吧。

“苍颜，你随便跟我说几句话吧。”姜枫停下搅拌的动作，看着苍颜。

“你这么远来这儿不累吗？要不回去吧。”苍颜把视线从窗外转到姜枫的身上，略显慵懒地说道。怀中的四月“喵喵”叫了几声，看来是睡醒了，苍颜闻声低头看了看打着哈欠的四月，连打哈欠的样子都这么萌这么招人喜欢，不自觉地苍颜的嘴角就挂上了一丝笑意。

这看在姜枫眼里无疑觉得尴尬，他对着她坐了半小时她就刚刚回过神来的时候看了他一眼，那只猫一醒来苍颜就对它笑，这年头帅哥都是这么被忽视的吗？

姜枫轻咳了一声，“我以后就在这里工作了。”

“嗯。”苍颜头也没抬只重重地嗯了一声。在超市门口不是说好不容易争取来的出差机会吗，现在又改成长期在这里工作了？这个人嘴里可真是没实话啊。“四月醒了，它一醒就要吃东西，我得回去了。”

苍颜说着就拎起袋子站了起来。

“苍颜，我们之间一定要这么陌生吗？”姜枫也站起来拉住她的手腕，神色有些落寞。他永远都不会忘记那夜在Y市的酒店里她紧紧蜷缩在一起的睡相，那是在母体中的姿势，他那个时候就知道她潜意识里想保护自己，害怕受伤害，可他怎么会伤害她呢？

苍颜怔了怔，我们之间一定要这么陌生吗？这句话听着好耳熟啊，熙夜也曾这样说过，她让大家都觉得陌生了吗？她只是想一个人安安稳稳地好好生活，她不想再牵扯进任何纷争里面了，这些年她真的很累很累，她只想安稳地过平凡的生活。

她猛地扬手挣脱姜枫的手，依旧背对着他，冷冷说道：“姜先生，其实我们没有那么熟，对不起我曾在前段时间利用了你，我觉得很愧疚很对不起你！”

姜枫的瞳孔微微收缩，姜先生？姜先生？这是要将他们之间的距离拉多远啊！“是因为他吗？”这是目前他唯一能想到的原因了，她现在这样冷漠，一定是因为那日追到Y市的男人，她看那个男人的眼神不同。

前段时间她出车祸的时候不是那个男人在跟前照顾的吗？旧情复燃了？

苍颜从咖啡厅逃出去的时候恰好碰到何小猛和魏明从对面的酒店里出来，何小猛看见苍颜站在马路边，显然是在等出租车就跑了过来。看了一眼苍颜的后面，并没有人，“苍颜，你在这里见朋友吗？”他边说边从苍颜手中接过袋子，又看了一眼她怀里安静卧着的四月，“这四月真是乖巧，还能陪你一起逛街，真是没白买啊！苍颜，回头借我玩两天吧？”

魏明不屑于看何小猛那奴颜卑膝的样子，朝苍颜点了点头，“刚好我们也办完了事情，不如就送你回去吧。”

苍颜微微一笑，魏明总是一副深沉的样子，那双眼睛里永远让人猜不透他在想什么，不像何小猛，虽然看上去大大咧咧，可是他的喜怒哀乐总是一眼就能看出来，不用花心思去猜测。

“不用麻烦了，我打车回去就好了。”

“明子，你先回去吧，我把苍颜送回家就回公司。”何小猛说着就把手中的袋子扔进了车里，一边打开车门，一边玩笑着说道：“苍颜，天上掉馅饼儿的事儿不捡白不捡，要是有人给我当免费司机，我早就急不可耐地钻车里了，你啊，就是太矜持，在哥们儿面前以后别这么矜持，觉得远。”他说完还嘴巴咧着哈哈笑。

苍颜无奈，朝魏明点了点头，就坐进了何小猛的车里。

魏明见此也扯着嘴角笑了一下，这个猛子，永远都是这副德行。他们这些人唯一没变的恐怕就是他了吧。苍颜也不是当年的苍颜了，夜子和程娅婻又是那样，他自己现在混迹职场，多的也是职场算计。

魏明见何小猛的车走的远了，正要转身离去，眼睛忽然瞥到了站在咖啡厅门口的姜枫，不由一愣，他不知道那人是谁，但那人的目光一直追随着猛子的车。魏明看了一眼猛子的车不由多了个心眼，他掏出手机悄悄对姜枫拍了张照片，心道能和夜子争女人的人想必不是简单的角儿。

魏明拍了照之后就开车走了，他发现原来自己还有做狗仔的资质。

姜枫怔怔地看着苍颜坐了别人的车子离开，原来她认识的人还真不少。她那样一副拒人于千里之外的样子，是怎么交到那么多朋友的？还是以前并不是这样？还是遭遇了什么事情之后才变成这个样子的？为情吗？一个女生，才二十七岁就已经在外面流浪九年了，没有家吗？就没有亲人没有留恋吗？

何小猛把苍颜送到小区门口就走了。苍颜回到家里，把东西一股脑全放进冰箱里了。四月一直盯着苍颜，浑圆的眼珠子一动不动。苍颜点了点它的小脑袋，“出去溜达一圈，这是饿傻了吗？”

四月眨了眨眼睛，继续盯着苍颜看，好像真的听懂了似的。

“你身体刚好，就出去了？这些事情可以让阿兰代办的。”屋子里突然有一个磁性的声音传来，吓了苍颜一跳，猛地转身一看，竟然是熙夜，他不是在澳大利亚吗？他回来了，娅嫞留在那里安胎了吗？不是才走一个月吗？是因为要过春节了吗？其实娅嫞的肚子没有多大，可以过了春节再去的不是吗？

“怎么，我回来你竟然是这样一副表情，不欢迎我？那我走了。”熙夜玩笑着说道。可是他快走到门口了，也没有听到苍颜挽留的声音，不由回身去看，却见苍颜已经在沙发上坐了下来，正在喂那只纯白的猫儿。

彭熙夜有些愣怔，以前他这样假装离开，即便苍颜知晓他是逗她的、吓唬她的，她也会跑过来抱住他，在他的怀里撒娇，可是现在她只安静地喂猫，并无半点挽留的意思，到底是回不去了吗？

他们已经不能像从前那样玩笑嬉闹，亲密无间了。有些感情错过了就是这样的结局，十四年的快乐抵不过九年的蹉跎，她不再是从前的苍颜，他也不是从前的彭熙夜了，他们不再无忧无虑，而是站在不同的立场思考不同的事情了。

错过了时间，也错过了彼此。蓦然回首，才发现过去剩下的也只有回忆了。

苍颜坐在沙发上故意忽略这汹涌而来的尴尬，是的，她不会再像从前一样看见他转身就从背后抱住他，他永远都是最先离开的那个，他永远都是把背影亮给她，让她看着看着就泪流满面，以为有一天她就会看着这样的背影再也回不过身来，果然在那年那月的那一天他转身后就再没回身。

她突然想起一句话，记不清是谁说的了，“谁曾从谁的青春里走过，留下了笑靥；谁曾在谁的花季里停留，温暖了想念；谁又从谁的雨季里消失，泛滥了眼泪”。这还是正青春的时候偶尔在一本杂志上看到的，或许是因为正值青春的年纪吧，情窦初开，就总想把所有青春的哀伤都强加到自己身上，学着《红楼梦》中林黛玉的样子，念给熙夜听，念着念着就记住了。现在想来还真的让自己应了这句话。在最美的年华弄丢了他，然后再也找不回曾经的他们。

“颜儿……”

“娅婻回来了吗？其实你们应该一起过了春节再去的，她的肚子也还没有那么大，七八个月的时候再去，做完月子再回来，你也能照顾她……”

“从什么时候开始你要把我推到别人的身边了?”熙夜冷冷地打断她的话，一双眸子透着冷锐，“就算当年我辜负了你，我们都辜负了你，九年了，还不能过去吗?”

“过不去的是你自己!”苍颜抬起头死死盯着熙夜，“我已经放下了，出车祸的这期间我重新接纳你和娅婻，难道你看不出我已经从过去走出来了吗，你现在这样说，是想把我重新逼回那个哀伤的过去吗?没有什么事情是放不下的，熙夜，让过去的过去吧，现在你和娅婻有了孩子，我也安定了下来，我们不要再相互打扰了好吗?放过彼此吧，这样纠缠下去，最终被赶出N市的还是我吕苍颜!熙夜，放过我，也放过娅婻吧，更重要的是放过你自己吧!那件事情里没有谁对谁错，是我们身份地位悬殊太大，你们彭家的门槛太高，本来就不是我这样一个私生女能够进得去的。”

彭家的门槛太高?私生女?

“你用家世来说话?”熙夜的嘴角抽搐了一下，“苍颜，你跟我谈家世吗?这些东西从来都不是你会放在眼里的，现在你竟然跟我讲家世，讲身份地位?呵呵，苍颜，你真的变了!”

“是啊，我真的变了!我早就不是那个天真烂漫的夏苍颜了，我是吕苍颜，所以你也不喜欢现在的我，何必再纠缠在一起呢，况且，你有妻子，我有老公，我们现在这样算什么?算什么?”

“你有老公吗?”熙夜嘴角噙出一抹冷笑，“是在Y市的那个男人吗?苍颜你敢跟我发誓你和他结婚了?你敢吗?”

苍颜把四月小心翼翼地放到沙发上，抚摸了几下它的头，然后站起身来走到彭熙夜的身边，抬起头仰视着身高比她高出半个头的彭熙夜，“你说的没错，他的确不是我老公，我确实骗了你，那又怎样啊？你现在对我是什么想法我一点都不在意，那都是你自己的事情，但是你敢伤害娅婻我饶不了你！”

苍颜伸手猛推了一下彭熙夜，为什么每次她有力气的时候都要纠缠，都要吵架？

熙夜没想到苍颜会推他，身体猛然受力失去了平衡，接连后退几步险些跌到在地，慌忙伸手扶着门框，好不容易稳住身体，门就到了眼前，还差一些就夹到他的手的时候门却突然停住了，苍颜隔着门缝冷冷说道，“以后别来了，我卧床期间谢谢你的倾力照顾，来日若有机会我会用其他的方式还给你的，好好对待娅婻，再见！”

可熙夜还是紧扣着门框不肯松手，苍颜无奈，只得又隔着门缝冷声说道：“彭熙夜，像个男人一样成吗？别让我瞧不起你！”

熙夜愣愣地站在隔着那仅有的一丝缝隙看着面带怒意的苍颜，良久，缓缓松开手，那门“嘭”地一声就关上了。他站在门口良久，眼睛似乎要在那门上盯出两个窟窿来。

一道门，他在外面，她在里面，挡住的是视线，隔开的是两颗心。

苍颜把背紧贴在门上，沿着门缓缓下滑蹲坐到地上，怎么就吵起来了呢？他们已经不能好好说话了吗？他们曾经是相爱的人，怎么现在就有些仇人见面分外眼红的味道呢？

她出车祸躺在床上不能动弹的时候是他悉心陪在身边照顾的，那两个月她以为他们又回到了从前，可是娅婻的出现让她不得不面对现实，面对这个她一直深爱的男人已是别人的丈夫的事实，她不得不推开他，不得不赶走他！

夜，你推开我一次，我推开你一次，我们之间算是扯平了好不好？你在我身边十四年，我在你身边也是十四年，虽然是你照顾我多一些，你让着我也算扯平了好不好？从此以后你悉心疼爱娅嫡，我过我的安稳日子，再也不要相互打扰了好不好？

春节苍颜是一个人过的，不，确切的是她和姥爷、姥姥还有蔚涯一起过的。从除夕到春节整整两个白天她都在陵园里。这注定是一个别致的新年，别人在团圆，她也在团圆，这样的感觉真好。

从那天之后她没有见过姜枫，也没有见过熙夜，那些曾经的朋友她一个都没见过。她还记得那天熙夜离开之后夏明宇找到她说的那些话。一个父亲对自己的女儿说那些话，她好想知道夏明宇究竟有多害怕夏宾鸿，让他对自己爱的女人和对自己的女儿都能做到这样的淡漠。

那一日夏明宇说，“苍颜你离开这里吧，这里真的不是你应该待的地方，就算是蔚涯活着，想必在这个时候也不想你待在N市。这里有你不知道的复杂，这个环境真的不适合你，只要你肯离开，我会尽我所能满足你的所有要求，只要你离开……”

她当时顿了好久，想笑又笑不出来，想哭也哭不出来，她从没想过自己的父亲会告诉她说这个城市不适合她，她只听说过有父亲把孩子赶出家门的，可从没听说过父亲不仅不认孩子还把孩子赶离一座城的，而且还赶了不止两次。夏明宇，你可真是好父亲，千古第一人啊！

夏明宇见苍颜不说话，不由有些急了，他接着说道，“苍颜，我是很懦弱，我以前保护不了你妈妈，现在保护不了你，我承认我很懦弱，苍颜，你走吧，这座城市真的不是你久待的地方，你就相信我一次好不好？”

“我为什么在这座城市待不了？你以为夏宾鸿还是当年的市长吗？他退下去了，市长是别人了，我就想不透你们为何这么厌弃我？我从来没有想过要让夏家承认我，蔚涯进不去的门我也没想过要进去！夏明宇，你不用害怕，我也不会去争什么财产，我怕脏了我的手、污了我的眼和心！”

“你到底走不走？”夏明宇终于发怒了，他怒不可遏地看着苍颜，眼睛里是燃烧着熊熊怒火。

“我不走，你要是再逼我，我不介意像蔚涯一样从这里跳下去！我知道二十三年前你没看到蔚涯从这里跳下去摔在地上的样子，要不要我再给你演示一遍，让你永远记住那是什么样子？”苍颜走到窗前，一把掀开帘子，紧接着就打开窗户，手指直直地指着外面。

夏明宇一下子安静了下来，脸上是极力克制着的怒色和淡漠的表情。他静静地盯着窗外，十八层楼的高度，他不用亲眼看到也能想象那个场景。他不想让蔚涯落得那样的结局，更不想苍颜走蔚涯的路，可是有些事情永远都不能让苍颜知道，那些不能言说的秘密，那些只有他和父亲知道的秘密，那些他和父亲要带进坟墓里的秘密怎么能让苍颜知道呢！可是现在龙华集团的接班人姜枫回来了，一切就都不一样了，苍颜她在这座城市待不安宁的，可是她不能理解，换了谁也是不能理解的。

夏明宇盯着窗子看了一会儿就走了，他转身的那个瞬间像是又老了一些。

苍颜坐在蔚涯的墓碑前，看着天空发呆。蔚涯，你究竟看上了夏明宇哪一点，天下那么多男人你为何就偏偏爱上了一个如此惧怕家长的男人？

“你这两天一直都在这里？”突然响起的声音吓了苍颜一跳，回头竟然看见姜枫站在那里，他怎么会知道这里？随即想到他是龙华集团的接班人，想知道一个人在哪里还不是轻而易举的事情。

“嗯。”淡淡地嗯了一声算是回答了。

姜枫看了一眼墓碑上的照片，猛地愣住了，那张黑白照片上的女人，那个女人……吕蔚涯？

许久没听到声音再响起，如果不是地上的影子，苍颜会以为姜枫已经离开了。她扭头看到姜枫惊讶的表情，冷笑一声，“你是现在才知道我是吕蔚涯的女儿吗？”

他都能找到墓地来，怎么可能会不知道她是谁的孩子？龙华集团的少爷想知道一个人的身世那还不是随手拈来的事情。

姜枫尴尬地从那张黑白照片上移开视线，他的确是现在才知道她的母亲是吕蔚涯的，他觉得照片上的女人看着有些面熟，却又想不起究竟在哪儿见过，不过苍颜的眉眼之间确实跟她母亲很像。他把手中的菊花放到墓碑前，也不管自己身上的衣服是多么名贵就席地坐到苍颜的一旁。

“你和你母亲很像，眉眼之间都有一股清冷的气质。”

“是啊，很像，以前姥姥还在的时候经常把我错当成蔚涯。”

姜枫没有说话，这一刻他不知道该怎么安慰她，人已去世多年，可记忆犹在，每一个人心中好像都有一段无法忘记的过往，记着那段时光也好，至少还能这样肆意地想念一个人。

苍颜伸手抚摸着蔚涯的眼睛，“其实我一直都不知道我为什么非要留在这座城市，只是觉得我的家人都在这里，我不想再出去漂泊了，可是就在今天我才发现也许我留在这里根本就是毫无意义的折磨，折磨自己也折磨别人。”她看了一眼姜枫，嘴角虽然挂着笑，可姜枫却看到了她眼里的悲戚。

一个女生，从十八岁到二十七岁都在外流浪漂泊，去了一个又一个城市，每个地方都不会停留很久，看了那里的风景就走。就像他一样，他也在外面好几年了，从家里不再平静开始他就不想待在家里了，他不想面对整日争吵的爸妈，也不想被夹在中间左右为难。苍颜的流浪是被迫的，他的流浪只能说是逃避。

“是啊，家人在这里，就会觉得这里是根，不管枝叶怎么生长，都脱离不了根，我们终究还是会回到这里的。”姜枫侧头看了一眼苍颜，“对不起，我欺骗了你，我并不是被调到这里来工作的，也不是什么出差，我的家就在这里，我这次是回来。”

“没关系的，谁还没有点秘密啊！”苍颜微微一笑，“你是怎么找到这里的?”

姜枫脸上划过一丝不自然，“那日我从咖啡厅出来的时候看见你坐进了一辆黑色的汽车，当时我有跟踪你的，知道你家住在哪里，昨天我去找你了，敲了半天的门没有应声，你邻居说一早就见你出去了，今天早上我又去你家了，你出门的时候我看见了，正要上前跟你说话的，突然家里打来电话让我回去，我就找了一个出租车司机让他跟着你，然后就知道了你在这里。”

“以前倒是没发现你还有做侦探的潜质。”苍颜半玩笑半认真地说道。

“苍颜，对不起……”

“不用道歉了，我不喜欢听这三个字，不管是什么情况下听到这三个字就觉得又有人做了对不起我的事情。”

第十章　秘密

苍颜的脸上没有悲戚，相反有一种释然。她看着蓝天白云，这样静谧的时刻有蔚涯陪着还真是别有一番风味。从她记事开始蔚涯的身上就有一种她理解不了的悲戚，现在她懂了，那是爱而不得的悲戚。

“你有没有想过以后，你一直这样待在家里，也不去见朋友，迟早会闷坏的。”姜枫看着墓碑上蔚涯的照片沉声说道。再正常的一个人如果整日闷在家里也会变得孤独，久而久之就会闷出病来，不管是身体还是心理。

“以后，好深沉的话题啊！”苍颜嘴角微扬，笑了笑，许久没有人跟她说以后了，以后会是什么样子的谁也不知道，想了也是白想，况且像她这样的人能有什么样的以后呢，不过是活一天少一天罢了。“其实以后都是幻想罢了，活在当下岂不自在！”

苍颜微微长舒了一口气，微微闭上眼睛，感受着冬天的寒冷，这里的天气还没有中原和北方冷，她曾经在冬季去了哈尔滨看冰雕，那里的冬天才算是真的冷吧。可是为什么在这不太冷的N市她却觉得比哈尔滨的冰天雪地还要冷许多？

“你现在活在当下了，自在吗?”姜枫侧头看她微闭着眼睛的样子，竟有一瞬间的愣神，有一瞬间他觉得苍颜和墓碑上的吕蔚涯很像，可也只是一瞬间而已，他脑海里有关吕蔚涯的影像已经模糊了，可关于吕苍颜的影像却越来越清晰。

“我想我们该回去了，觉得冷了。”苍颜停顿了几秒钟睁开眼睛看着蔚涯的照片说道。

她现在活在当下，的确不自在。可她想不了那么远的以后，她怕想了却永远实现不了，留下满满的失落和伤心。所以与其让失望甚至绝望伴着离开，还不如从一开始就不抱希望。

姜枫和苍颜在车上，将近两个小时的车程他们谁都没有开口说话。苍颜一直靠着窗户看外面划过的风景，嘴角微微翘着，她喜欢靠着窗户看外面，有点模糊但不会太计较。

车子刚进市里就经过一家奶茶店，姜枫把车停在路边去买了两杯奶茶。苍颜从早上开始就没吃东西，这会儿都过了中午了，肯定会饿的。

苍颜怔怔地看着捧在手里的奶茶，竟然就这样买到了她喜欢的口味。她有多久没喝过奶茶了，以前也是在冬天，她冷的时候熙夜就会给她买奶茶让她抱着暖手，有时候也会买红薯暖手，高中门口那家老伯卖的红薯又大又甜，好久没有吃过老伯的红薯了，这么多年过去了也不知道还在不在。

“能不能送我去 C 高?”苍颜看着喝奶茶的姜枫说道，她看到姜枫有一瞬间的愣怔。

“今天春节，那里应该没人值班吧，能进去吗?”也不怪他不知道，他从高中开始就离开 C 市了，不太知道这边学校的情况。

“会有人值班的，那么大一个学校不会没人看着的。”苍颜的声音很低很小，似乎也不确定是不是这样，谁也没有在春节这一天去过学校，那个时候对学校的讨厌程度是现在所不能理解的，觉得能逃离一天是一天，谁会在假期没事儿还往学校跑。

姜枫没有再说话，他把奶茶杯放到挡风玻璃前，然后发动车子，调好导航就往C高去了。这个时候她想去那里，也许是有什么怀念的东西在那里吧。

苍颜站在C高门前，沉默良久，那里果然还有门卫在看着大门，那种铁大门也换成了伸缩门，站在门口看着校内的教学楼也有几栋是新的，九年了，到底也是变化了的。

她环顾四周并没有看到那个卖红薯的老伯，也没有流动的摊贩卖各种各样的食物。是啊，今天是春节，他们一年难得有几天休息的日子，这特殊的一天大家应该都在家中团圆或者走亲访友相互拜年吧。

“你在找什么?”姜枫疑惑地看着环顾四周又突然安静的苍颜，想来这里，来了却又不进去。这里有她难忘的记忆吗?

“没什么，曾经在这里丢了东西，时隔几年果真找不到了。”

门卫大叔看到了异样的苍颜，他从小屋里出来走到苍颜的身边，又看了一眼姜枫，“你们有什么事?”

“大叔，以前那位卖红薯的老伯还在这里卖红薯吗?”苍颜睁着明亮的眼睛充满希冀地问道。

“早就不卖了，听说是得了胃癌，死了三四年了。”那个门卫大叔说完就围着校门巡视了一圈又回了那个小屋，这么冷的天跑到这里来买红薯，不知道今天是春节吗，卖红薯的难道就不过年吗。

胃癌?死了三四年了?苍颜突然觉得头顶的天空有些旋转，胃癌?死于胃癌吗?

姜枫觉察到苍颜的异样，忙上前扶住她，“苍颜，你怎么了？不舒服吗？”他紧盯着她有些惨白的脸，紧张地问道。

好一会儿才觉得眼前不再那么旋转了，苍颜才睁开眼睛对着姜枫笑了笑，“只是觉得那位老伯的烤的红薯特别好吃，就这样去世了怪可惜的……回去吧。”

“真的没事吗？苍颜，你如果觉得不舒服就说出来，别让我担心。”

以前苍颜只觉得姜枫冷静自信沉着，作为驴友一起去爬山的时候他说话不多，但很知道去帮助别人，大多时候会走在前面给大家开道，晚上露营的时候也会提醒大家注意安全，不要太分散。现在这么近距离的感受他的体贴还真是第一次，可她有的不是开心而是紧张。

自从蔚涯和姥爷、姥姥去世之后，不管是亲情、爱情还是友情对她来说都已不是那么可信了，她不想再从这些让人迷恋的感情中承受失去的伤害，最好的方法就是远离，只有远离这些感情才不会被再次伤害。

蔚涯曾经在临死前跟她说过不要去招惹有钱又淡漠的男人，其实现在她谁都不去招惹就不会让蔚涯放心不下了吧。

苍颜拂开姜枫的手臂，又恢复了往日的冷漠，“真的没事儿，谢谢你从墓地把我接回来又送我来这里，麻烦你了，猫儿自己在家里太久了，我得回去了。”

“我送你！”姜枫短暂的沉默之后不容反驳地说。

“不了，我自己打车就可以了。”

姜枫什么也没说，拉起苍颜就往停在路边的车走去，力气之大任由苍颜怎么挣也挣不脱。姜枫打开车门，看着扭头看向别处的苍颜，语气有些冷硬地说道：“我把你送到小区门口就走，至少我得确定你到家之前都是安全的！”

苍颜怎么也想不到会在小区门口看到彭熙夜。

熙夜本来是斜倚着身后的车子的，此时一辆汽车驶到他身边，两边的车门同时打开，一左一右分别走出苍颜和姜枫。熙夜有一瞬间的愣怔，那个男人他在Y市的时候见过，苍颜曾称呼那个男人为她的先生……

姜枫吗？龙华集团的接班人。魏明在一家咖啡店门口拍到他的照片，又让人去做了调查，才知道他竟然是龙华集团的少当家！之前让人调查过只是Y市一家酒店的高管，现在回到N市，摇身一变就有了这样的身世背景了。

沉默横亘在三人之间，苍颜也觉得尴尬，以为这样特殊的日子熙夜一定是会陪着夏家人的。她说过不让姜枫送她回来的，他非要送她回来，这样突然出现的尴尬，还真是不舒服啊。

姜枫看了看沉默的苍颜，又看了看熙夜，淡淡一笑，率先打破沉默，"彭先生，久仰！"

彭熙夜也直视着姜枫，表情淡定，漠然，语意不明地说道："姜先生还真是深藏不露。"

"深藏不露谈不上，只是本人行事一向低调惯了，不似彭先生，五年前结婚的时候，报纸和网络等媒体争相报道，就连某著名电视台的栏目还做了专题采访，几乎全世界的人都知道了某集团总经理和某市长的外孙女喜结连理。"姜枫不卑不亢地说道，表情淡淡，依然保持着绅士风范。

熙夜被他这样一说，脸上顿时有些挂不住了，他侧头看向苍颜，面上有些微红，"颜儿，你这两日都去了哪里？都和他在一起吗？"

"要想知道她在哪里，哪还需来直接问她，彭先生如果真的想知道她去了哪里，不用她说你也会有许多种方法知道的。"姜枫顿了顿，看了一眼苍颜，又转头看着彭熙夜，“现在的狗仔队可是精明的很哪，拍照的方式也各种各样，可谓无所不用其极，让人防不胜防，彭先生在这里待久了，说不定明天的报纸头条会是某集团总经理春节欲红杏出墙呢。”

“姜先生!”彭熙夜的声音陡然变冷，“被报道了又能怎样?你不是也在这里?”

“可彭先生是有妻室的人……”

“够了!”苍颜冷冷地打断口舌之争中的两人，“你们聊吧，我先上去了。”

苍颜说完径自走了，不再理会身后的两人。果真有钱人家的是非就是多，像她这样一个人自由自在的多好，永远都不用搀和到任何明争暗斗之中。她在心里命令自己不要再去想任何有关两个人的事情，反正一个人久了是会上瘾的，这些年她不是已经慢慢上瘾了吗，为何还要再去给自己找那些原本可以不用存在的烦恼呢?

爱情，已经走远了，再不会回来了。

苍颜越是想独善其身越是不能做到如此，倘若她知道后来夏家和姜家会变成那个样子，倘若她知道后来她面对的会是那样的局面，就会听夏宾鸿和夏明宇的话早些离开了。就会相信夏明宇说的是对的，这里不是她该待的地方，这里有太多的秘密是她接受不了的……

她回到家里站在窗前看着下面，姜枫和熙夜不知道说了什么就上车走了，只留下熙夜站在车旁抬头望着她这边的窗户，过了一会儿也走了。

苍颜缓缓拉上窗帘，惨然一笑，小时候她从不曾想过有一天她会这么孤单，现在好像连一个可以说话的朋友都没有。从小到大因为有熙夜的陪伴，她都没有怎么结交朋友，后来遇到了娅婻，成了好姐妹，又是现在这样的状况，身边倒真是一个朋友都没有了呢。

所以这就是过早交男朋友的下场，有一天他突然离开了，走的是他一个人，带走的却是你的全世界。

这也是大多数女生都遭遇过的境况吧，有了心爱的人就围着他一个人转，转来转去有的转烦了，有的转腻了，有的被迫离开了……各种各样的分手，之后就是空空的内心得不到填充，不是空虚不是寂寞，就是环顾四周只有自己一个人。

苍颜走到沙发旁，四月竟然还在那里睡着，这可爱的猫咪倒真是嗜睡呢，是因为小还是因为天冷要冬眠呢？以前猫儿可不像它这样贪睡呢，猫儿总是活蹦乱跳地围在她身边绕，甚至还向看着好欺负的狗挑衅，这个可爱的小不点，它没有猫儿的勇气，有的只是可爱罢了。

她拿了些猫粮和牛奶过来，然后坐到沙发上弹了弹四月的小脑袋，它悠悠转醒，看了看苍颜，“喵喵”地叫了几声，闻到有吃的，慵懒地张了张嘴巴打了一个哈欠，又缓缓站起身来伸了一个懒腰，抖了抖身子才走到苍颜的手旁拱了拱她的手。

苍颜淡淡一笑，这小四月可真是了不得呢，这样气定神闲的模样还真是讨人欢喜。她点了点四月的小鼻子才开始喂它……

以前猫儿吃东西的时候哪是这样慵懒的样子，它饿了的时候就会围着你团团转，不停地叫，好像是在抗议它饿了你竟然不给它吃的让它一直饿着……猫儿和四月终究不是一样的，蔚涯和熙夜也终究不是一样的。

她坐在那里发呆的时候想，蔚涯，当初夏明宇送你猫儿的时候你是什么心情呢？是欢喜的吗？可最后只是空欢喜罢了。

苍颜等四月吃的差不多的时候就抱着它去了书房，许久都没能好好的看书了，觉得都没有以前的那种心情了。最近心里好像越来越不安宁了。

她把四月放到一旁，自己从书架上找了一本书就坐下来看，听着外面噼里啪啦的爆竹声，她在书里寻找着属于自己的安静。

“啪!”突然响起来的声音吓了苍颜一跳，接着又是一声脆脆的猫叫，苍颜从书中抬起头看到四月正掂着一只前爪冲着她叫，地上散落着一堆书，想来是它爬高弄倒了书碰到了它自己。

苍颜跑过去抱起四月，替它吹了吹小爪子，又轻轻揉了揉，才抱着它坐到书桌前，“四月乖，妈妈揉揉就不疼了哈。”她的模样看起来像极了一个温柔的母亲。

过了一会儿四月不叫了，苍颜就把它放在桌子上，自己去收拾被它弄落的书。突然，她在书里发现了一封没有收件人的信，她从信里发现了一个惊天秘密……

信封上没有编码，也没有收件人，一个字迹都没有。苍颜迟疑了一下展开信，字迹是蔚涯的，她是认识蔚涯的字迹的。信不长，这应该是一封想寄却由于某些原因而没有寄出去的信吧。

“人都说艺术家的思想是有问题的，你也是这么认为的吗，你看我的眼神是那么的不屑，你总是以高高在上的姿态睥睨我，因为你高贵的出身让你瞧不起艺术家，我在成名之前是画过裸体画，可是那又怎样呢，人们只看到我的光鲜之处，那些在你看来是肮脏的东西因为有夏明宇的存在也没有人敢抖出来，就算是抖出来了，我真的会在意吗?

你知道吗?你才是应该被人嫌弃的那个，我不过是画了裸体画而已，你以为你的行为就高尚吗?你曾说过我让你找到了曾经的自己，找到了被埋藏已久的野性，让你重新找到了生活的乐趣，让我爱上你，然后又无情地抛弃我和孩子，这就是你高尚的行为吗？

在遇到夏明宇之前我也以为我是爱你的，可是遇到夏明宇之后我才发现我并没有想象中那么喜欢你，直到有一天你说你其实只是对我有好感而已，你叫我永远不要再出现在你面前，那个时候我甚至是雀跃的，我终于可以正大光明的和明宇在一起了！可是不久我竟然发现自己怀孕了，我多么希望那个孩子是明宇的！

我从未想过要一个家，可是我有了孩子之后我就特别想要一个家，所以我告诉夏明宇孩子是他的，可是他太懦弱了，他不敢违抗他父亲的命令，他给不了我一个家，不管我怎么委曲求全也进不了夏家的门！

我只能一个人把孩子生下来，让她以私生女的名义存在，接受别人的指指点点，可是我不在意，只要能跟夏明宇在一起，我可以不要家，做他的情妇也是我心中欢喜的，可是苍颜不是明宇的孩子，我骗得了他却骗不了我自己，你知道吗，我无数次都想在夜里偷偷掐死苍颜，她是我的耻辱！可是我坐在床上看着她，她那样安静，那样懂事，小小年纪就知道在我不开心的时候逗我开心，她比你强多了！

我以为我没心没肺，总好过撕心裂肺，可是没想到还是逃不了撕心裂肺的下场……

我的生命不长了，我爸妈身体不好，我不能让他们抚养苍颜，夏家不愿接受我也不愿接受苍颜，我死了之后苍颜怎么办呢？你能不能把你的女儿领回去抚养，不管怎么说苍颜都是你的孩子。

你只要在我死后把你的女儿领回去就好了。只这一次，我为孩子求你!”

苍颜定定地盯着手中已经泛黄的信纸，这样美丽的纸，想必也是经过细心挑选的吧。蔚涯，这就是你曾经所付诸的一片真心吗？这就是你爱情的结局吗？

“我这辈子只爱过夏明宇一个人，所以你一定是夏明宇的孩子!”这是蔚涯临终前的最后一句话。

苍颜在这一刻突然明白了这句话的含义。蔚涯，我不是夏明宇的女儿，那我是谁的女儿？我父亲是谁？

苍颜的心渐渐下沉，她的手甚至拿不住那轻薄薄的一张纸，她定定地看着那封所谓的信从手中飘落，使劲眨着眼睛……我不是夏明宇的女儿，那我是谁？我的父亲是谁？

她颓然坐到地上，蔚涯，这就是你一直以来的伤痛吗？这才是你真正的伤痛吗？你说倘若有一天我想父亲了就去夏家，就去夏家找夏明宇，你说他不敢不承认的，那次我去了，他迟疑了一会儿但最后还是承认了。想来他是真的爱你的。

这些年倒也是难为他了，怪不得他在夏宾鸿面前那样的怯懦，怪不得他对我是那样的淡漠，怪不得夏宾鸿说那个家不欢迎我就像不欢迎你一样，怪不得彭熙夜说我所看到的并不是真的，怪不得，怪不得，有太多的怪不得……

不明所以的四月从桌上颤颤巍巍地跳下来，一路小跑到苍颜身边，“喵喵”叫了几声，亲昵得蹭了蹭苍颜的腿，如果它能说话它一定会告诉苍颜，它也是一个没爸没妈的孩子，它也是孤单的，它以后会好好陪在主人身边的，再也不离不弃。它能感觉到主人的悲伤，可是它不会说话，也不能表明忠心，只能用头不停地蹭着主人，不停地“喵喵”叫着。

苍颜坐在地上良久，才缓缓抱起四月，用脸回蹭着柔软的四月。“从此以后我们就相依为命了。从此以后我就是你的妈妈，然后我们一起去找我的爸爸，好不好?”

四月“喵喵”地叫了几声，温顺地待在主人的怀中。

苍颜缓缓躺到地上，蔚涯，信中的他究竟是谁?那究竟是一个怎样的男人让你无数次的想要掐死我?

我来帮你找到他好不好?我要让他后悔，让他为曾经抛弃你、抛弃我而后悔，好不好?

夜渐渐袭来了，春节的夜晚好像来的格外早一些，也更冷一些，冷得苍颜的牙齿不停地颤抖，连带着趴在她身上的四月也不停地颤抖。

苍颜在地上躺了不知多久，久到她觉得整个背都是麻木的时候才坐起来，她把四月放到地上，看了一眼后面的书架，曾经以为那些伤痛骨髓的哀伤是因为夏明宇，因为夏宾鸿逼迫她离开九年，逼迫她离开熙夜，让她最爱的人娶了她最好的姐妹，她恨死了夏家，恨死了冷厉的夏宾鸿和淡漠的夏明宇，也恨死了她自己!

私生女，她从小就被人在背后指指点点说是别人的私生女，最后一次搬家她已经记事了，姥爷和姥姥整日看着沉默的蔚涯叹气，可是却什么也改变不了。蔚涯跳楼的那一日姥爷也倒下了，送到医院的时候说是胃癌晚期，夏家的人去了医院也不知道说了什么主治大夫就对他们说治不了了，让回家。姥姥不愿意，转了几家医院，眼见着姥爷越来越虚弱，可每家医院的说辞都那么惊人的一致，已经晚期治不了了，带着丧女之痛的姥爷就那样没熬过一个月就去了。

以致于姥姥在最后的日子里说什么也不愿去医院，她恨医院!苍颜也恨!

蔚涯在很多个夜里醒来，手死死地捂着胃打滚，她那样难受的样子苍颜不曾忘记，那和姥爷一样难受的样子。现在她也是了，她的胃也常常痛得死去活来！

蔚涯，我在网上查过资料的，有人说胃癌是可以遗传的……

我会在死之前找到那个抛弃我们母女的人，我会让他后悔，兴许我还能带着他一起去地下找你呢？

蔚涯，你曾说过如果有一天我找不到父亲了，就告诉你，你会把他带走的。那个给不了你婚礼，也给不了你葬礼的男人，我会把他带去见你的，蔚涯，不要再为一个等不到的男人等的那么辛苦了，去轮回吧，你想做的事情我一定会为你做到的！

第十一章　谅解

再次见到夏明宇还是在墓地，苍颜想这么多年夏明宇一直都不说出她身世的秘密，不仅仅是想保住蔚涯的颜面，应该还有其他的原因吧。他不说，夏宾鸿也不说，甚至所有人都不说，那她也不说，就让这个秘密依旧是秘密，但她一定会找到那个对蔚涯始乱终弃的男人！

夏明宇远远地就看见坐在墓碑旁的苍颜，过了年就又长了一岁，今年二十八岁了吧。他抬头看了一眼天空，蔚涯，小辈的年龄都在后面追着了，你我相识都已经三十一年了，我老了，可你还是当年的样子。冷艳，年轻。

蔚涯，当年不是我不愿同你有一个家，我是没办法同你有一个家，也许就是这样才让苍颜处在这样的境地吧。她继承了你的美貌、你的冷艳、你的冷厉、也继承了你的悲伤。蔚涯，你说让我永远不要说出那个秘密，我就会一直为你守着那个秘密，任何想伺机玷污你声誉的人我都会让他身败名裂……

在商界我是个手段凌厉的人，可在你的事情上我永远都要这么淡漠，这么怯懦，这么让苍颜瞧不起，因为我实在做不到苍颜想要的。

夏明宇缓缓走到苍颜的身边，将手中的菊花放到墓碑前，然后蹲下身子，在苍颜身边坐下来，看向蔚涯的眼睛充满了柔情。如果我比他早出现在你的面前，你会不会先爱上我？

苍颜侧头看了一眼夏明宇，淡淡一笑，他们好像还没有这样并肩坐在一起过，如果不是蔚涯，她可能这辈子都只能在电视和报纸上知道他，永远都不会想到盛华集团的名誉总裁有一天会和她这样坐着……

“以后我不在的时候，你多来看看蔚涯，她是最怕孤单的人。”苍颜的嘴角微扯，差点哭出来，使劲忍住了才勉强让自己的声音听上去没有异样。

夏明宇的视线终于从蔚涯的照片上移到苍颜的脸上，静静地看了她一会儿才开口，“你要走了？”

“嗯，但不是现在，有些事情还没有弄清楚，等我心里的谜团解开了就走。”

夏明宇眉梢微扬，紧盯着苍颜问道：“什么谜团？”难道她知道了什么？

看着他紧张的神色，苍颜想，也许他知道一些事情，但是她不能开口向他询问，她不能再在别人的伤口上撒盐。她淡淡一笑，“主要是我跟熙夜的事情，还有一些别的。”

她怕夏明宇发现异样赶忙赶忙转移话题，“这么多年，你想她吗?”

夏明宇的脸上渐渐蒙上一层悲戚，他看着蔚涯的遗像就觉得蔚涯还在他眼前，他不敢保证这辈子就只有蔚涯一个女人，可他敢保证这辈子他只把蔚涯一个女人放在心里过。她算是一个另类的女子吧，让人觉得新奇，新鲜，让人能挖掘出那种深埋在心底的最原始的东西，一旦爱上了就欲罢不能。

真正爱一个人，会把你所有的欲望和野心都驱逐出去，你只想为她去做一切，哪怕是舍弃她，推开她，到那时候，你的心都被她挖走了，只能乖乖做一个没有心的人！这样的爱是难以理解的，却也是至纯至净的！蔚涯当年还笑他痴笑他傻，可是痴傻有时候又岂是自己能控制的。

“想过。”夏明宇突然一笑，“即使当年我是市长家的大公子，可她又何曾将权势地位和荣华富贵放在眼里过，她是世人眼中的另类，总想什么事情都不搀染杂质。这世上哪有十全十美的东西，所以迎接她的总是伤心，就像她的画一样，让人看着很纯净，可总觉得悲伤。”

夏明宇的眼睛没有焦点，他好像透过墓碑上蔚涯的照片看着三十年前的蔚涯，那个时候他从来不知道这世上还有人如此苛求完美，苛求到近乎疯癫的地步。她明明很瘦小，可任何人在心里都不敢把她看低了，她会决绝地来跟你拼命，她这一生唯一一次对大家的指指点点不做反抗的事情就是苍颜了。

苍颜的嘴角微微上扬，难得夏明宇还有这样的神情流露，这些年到底是错怪他了，为了蔚涯，为了她，他或许已经尽力了，就像蔚涯的追求总是落空一样，这世上总还有约束的地方，总有让人无奈的人和事……

“这些年委屈你了，一走就是九年，还是在那样的情形下走的。”夏明宇微叹一声，“不是我非逼着你离开，人都是有苦衷的。”

“其实我也知道熙夜的心里一直都只装着你，你刚离开的时候他发了疯似的满世界找你，前四年他总是一声不吭地离开，然后满身疲惫的回来。他那四年不知道跑出去多少次，爷爷都已经很生气了，可他不管不顾，下一次还是匆匆忙忙就出去，再回来的时候还是带着疲惫和失望。大学毕业那年在爷爷的要求下他和娅婻结了婚，从那时候起他除了出差就不往外跑了，爷爷和我都以为是婚姻让他收了心……”

夏明宇看了看苍颜，“听说你写小说，在网上也发表过，有一次我在家里发现他捧着手机细细地抚摸着屏幕，他一寸一寸地抚摸着，后来才知道他抚摸的是你的文字，这些年他不曾放下过你，即便他娶了娅婻也是一样，苍颜……”

“如今说这些还有什么意义呢？你如果了解我，就知道我不会去抢的，尤其不会和娅婻抢。”苍颜冷冷地打断他，“是因为你和蔚涯错过了一生，所以才觉得爱是那么美好的一件事情，你不想看着我们三个这样痛苦，是吗？可惜现在已经不是九年前了，我，熙夜，娅婻，我们已经回不去了。”

“其实早知如此，又何必当初呢。再者说夏宾鸿想要的不过是这 N 市的霸权，熙夜背后的盛华集团是他最合适不过的选择，而娅婻又是他的外孙女，我不过是一个见不得人的私生女罢了！”苍颜长叹一声，只是一个私生女罢了，可她现在竟然不知道自己的父亲是谁了。

“斗垮龙华集团，娅婻是最合适的人选。”

苍颜怔怔地扭头看向夏明宇，良久没有反应过来这句话究竟是什么意思。什么叫斗垮龙华集团，娅婻是最合适的人选？她正要细问时却见夏明宇已经站起身了。

“你还是尽早离开吧，到时候我会让人去送你，离开后想回来了还可以再回来，毕竟这里才是你的家，哪有孩子不想家的。”

夏明宇说罢转身就要离开。

“能再给我一些时间吗，我想把手头的事情了结了再走，这样才能了无牵挂。”苍颜站起来看着夏明宇略显佝偻的背影说道。

夏明宇停顿了一会儿才开口。“你走之前就不要和姜枫来往了，他是龙华集团的继承者，不是你能驾驭的，如果不想和熙夜继续了，也别找姜枫，他不会是你想要的人!”

苍颜愣愣地看着渐渐远去的夏明宇，或许她从来都不曾真正了解过这个看起来既淡漠又懦弱的男人，报纸上不也说过他是一个很有手段，很有魄力的男人吗。

苍颜始终没想明白夏明宇的话，就觉得今天他好深奥，或许她从来没有看明白过他。可是他说斗垮龙华集团娅婻是最合适的人选，难道说熙夜和娅婻的结婚是有什么条件的?

她还记得她第一次回来的时候在她家楼下，娅婻说苍颜究竟还想折磨她到什么时候，那天娅婻是来帮熙夜一起留住她的?她当时以为娅婻指的是她还占着熙夜的心所以觉得折磨，可是现在她突然觉得一切好像都跟她想象的不一样了，就像在Y市那家酒店门口，熙夜也曾说过，她所看到的一切都未必是真的。

听到汽笛的声音，苍颜终于回过神来，抬头看到坐在车里的姜枫。她好像是第一次见到他一样，定定地打量了他许久，龙华集团的继承人，夏明宇要打击的目标，这样的竞争还真是怪异啊，一定要斗垮。

姜枫见她站着不动，淡淡一笑，这丫头又不知神游何方去了。他打开车门走到苍颜的身边，“你是没事儿就往墓地跑吗?回到N市，见你最多的地方就是在这里。”

“你是很闲吗?这里葬的是我的亲人又不是你的亲人，你常往这里跑做什么?给自已选墓地?”苍颜没好气的说道，转身就要去打车。

“现在的人生不起死不起活不起，不提前做好打算，没准死了还真没地方住。”姜枫半开玩笑半认真地说道，“现在意外这么多谁知道谁能活到哪一天，作为商人凡事都讲究预则立。”

“商人?”苍颜淡淡一笑，反问道。

“我的意思是……”姜枫略显尴尬地解释道。

“不用解释，我对你的事情实在不感兴趣，对你们所有人的事情都不感兴趣。”她一本正经地看着他说，“以后你们怎样都是你们自己的事情，我不想掺进任何纷争里，姜枫，你如果真的尊重我，就别再来打扰我平静的生活，好不好?”

姜枫愣愣地盯着苍颜瞧了一会儿，她这样矛盾却又清醒的女子还真是少见。她的眼睛里明明有故事，可是她从来不说，他看得出她的戒备心很强，从一开始就知道。可是她这样把所有的苦都一个人扛着就不觉得辛苦吗?她究竟想这样压抑自己到什么时候?

“你是自以为你的生活很平静?平静的生活不是把自己封闭起来，而是你的内心宁静。”姜枫走到她跟前，“你自己摸着你的心问问，你的内心宁静吗?你不让人打扰只是因为你想逃避!”

“逃避?”苍颜冷然一笑，“我逃避什么?我没偷没抢凭什么要逃避?”

“你有没有发觉你发火的次数比以前频繁了许多?”姜枫直视着她的眼睛，“心里没底才会虚张声势。”

苍颜张了张嘴巴什么也没说。她承认姜枫说的没错，她确实心里没底，在这个陌生又熟悉的城市她连生活的勇气都没有。最主要的是以前还可以跟夏宾鸿怄气，还可以埋怨夏明宇，甚至在心里瞧不起他，还可以痛恨彭熙夜当年抛弃了她，还可以怨恨程娅嫡抢了她最爱的男朋友……现在她连跟夏家人怄气的资格都没有了，甚至不知道自己的父亲是谁了，她每每在深夜里醒来环顾四周，在这世上她再也找不到一个所谓的亲人了，她已经是实打实的孤儿了，孤身一人。这才是真的浮萍飘零吧。

“你以为你很了解我?”苍颜转身喃喃说道。这里还真是不好打的，等了这么久居然看不到一辆。

“我不敢说了解你，因为兴许你都不了解你自己。你心里有想要的，可是顾忌又太多，这不像我曾经认识的你，你那个时候很果断，什么时候都懂得当机立断，从不拖泥带水。可是在N市，我从你身上完全看不到你以前的影子，现在的你身上怨气太重。”

“是吗，反正死了也是要变成厉鬼的。”苍颜冷哼一声，就不再理会身后的男人，暗暗在心底长叹一声，聪明又睿智的男人还真是可怕，什么都逃不了他的眼睛。

姜枫停顿了几秒钟，想伸手去拉苍颜的胳膊，手伸到一半又缩了回来，他的眼睛渐渐流露出一种坚定。“苍颜，让我来照顾你吧!”他说的不是疑问句，也不是商量的语气，而是一种坚定，一种认定之后的果决。

“我还没有柔弱到需要别人来照顾，你如果真的有这么闲就去好好想想工作的事情，别到最后失去了所有还不知道怎么失去的。”

姜枫不以为然地摇摇头，“工作没了还可以再找，可是丢了你就再也找不回来了，苍颜，让我留在你身边可好?”

苍颜鲜少见他这个样子，他的脸上有一种殷切的期盼，一种让人觉得拒绝了他就像是在犯罪一样。她下意识摸了摸自己的胃，她不是不想找一个人来疼她爱她，给她最温暖的依靠，可是她自己还没有从彭熙夜给的伤痛里走出来，她不想带着伤痛去接受任何人，而且她不想让任何人看到她虚弱的一面，更不想给任何人增加负担。姜枫是那样优秀的男人，他会等到更好的人走到他身边。

“不了，我只想自己一个人好好的，我已经不相信爱情了，这世上的感情我都不相信了……”

“你不用着急拒绝，你好好想一想再给我答案。”姜枫走到车旁，拉开车门，“我送你回去吧，这里不好打车。”

苍颜对着他淡淡一笑，“没关系的，我想再陪一下他们。”苍颜回身看了一眼身后林立的墓碑，又转回身看着姜枫说道，“你以后不要再来这里了，毕竟是陵园墓地，经常出入这里也不是什么好事。”

姜枫没有说话，默默合上后座的车门。他在驾驶座上沉默了好一会儿才发动车子。走的时候车开的很慢，他一直从后视镜里看着那个站在风中的女子。她总是这样冷漠，认识她五年多了，早该习惯了的，可是这一次为什么觉得那个叫心的地方有隐隐的痛感？被她拒绝了那么多次也应该是习惯了的，为什么还是觉得心疼？

苍颜，你为何不愿给我一个机会呢？那个已经结了婚的男人值得你为他如此坚守真心吗？

苍颜静静看着姜枫缓慢驶去的车子。我注定是一个孤独的人，姜枫，夏明宇说你不会是那个我想要的人，我想，我也不是你要找的人，我心里爱的一直都是彭熙夜。

苍颜回到市区的时候被一幕场景紧紧地吸住了眼球。在市中心医院的门口，她看到了从里面出来的熙夜和娅旖。她不确定那个大着肚子的女人是不是娅旖，可她能确定那个男人是熙夜，一直在她脑海中的影子变成什么样她都会记着的。

娅旖她不是去了澳大利亚吗？她没有走？还是回来了？

苍颜怔怔地从出租车的后窗转过头，看着前面的路有些发呆。夜，当我从夏明宇那里知道你们的婚姻可能另有隐情，你也曾说过从不曾背叛过我，曾有那么一会儿我还在幻想也许我们还可以回去的，可现在你们连孩子都有了，还回得去吗？

就在这个时候苍颜的手机响了起来，来电显示是罗静婷，她迟疑了一下，才按下接听键。里面立即传来罗静婷优雅又具有魅力的声音。

“吕小姐，很麻烦让你等了那么久，样书已经出来了，我会让人尽快给你送过去。公司现在已经在宣传了，到时候有什么情况我们会及时通知你。希望你的手机一直保持畅通。”

“其实这些事情您不用亲自来做的。”苍颜心里也很是纳闷，这位享誉业界的罗主编竟然会对她的事情如此上心。

“有人对你的事情上心，我自然不敢怠慢。况且你的这本书确实很有看点。我在M社工作多年，这点眼力还是有的。”罗静婷顿了顿，又说道：“那本摄影集也正在审核中，想必不久也会面世的，吕小姐，我很看好你在写作和摄影方面的才能，希望我们还有再合作的机会。”

“谢谢罗主编。”苍颜突然之间发现，因为姜枫的原因她已经不知道该跟这位雷厉却又优雅的女人说些什么了。短暂的沉默之后罗主编说了一声再见就收了线，那沉默也让人觉得尴尬。

苍颜不得不承认她快失去与人沟通交往的能力了，她害怕深交之后就是伤害，这就是所谓的一朝被蛇咬十年怕井绳吗？

连亲情都那么薄凉，友情、爱情都那么伤人心，更何况那些不相干的人又怎么会用心对你呢？她收起手机，自嘲地笑了笑，亲情，她现在还有吗？

“师傅，不去花园小区了，你在这城里转一圈吧，能走的街道都走一遍。”

那开车的司机从后视镜里瞅了她几眼，看她的表情好像不是很开心，可是这样的客人他也是第一次见，绕着这座城市转一圈，就是不堵车也得将近一天的时间啊，他微微侧了侧他那微胖的身子，说道：“姑娘，您确定要在这城里转一圈，这一圈可大着呢！”

“您就放心开车吧，车费按计价表上的给您。”苍颜说着身体倾斜靠到车窗旁。许久都没有好好看看这座城市了，这次回来也没有出来看看。今天不如就这个机会好好转一转，下次再看这座城市还不知道是什么时候。

那师傅心想有钱的买卖谁不做啊，她既然要看，他能挣到钱也就不多说话了。显然看那姑娘也是不想被打扰，是以车厢里就一直沉默着。

高大的建筑比以前多了许多，各种设施也比以前完善了，娱乐场所也比以前多了许多。其实她离开的时候才高中毕业，那个时候大部分的时间都围着熙夜和娅婻，活动范围大多是从家到学校的路线当中，偶尔也会出去玩玩，但她心底有一种清高，她讨厌低俗和混乱的地方，所以对那些娱乐场所也知道的不多。现在也还是一样打心里不愿接受那些地方，那样的喧闹会让她觉得空气浑浊而呼吸不了。

她从来都不知道在城郊居然还有个漂亮的小湖，从远处看，水很清澈。这小湖一看就是人工湖，湖中心还有一个小假山，湖边有三三两两的人在一起谈笑。

高楼森立，设施完备，经济发达，交通便利……看来夏宾鸿当市长期间也没少做出实事。其实他一直都是个好市长，他为政为民兴许都可以做到问心无愧，也许和他小时候所受的教育有关，他大胆开放的思想中也有着保守固执的因子，所以他不愿意接受蔚涯……

以前她不知道蔚涯的思想是那样开放，只知道在心里怨恨夏宾鸿的冷酷绝情，现在想来让一个被儒道经典熏陶了大半辈子的人接受一个不止一次给人当过裸体模特，也不止一次画过裸体模特的女人还真是相当有困难，而且那个女人还未婚先育，不能确定孩子的父亲究竟是谁……

现在想想，夏宾鸿也是不容易了。当年他虽然赶走了她，可还是让人给了她一笔数目相当可观的钱。她原本一点都不想要，觉得那些钱肮脏，可是孤苦无依之下她接受了，她还用那些钱读完了大学，还开过一家花店，赚了一笔钱，才有了她现在还算安适的生活。

她现在所拥有的一切实际上也算是拜夏宾鸿所赐，可是她现在所遭受的一切也都是拜夏宾鸿所赐。他已经过了古稀之年，可还是那样争强好胜，想要斗垮龙华集团。

苍颜靠到座背上寻了一个舒服的姿势靠着，在心里微叹一声，真是一个倔老头啊！

天渐渐黑下来的时候，苍颜终于对那开车的师傅说回花园小区。她微微闭上眼睛，放空思想，什么都不去想。

第十二章　久违

苍颜到家的时候四月正卧在玄关处的一双拖鞋上面，没有睡觉，好像在等待她回来。她看到猫儿的时候心里一暖，在这尘世再怎么孤单，至少还有一只猫会等待她回家。

苍颜蹲下身子抱起四月，它冲着她“喵喵”叫了几声，用头蹭着她的胳膊，很乖巧的样子。苍颜喂它吃了些东西，又给它喝了些牛奶，心里觉得十分愧疚，以前她养猫儿的时候从来没有过这样的情况出现，她走到哪里都会带着它，可是四月还好小，外面的天气也还冷，她去墓地的时候害怕蔚涯见到四月而不是猫儿会不开心……

她抱着四月去了卧室，把四月放到桌上，自己倒了杯水就坐到了书桌前打开电脑，又有驴友发消息给她，约她再过些日子去爬山，她盯着消息看了良久，终究是直接关掉了。如果她能活很长时间的话，游山玩水或许会是她以后要做的事情了，所以现在她不急。

她要查出抛弃蔚涯的男人是谁，确切的说找到她的父亲是谁。

苍颜看了看小说的大纲，喝了几口水，看了四月一眼就开始了她的创作，她想幸好还有些事情是她所喜欢的，不然人生得多枯燥啊。

接下来的很多天她都没有见到姜枫，也没有见过娅婻，熙夜中间来过几次，每次都是静静地盯着她看，看累了就闭上眼睛休息一会儿，醒来再盯着她看一会儿才离开，两人在一起的时候说话少了，但却不那么尴尬了。

何小猛也来过几次，每次都是匆匆而来，坐下说几句话就离开。

日子就在平静和沉默中过去了，苍颜除了写作和偶尔拍些照片之外什么事情都没做，查自已的身世更是没有行动。很多个夜里她都端着酒杯站在窗前想，她想查，可是一点头绪都没有，还有就算是查到了那个始乱终弃的人，她该怎样面对那个所谓的父亲？也许那个男人已经不在人世了……

她拿出电话翻了翻电话簿，联系人只有那么十几个，翻来翻去也不知道打给谁合适，她最终把手指停留在何小猛这三个字上……

何小猛很快就接了电话，他那边的环境声比较嘈杂，苍颜还没说话，何小猛的声音就传了过来，“苍颜，你先别说话，我听不清，我现在去一个安静的地方。”

何小猛说罢苍颜果真感觉到了他在走路，他那边的嘈杂声也越来越小。过了一会儿他那里终于安静了才开口说话，“苍颜，我和魏明在外面陪客户，来酒吧耍了一会儿，你现在在哪儿呢?”

“我在家。”苍颜停顿了一会儿才说话。她想他在陪客户，她现在和他讲电话好像也不太好，“猛子，要不你先陪客户吧，等你闲下来的时候我们再聊。”

“苍颜你有什么事情就给我说，我等下打给你。”

“嗯，你先去忙吧。”

“好，那我先撂电话了，这边环境不太好。”何小猛嘿嘿一笑就收了线。

苍颜看了看手机，淡淡一笑。高中的时候何小猛也是像现在这样爱嘿嘿笑，一直到现在他都还喜欢嘿嘿笑。

胃开始隐隐作痛的时候苍颜正坐在电脑旁，她还没来得及去拿药，胃就像要爆炸了一样疼得她直不起身子，眼瞅着那药就在伸手可及的地方可是她使劲伸手也够不到，冷汗渐渐地爬上了她的额头，接着是全身，疼得她全身都在抽搐。

苍颜双眼紧盯着桌上的那瓶药，使劲伸手一够却跌到了地上。知道再去拿药已经是不可能了，索性双手使劲抱着胃在地上打滚。好久都没有这样疼过了，这一次却疼的这样凶猛，她是不是要死了？

蔚涯，你现在要来把我接走了吗，我去找你之后你是不是就不会再这么孤单了，在这个城市，在我的家乡，我依旧是举目无亲，这和流浪漂泊没有什么区别。蔚涯，你和姥爷、姥姥都在那个世界，你把我接走我们就团圆了，好不好？

电话铃声响起来的时候苍颜疼的正厉害，她的衣服都被汗水浸湿了，她使劲挤了挤眼睛、使劲捂着胃，可疼痛还是得不到丝毫的缓解。

四月一直蹲坐在一旁看着她，不停地喵喵叫着，可是却不敢上前，它不知道主人这是怎么了，在地上满地打滚，比它打滚的时候还要疯狂，还要激烈。

不知道过了多久，苍颜觉得那疼痛渐渐缓解了一些，没有那么疼了，她终于能够自如的呼吸了。她慢慢放松下来，双手依旧捂着胃，双眼紧盯着天花板。

撞门声就是这个时候响起的，苍颜微微一愣，竟然有人这个时候撞她家的门？她躺在地上缓了一下，使劲站起身来，扶着墙壁走到玄关处，把搁在那里的扫把拿在手中，看了一眼被撞的有些颤的门，那人力气还真是大啊，如果不是这门结实，恐怕早给撞破了吧。

苍颜趴在猫眼处看了看那个疯狂的家伙，竟然是熙夜，他的身后还站着何小猛。苍颜一手捂着胃，一手扔掉扫把，在熙夜要再次撞门的时候急忙打开了门，然而熙夜因为惯性直接撞到了苍颜身上，幸好何小猛眼明手快拉住了他，不然以他的力气一定会把苍颜撞翻在地。

熙夜抱着苍颜感觉到她的颤抖急忙松开她，又看到她惨白惨白的脸色吓了一大跳，“苍颜，我有没有撞疼你？你是不是又不舒服了？”

何小猛看着苍颜的脸色也觉得瘆得慌，担忧地问道：“苍颜，你怎么跟刚死过一回似的？你刚刚在做什么，我打不通你电话，熙夜急的跟什么似的就跑来撞你家的门了。”

苍颜斜倚着墙壁，心里忽然间一暖，刚才她看到熙夜焦急的神色，听到他担忧的声音，她就知道他还是在意她的，像以前一样在意她。

没来由地这些天阴郁的心情忽然变好了，她微微一笑，“我没事。”

熙夜看着她的笑容不由有些痴了，重逢后的这几个月除了冷笑还不曾见过她笑，他看的出来她是真的在笑，看着她的笑容他感觉胸腔里的东西正在慢慢变得柔软，只要她开心，他什么都愿意做，愿意放下一切陪她走。

他宠溺地揉了揉她的头发，宠溺地说道：“你还笑，你现在的样子好吓人，我扶你进去。”

熙夜小心翼翼地搀扶着苍颜走进客厅，他甚至还能感觉到苍颜身体的颤抖，看着苍颜的手一直捂着胃部，看着她现在惨白的脸色和黏湿的头发以及身上的冷汗，他的心抖了一下，胃又疼了吧？

熙夜扶着苍颜在沙发上坐下，想给她倒一杯热水却发现她这里别说热水了，连一点热的东西都没有，就让苍颜在沙发上小坐一会儿，他自己钻进了厨房，也不知道捣鼓什么。

何小猛进来之后就钻进卫生间了，苍颜听着他在里面吐得一塌糊涂，想来今晚没少喝吧。

她觉得好多了之后也去了厨房，她走到门口发现熙夜正在煮粥，这一发现让她多少有些惊讶，原来他还会做饭，没想到竟然错过他那么多年。

熙夜朝她微微一笑，边搅动锅里的粥边说道，“你在客厅坐一会儿，马上就煮好了。”

苍颜双手环臂微笑道：“原来你还会做这些。”

“以前不会做，这几年才学会的。”熙夜笑得有些尴尬，“以前在家里我是大少爷，这些事情轮不到我做，后来突然想要学做饭，学会了，想做给她吃的那个人却离开了。”

苍颜脸上闪过一丝不自然，她知道他说的是她，若是可以，她又怎么舍得离开他，那一年啊，没日没夜的想他，可是一想到那日他牵着娅婻决绝离开的背影她心里又忍不住怨恨。可让她真的去恨他，她又怎么做得到呢？那十四年的感情不会因为一件事情就变成恨，她只是接受不了姥姥的去世和熙夜的背叛，只是接受不了才选择离开而已。

她半开玩笑地说道：“那你可以做给娅婻吃啊。”

熙夜拿勺子的手猛然顿住，何小猛的声音突然飘进来，“夜子不会做给娅婻吃，他只想做给你吃。”

气氛突然又变得尴尬，熙夜把火又调小一些，半转着身子看着苍颜，“颜儿，对不起，这么多年让你受苦了。”

苍颜眼眶一热，赶忙扭头看向别处，“你赶快煮粥吧，我都快饿死了。”她说完转身去客厅走去。

熙夜看着她的背影，嘴角嗫嚅了几下终究没有再说什么，转身去看锅了。

客厅里何小猛正一身酒气的坐在沙发上逼迫着四月和他玩，四月闻着他身上的酒气不愿意同他玩，一人一猫便厮打在了一起。苍颜见此微微一笑，眼睛不经意间瞥到墙上的表，吓了一跳，竟然已经十一点多了？她看了一眼厨房，心里顿觉暖暖的，这么晚了，有个男人愿意钻进厨房里为她熬一碗粥，此刻除了幸福她什么都感觉不到了，若是时间能停在这一刻那该多好，就不用再去想那些烦恼的事情，就不用再面对他已经有了家室的现实。

何小猛见苍颜过来就放过了四月，他坐直身子看了一眼墙上的表，问道：“苍颜，你打电话给我是有什么事情吗？”

苍颜微微一愣，这才想起八点多的时候她确实给他打过电话，她有些不自然地看了一眼厨房的方向，缓声说道：“也没有什么事情。”

何小猛自然注意到了她的动作，直入正题道：“你想问夜子和娅婻的事情吧？”他找了个舒服的姿势靠在沙发上，“刚好我知道一些，至少比你知道的多，你想知道什么就问吧，知无不言言无不尽。”

既然他都这么说了苍颜也就不拐弯抹角了，“熙夜现在在做什么?”

“嗯?”何小猛愣了一下随口道:“在煮粥啊!”

“我是说生意上。”

何小猛闻言不由多看了两眼苍颜,随即笑道:“打压龙华集团。当年谁都没有想到夜子会和娅婻在一起,你知道的,那时候夜子爱的是你,娅婻爱的是钟怀古。可是他们就是出乎所有人的意料在一起了,我不知道原因,但大致能猜到,那一年盛华集团出了变故,险些破产,夜子的父亲承受不了压力选择了自杀,他和伯母相依为命,二十岁就接下了当时已成为烂摊子的盛华,是夏爷爷帮他重振了盛华……”

“猛子,你醉了!”

熙夜的声音突然想起,何小猛吓了一跳急忙住了嘴,这些话熙夜不让说给苍颜听,可他见不得他们这样相互折磨的样子。既然醉了,那就干脆趁着这股酒劲多说一些,他瞥了一眼端着碗的熙夜,笑得有些苍白,“夜子,有些话你不说苍颜永远不会知道,你们永远都要这样相互折磨!为什么相爱的人要彼此折磨?”

“够了!”熙夜冷声喝断他,“何小猛,你话太多了!”

“不是我说的太多,是你说的太少。”何小猛站起来,踉踉跄跄地走到熙夜跟前,看了一下他手里端着的粥碗,笑了笑,“连我这个单身汉都知道幸福是什么,连我都知道幸福要去争取,你什么都不说,怎么把苍颜留下?众叛亲离的时候她有什么理由留下?”

何小猛晃了几下扭身看着苍颜,缓缓一笑,“你可能觉得夏伯父很淡漠,可他也有苦衷,你走的那九年,夏伯父也在暗中派人找你。苍颜,有些事情,即使你看了个满眼,也有可能看到的只是表象,要自己去剥出真相。”

何小猛走了,关门的声音很大像是在发泄着内心的不满。

苍颜站起来要追出去，熙夜拦住她，他把碗递给苍颜，有些不自然地说道：“这会儿温度刚刚好，你趁热喝，我下去看看猛子。”

苍颜捧着碗看他跑出去的身影，依旧在错愕中没有回过神来，她没想到那一年熙夜经历了这么多，她忽然开始理解他，理解这个打碎了牙也只会往肚子里咽的男人。

那年她一声不吭地离开，她以为痛的只有她一个，原来痛的竟然是一群人。

这些话，何小猛不说不会有人告诉她，她也没有那么大能力去知道发生在每个人身上的事情。

也许，她一直都错怪了这些人，一直都恨错了这些人。当年逼着她离开，兴许是对她的一种保护，可她不愿要那样的保护，只要留在这里和她心爱的人并肩站在一起，她不在乎前方迎接她的是红地毯还是荆棘路。

熙夜回来的时候已经快凌晨一刻了，苍颜喝了两碗粥就躺在沙发上睡着了。他怕吵醒她就踮着脚走到她跟前，她蜷缩着身子睡着，那是自我保护的姿势。他拿起一旁的毯子帮她盖好，伸手抚摸了几下她散落在沙发上的头发。

想不起上次这样看着她睡觉是多久以前的事情了，就这样看着她，不说话，不交流，他就觉得安心。从六岁认识她，到现在的三十岁，保护她爱护她早已成了他这辈子最想做的事情。

他不是不想跟苍颜解释当年的事情，他只是害怕，害怕她看到更多让她承受不了的事情，害怕她再受到伤害。这 N 市里早就有了一张网，网着他们这些人的前尘过往，苍颜最在乎的就是感情，他不能让她再一次在感情里受伤害！

“苍颜，我伤害过你，但从不曾背叛过你，我这颗心，从来装的都是你，一直都是你。”

第十三章　对峙

熙夜走了之后苍颜就睁开了眼睛，她躺在沙发上陷入了长长的沉默，直到听到四月熟睡的“呼噜声”她才从自己的世界里回过神来，抬头看了看钟表，已经快要四点了。

这一夜注定是要失眠了。

苍颜想了一夜，最终决定去拜访夏家，这也许是最快最便利的方法可以让她知道自己的身世和九年前发生在熙夜身上的事情，毕竟夏明宇是这些事情的当事人之一，也许他最知道蔚涯的事情，也许他能告诉她熙夜和娅嫞的事情，就算夏明宇不肯说，还有夏宾鸿，以夏宾鸿对她的讨厌程度来讲兴许会说出些什么来。这样以后她就不用再和夏家有丝毫的牵扯。

这一次进入到夏家的路途着实顺利，顺利的让苍颜心里直打鼓，以前她每次来都会遭到佣人的阻止，硬闯进来之后也会听到夏宾鸿那嘹亮的怒喝声，这一次却出其的平静，平静的好像暴风雨的前奏，兴许等会儿就是狂风暴雨雷霆霹雳，恢复到大战当中去。

苍颜在在客厅里坐了下来，环顾着四周，夏家果真是这 N

市首屈一指的富豪之家，仅这一个客厅就有她家两座房子的大小，其实说实话，这些年每次来都是来吵架，还真的没有好好看过这里，她曾经以为这里也是她的家，她不受欢迎不让进门，但改变不了这里就是她的家，因为她的亲人都在这里，可是现在她知道了自己不是这个家里的一份子，作为一个擅闯过这里几次的既陌生又算熟悉的人，作为一个旁观者来看这里，突然就没有了以往的仇视。

夏宾鸿拄着拐杖慢慢从楼上下来，苍颜站起来看着那个头发已经花白的老人，突然觉得时间过得真快啊，九年前她离开的时候他还没有这么老，现在他的身体佝偻了，头发白了，皱纹多了，人老了……

是应该感谢他这么多年宁愿让她恨着也不说出那个秘密吗？这个老人也许不这么认为呢。

苍颜左右看看，很难得今日家里就他自己，夏明宇不在，熙夜和娅婻也不在，也许都在公司里忙吧，他们这些人也许就数她最清闲吧。

夏宾鸿深看了几眼苍颜，才缓缓坐到沙发上，喝了几口佣人端过来的茶才又瞧着苍颜，说道，“听明宇说你要走了。”

“是要走了，不过不是现在。”苍颜淡淡一笑，没发觉自己的语气还是带着些许的火药味。也许她已经在无形中习惯了用这种语气和夏宾鸿说话，毕竟每一次都是气势汹汹而来，偃旗息鼓或者强自镇定而去。

夏宾鸿没有立即搭话，他用他那双颇具威严却又有些苍老的眼睛扫了苍颜两眼，沉默了一会儿，他或许也不太习惯和苍颜这样坐着面对面说话，以前她来，一进来就吵，吵完就走，突然改变了两个人说话的姿势一时还真是让人难以适应啊。

“你好像忘记了我说过的话，你和夏家任何一个人有任何的来往，我都会把你赶出N市！”

“可是你并没有这么做。”苍颜故作轻松地笑了笑，“我上次从这里回去还没进到家里就出了车祸，熙夜经常去陪我，娅婻也去看过我几次，这些不会瞒过你的眼睛，可是你并没有把我赶出N市，而是不管不问。”

苍颜说这些的时候心里突然有一股暖流流过，这其实是不是可以说明夏宾鸿没有那么冷血无情，他不是还做过很多慈善事业的吗，不管是出于何种原因或者目的去做那些慈善事业，应该都能说明他不是一个没有关爱之心的人吧。

原来她已经开始在心里为他找借口和理由了。

“我是很想把你赶出去的，本打算等你痊愈了再把你赶出去，又赶上了春节，这些日子一忙就忘了你的事情，现在我闲下来了，我还没找你呢你竟然自己找上门来了。”

夏宾鸿依旧是那种不近人情的样子，也保持着他一贯严肃的表情，可苍颜知晓已经有什么东西和以前不一样了。也许是那次车祸让他意识到了生命的无常，也许他的心里开始有些怜悯她孤苦一人无人照拂的生活了，可是她需要的不是怜悯，而是秘密的真相。

“爷爷，请允许我这么叫你，不管我们之间是否有血缘关系，这都是一声迟来的称呼，我不会常叫的，毕竟以后也许我们这样面对面坐着的机会也不多了。”

夏宾鸿抬头看着苍颜，爷爷？好生疏的称呼，明宇的两个孩子都在国外没有回来过，平时也就在电话里才听到一两次这样的称呼，熙夜和娅婻都叫他外公，这个称呼倒真是不常听到呢。他的嘴角有一抹他都没有觉察的笑意闪过，不过很快又恢复了那严肃的表情。

想起熙夜跟他说的话，他的眼神就黯淡了许多，生命果真是无常的，吕国良是如此，吕蔚涯是如此，苍颜也将会如此。

突然想想这孩子这么多年也确实不容易，孤苦无依地在外面漂泊了九年，还要一个人忍受病痛的折磨，听说这么多年她都没有和谁交往，疼痛无助时连个照顾她的人都没有，所有的事情，喜怒哀乐都要她自己一个人扛着。也许自己当年做的的确过分了些，毕竟她走的时候她姥姥刚过世，又失去熙夜和娅婻……听说她走的时候只带走了明宇送给吕蔚涯的那只狸猫，也真是可怜呢。可是不是他狠心要赶她走，实在是离开，伤害才是最小的……

“你来有什么事情？”

“我的身世。”苍颜说的斩钉截铁。

夏宾鸿听的却是愣怔良久，惊讶良久，错愕良久……

“或许你可以把话再说的明白一些，我老了，弯弯绕绕的脑子不好使了。”夏宾鸿转过视线看了一眼窗外，那双苍老的眼睛里所有的情绪都是苍颜看不到的。那是一段怎样不堪的过往，属于他儿子和吕蔚涯还有那个人渣的过往，甚至也算是他这个做父亲的过往了……

“或许你是知道我想说什么的。”

“我不知道！”夏宾鸿冷冷地打断苍颜的话。

战争终于还是要爆发了。苍颜“噔”地一下站了起来，“只要你告诉我那个被你们深埋了三十年的秘密，我就永远消失在你们面前，只要知道我的亲生父亲是谁，我就不会再来烦扰你们夏家了，我们之间所有的恩恩怨怨都一笔勾销，你也不用再把我当成威胁熙夜和娅婻幸福生活的隐形炸弹，也不用像防贼一样防着夏家人与我见面，我自己就彻底消失，再也不会回来打扰你们平静的生活！”

这个条件确实很诱人，夏宾鸿安坐在沙发上看着略显激动的苍颜，沉默良久，“即便我不想承认我们夏家会出现一个私生女，可是我否定不了你是明宇的孩子这个事实，这么多年我不承认你，只是不想承认我们夏家居然会出了一个没出息的儿子，居然出了这样的丑闻。我可是市长，我的脸上不能有半点灰迹，这个事情一旦传出去我这市长的脸往哪搁，我儿子的脸面往哪搁？”

呵呵，以前无论如何都不想承认的事情现在居然承认了个彻底，到底是怎样的惊天秘密，让夏宾鸿这样的人也不得不低头？

“你不是一直都想把我和夏家的关系撇得一干二净吗？怎么，现在这么快就承认我是夏家的私生女了？可是现在你不觉得有些欲盖弥彰吗？你用这么多年都不愿承认的事情来掩盖的究竟是什么？就算你不说，难保别人也不会说，相信我总有一天会知道真相的……”

“真相就是，你是我的女儿！”

突然出现的声音让苍颜微微一愣，扭身看到不知何时夏明宇已经站在客厅里，他的身后跟着熙夜和娅婻。看来那天还真是没看错呢，娅婻果真已经回来了。

娅婻的肚子都已经这么大了，至少也有六个月了吧，孩子……有了孩子，家，也就完整了吧。她和他们的距离终究是越来越远了。突然发现自己的眼睛涩涩的，她转动了几下眼珠，生生把那想哭的感觉憋了回去，这个时候如果哭了就什么也做不成了。

她的这些细微的变化，站在她背后的夏明宇、彭熙夜和程娅嫡都没看到，可是站在她对面的夏宾鸿却都看在了眼里。

熙夜看到她来，三步并作两步走到她跟前，低声问："苍颜，你怎么来了？老爷子有没有为难你？"

苍颜微微一笑，轻声回答他，"没有。"

熙夜担忧地看着她，"苍颜，你想知道什么以后直接问我就可以了……"

"我问你就能问出答案吗？熙夜，你先别管我。"

等她再看向夏明宇时她脸上已经挂上了挑衅的笑容，"我这么多年问了你那么多次你都不承认，现在承认了连我自己都觉得可疑，你们都想瞒着我，我究竟是不是夏家的种现在不是你们说了算，真相总会有水落石出的那一天的！"

夏明宇将公文包交放到一旁，走到苍颜的身边，脸上明显有怒色，这可不是往日的夏明宇，战争从来都是她和夏宾鸿的，哪一次来他不是站在一旁不说话，表情淡漠地看着她闹，现在倒好了，他也要愤怒了吗？这样一反常态的举动也太值得怀疑了！

"我说你是我的孩子你就是我的孩子，你以前闹那么多次不就是为了听到这句话吗？我现在终于承认终于告诉你了，你还要闹，你究竟想怎么样？你究竟想让我怎么样？"

夏明宇的眼中燃烧着熊熊的怒火，他把积攒了这么多年的恨和怒都在这一刻发泄了出来，好像眼前的苍颜就是曾经的蔚涯，曾经她的一步一步，都戳进了他的心窝里，让他疼、让他恨、让他绝望……

客厅里的几人全都惊讶地看着夏明宇，这么多年了他还从没有像现在这样失态过。夏宾鸿看向儿子的眼中闪过一丝不忍，那些惨痛的过往又一下子都涌进了儿子的记忆里，让他又重新陷入痛苦之中。

那是一段怎样晦暗的日子啊，明宇知道了吕蔚涯的死之后整个人都颓废了，他把自己整得没有人样，那些日子他天天坐在远处看着吕家，整日酗酒让他几乎没有清醒过，可还是赖在那里不愿走，就要看着吕家，却又不敢上前，他害怕他到了那个小区之后脚下踩着的是吕蔚涯的血……

夏宾鸿的嘴唇抖了抖，吕蔚涯的死对明宇的打击远远超过了他的想象，当初是他拦着不允许吕蔚涯进他夏家的大门的，他丢不起那个人！明宇的颓败持续了快一年才终于不再每日用酒精麻醉自己，可喝那么多的酒也终究是伤害了身体……明宇在医院调理了大半年之后才恢复如常，可整个人都变得沉默，甚至说是淡漠，对人对事都没有了往日的热情，可是做起事来却杀伐决断，凌厉无比，手段也常常让人觉得不可思议。夏宾鸿知道他儿子的心和吕蔚涯一同死了……

可是现在，他从明宇的眼中分明看到了疼痛和恼恨，这么多年一直想对付、想扳倒的人依旧活得富贵潇洒，每每都像一根刺一样刺在明宇的心中，这么多年过去了他也越来越冷漠了。

苍颜定定地看着夏明宇眼中的痛和恨，是她唤起了他曾经的记忆吗？那段记忆是不是也包含着她的身世？她突然有一瞬间的退缩，如果那个秘密真的会让这么多人痛苦的话那还有意义吗？可是不找回那个秘密对她而言她的意义又在哪里？

知道真相的人要么活的苦要么活不久，苍颜在一切真相大白之后才明白这个道理，可是后悔却已经来不及了，后果远远不是她所能承受的，那是比九年前让人更加悲痛的后果！

“我不想让你怎么样，我说过只要我知道事情的真相，我就永远消失在你们眼前，这是我在这里最后要做的一件事情。真相到底是怎样的……”

“啪!”随着一个响亮的耳光，苍颜的声音戛然而止。

苍颜被那一记火辣辣的耳光打得晕头转向，眼冒金星，时间仿佛静止了，所有人的动作都在那一刻定格，视线在苍颜和夏明宇身上来回转动。

率先反应过来的熙夜一把将苍颜揽进怀中，额角的青筋几乎要暴起，从来没有人像刚才那样打过苍颜，从来都没有！他努力克制着自己的情绪，才不让自己爆发，他冷冷地看了一眼夏明宇，用冰彻骨髓的声音说道：“总裁，我希望您能克制好自己!”

程娅婻站在那里没动，一只手从进门到现在都一直搭在肚子上，此时也只是看了看苍颜又看了看舅舅，淡淡开口说道，“舅舅，有话好好说，干嘛非要动手呢?”

夏明宇那一巴掌打出去后也愣在了那里，他也没想到自己会打苍颜，刚才他的理智完全被愤怒和恨打败……他居然打了蔚涯的孩子!

过了好一会儿，苍颜才把被打偏到一边的头摆正，使自己的脸正对着夏明宇，她脸上已经有红红的五个指印了，嘴角也有血，可想而知夏明宇的那一巴掌是用了多大的力气。

夏宾鸿缓缓走过来，拉了一下夏明宇，把他推到一边，儿子今天的反应确实过激了些，这让他很是担忧。他看了一眼苍颜，摇了摇头，什么也没说，又在沙发上坐了下来，屋里又陷入了尴尬的沉默之中。

苍颜凉凉一笑，以前她还小的时候，其实她是知道蔚涯有好几次半夜到她房间里想要掐死她，有几次也真的快给掐死了，她当时不哭不闹只是睁开眼睛泪汪汪地看着蔚涯，然后蔚涯就会急忙松开手，坐在那里看着她。可是蔚涯从来没有打过她一次，姥爷和姥姥也从来没有打过她一次，这是她平生第一次挨打，夏明宇打的。

苍颜沉默良久，抬起手擦了擦嘴角，果然有血，难怪嘴里有一股腥咸。她看着站在一旁兀自看着她的夏明宇冷笑一声，天知道她那笑看起来是多么悲凉，“夏明宇，就算我不是你的私生女了，就算……”就算什么她突然之间也说不上来了，可她觉得这个时候千万不能有弱的表现，更不能让他们看出来她的内心是如何的颤抖。

“你们曾经害死我姥爷，又逼死了我姥姥，逼走了我，让我顶着私生女的骂名被人指指点点了那么多年，甚至连我最爱的男朋友也被你们抢走了，谁会相信我是你的女儿？我来吵来闹过那么多次你们都不肯承认我的身份，现在为何又突然承认了吗？换作是你们，你们会相信自己说的话吗……”

苍颜说着猛地抓了一下胃，眉头也跟着紧皱了一下。

最先感受到她的异样的熙夜紧声问她，“苍颜，可是胃又不舒服了？”

“苍颜？”夏明宇眼睛一沉，轻声唤道。他的耳边回荡着熙夜的话，可是胃又不舒服了？她的胃，经常不舒服吗？就像当年的蔚涯一样？

苍颜对他摆了摆手，“不用假惺惺的关心，我还死不了！就算关于我的身世你们什么都不说，只要一有机会我自己也会去查的。”

她回身抬头看着熙夜担忧的眼神，感受着他像从前一样的保护，这一刻不管她正处在什么样的环境，她的心里都是暖烘烘的。人的生命中或许会有一个人，身体力行教会你如何去爱，有的人教会了别人如何去爱自己却不爱了，她很庆幸，熙夜教会了她如何去爱，此时他们依然相爱。

可是她的视线不小心落到娅婻挺起的肚子上，觉察到娅婻眼睛里隐忍不发的情绪，她才猛然想起此时她和熙夜的姿势有多亲昵，这一定刺痛了娅婻吧？她急忙推开熙夜，慌忙逃了出去。她在心里不由恼怒自己，怎么就忘记了娅婻呢？熙夜是娅婻的丈夫，是娅婻腹中孩子的父亲，她怎么忍心伤害娅婻呢？

熙夜跟着她跑了几步，突然被娅婻拉住了胳膊，娅婻看着熙夜的眼睛，状似无奈却又有些冷硬地说道："让她一个人安静一会儿吧，这个时候她不想有人看到她的脆弱。"

"我说过，我不会再让她伤心难过的时候一个人待着！"

"那我呢？"娅婻的声音陡然提高了几分，"你就这样丢下我跑出去找她吗？你别忘了你是我腹中孩子的父亲！"

熙夜的眼中闪过一丝冷意，他的脚步只迟疑了一下最终还是追了出去，他已经错过了苍颜那么多年，这些年她一个人承受孤单、疼痛和伤心，他不会再让她一个人，再也不会了！

看着熙夜的背影，娅婻忽然觉得心里空落落的，她后退了几步扶着沙发，不可思议地摸上自己的心口，为什么那里不太舒服呢？她刚才为什么会说出那样的话呢？难道……难道……已经在不知不觉间对熙夜产生了感情吗？难道她已经开始背叛她和钟怀古的感情了吗？不，不是这样的，一定不是这样的，她爱钟怀古，一直都爱！她不要背叛她的爱和她的友谊！

她跌跌撞撞地跑上楼，她现在需要独立的空间让自己发泄出情绪，让自己剖开自己的心看一看她的感情究竟有没有变质，她害怕着，痛苦着，挣扎着……

夏宾鸿抬了抬手让候在一旁的佣人追上去看着表小姐，别出了什么差池。他对刚才彭熙夜的表现相当不满，他怎么可以当着他的面，当着明宇和娅婻的面出去追苍颜呢？娅婻才是他名正言顺的妻子，不管曾经他和苍颜是多么的相爱，他现在是娅㛹的丈夫！哪有丈夫抛下妻子去追别人的道理……他看了一眼夏明宇，忽然长叹一口气，这里还是有一个例子的。

客厅里就只剩下他们父子俩了。夏宾鸿沉默了一会儿才开口说道，“你许久没这样冲动过了。”

夏明宇颓然地坐到沙发上，“我也不知道为什么，听到苍颜一直吵嚷着追问过去的事情我就情绪失控了，爸爸，我打了苍颜，我下手那么重，那孩子心里一定怨恨极了。”他抱着头一脸悔恨的样子痛声说道。

夏宾鸿沉默了一会儿，有些疑惑地说道，“这件事情她是怎么知道的？当年的痕迹都消失的差不多了，除非是有人故意告诉她这件事情，不然她怎么会一下子就来问她的身世呢？这个人究竟是谁，究竟想干什么？”

“爸，这件事情我会让人调查的，蔚涯当年走的时候把这孩子托付给我，我不能辜负蔚涯，即便她已经死了那么多年了，即便当年蔚涯做了那样的事情……爸，你是知道的，不管蔚涯是什么样子的，她在我心中就是一切！这些年我们对苍颜那孩子也不好，九年前甚至为了保守那个秘密将她赶离了N市，让她孤苦无依地在外面漂泊了那么久，这孩子的命苦。可是爸，我们已经保守了那么多年的秘密，不能让苍颜知道那些事情，她会接受不了。”

夏宾鸿这一次沉默了好久都没有说话。他看着儿子，的确，他连吕蔚涯和别人的孩子都能接受，连那样的吕蔚涯都能接受，甚至连他的妻儿都不管不顾了……

吕蔚涯，你究竟给我儿子施了什么魔咒，让他这样把你放在心里！

第十四章　遗恨

那些年的事情不止夏明宇一个人忘不了，就连夏宾鸿也是记忆犹新，好像发生在昨日一般。

吕蔚涯是当年在画坛红极一时的青年画家，红的发紫，红的颇有争议。夏宾鸿永远都忘不了当年夏明宇是如何哀求他把关于吕蔚涯的一切负面消息给压下去的，当时他也只是一个不起眼的小主任，他是费了怎样大的力气才把那些消息压下去的没有人可以想象，当时的主要媒体只有报社，电视还没有普及，就那样他也求了许多人才把事情办好。

吕蔚涯就是一个放荡到底的女人，居然会去画那种不知廉耻的裸体画，而且，而且……

“爸，我先上楼了！”夏明宇打断了夏宾鸿的回忆。他起身向楼上走去，脸上是沉沉的痛色，恐怕苍颜的这一番折腾不仅唤起了夏宾鸿的记忆，更唤起了夏明宇这些年故意掩埋起来的记忆。

夏明宇解开领带扔到一边，然后就把自己摔到了床上，眼睛闭上的那一刻就流出了两行清泪。蔚涯，你折磨了我这么多年，还要折磨我多久呢？你的女儿还真是像你啊，你们都有法子让别人为你们受伤、为你们痛苦、为你们流泪……

当年外界对吕蔚涯的传言他一点都不相信，那样一个清纯美丽又热情大方的女子怎么会被别人说的那样不堪，甚至报纸上也有大肆的报道。如果不是那次他亲眼看见，打死他都不会相信蔚涯是那样放荡的人。

他是风华正茂的时候遇到了吕蔚涯，那个时候他二十三岁，吕蔚涯才二十岁。她那个时候爱穿红与白的衣服，红的热烈，白的纯洁。他几乎是在看到她的第一眼就爱上了那个身材和面容均姣好的女子。可是那个时候他已经结了婚，有一个贤惠的妻子，和一个可爱的儿子。可是他在见到吕蔚涯之后就再也忘不了她了，他的脑海里都是她的影子，她的一颦一笑都深深印在了他的脑海里。

那个时候吕蔚涯已经在本市画坛初露头角了，她的创作题材广泛，山水、花鸟、人物无不落笔有神，栩栩如生。他是见过她的画的，当时也觉得一个女子才二十岁的年龄就有如此作为，不简单。因此也更加爱慕她，他觉得有才的女子值得让人珍惜。

因为她要创作所以她当时是在外面单独租了房子的，她大多时候都不回家住，也许就是因为这个独自居住的房子让她有了放荡的机会！夏明宇在心里恨恨地想。

直到他认识了她两年，才偶然间在她的画室里发现了一张裸体画，那个时候他心里的震惊简直无法用言语形容，因为画上的裸体是一个男人，一张男人的裸体画被随手安置在她的那一堆山水画里……

他去问吕蔚涯，她只淡笑不语。那一天，是认识两年之后他第一次在她那里过夜。床上的她完全不同于白天的她那样清纯、淡雅，一身似兰花一般的气质。她是那样的热烈，那样的疯狂，这是完全不一样的吕蔚涯，简直可以用淫荡来形容，可是夏明宇不得不承认，那一次他得到了前所未有的快感，他甚至发了疯一样的更加深爱上了这个女人。

可是渐渐的他在她的画里发现了越来越多的裸体画，许多个男人，还有她自已，他当时还以为裸体画也是一种艺术追求，是她对艺术的一种追求，毕竟搞艺术的人总是不能让人那么理解的，他们有许多想法和平常人都不同，他站在她的角度为她想了很多，每一点都是在为她开脱，认为她不是那样的女人，可是他的眼前不止一次浮现了那晚他们在一起的场景……

其实从那一晚开始他们就经常在一起的，吕蔚涯不介意他是已婚男人，他也无法自拔地把吕蔚涯放在了心头，几乎生活的重心就变成了围着吕蔚涯转，竭尽所能的对她好，给她买她想要的一切东西，只要是为她好的事情他都会去做，他还把吕蔚涯介绍给画坛他所认识的一切人，让他们都去欣赏蔚涯的画。

那些日子他成天围着她就忽略了家庭，他们夫妻之间的感情越来越淡，和孩子也越来越陌生，可是他觉得无所谓，只要吕蔚涯开心其他的事情都无所谓了，他甚至因为她和父亲也闹翻了，那个时候家里被他弄得乌烟瘴气，他就更加不想待在家里了。

可是有一天他再去吕蔚涯的家里时，刚进门口听到了那一点都不陌生的声音，他当时如遭雷劈一般站在门口，手指颤抖的拿不住钥匙，那个时候关于蔚涯不洁的传言就已经传得沸沸扬扬了，他一直都不敢相信，一直都不敢相信……他进去的时候一眼就看见了客厅中央的画架上那张还未完成的裸体画，夏明宇机械地往声音传来的地方走去，果真在卧室的床上看到了那他最不想看见的画面，那个在床上野性十足的女子正在别人的身下婉转承欢……

他就那样站在那里看着他一直放在心尖尖的人和别人做着和他们一起做过的事情，她毫不掩饰地释放着自己的美丽，那种野性十足的美丽。

他们真的太忘乎所以、太沉浸在两人的世界中了，他就那样站在那里许久他们才意识到有人进入到房间。夏明宇永远都不会忘记那一刻他们惊慌失措的表情，他们的表情像烙印一般印在了夏明宇的心里，就算是过了三十年的今天他依旧觉得那件事情就像刚刚发生了一样，那段记忆抹都抹不去。

那个男人匆忙穿上衣服就走了，那个男人的脸就是化成灰他也会认得。

他尤其不能接受冷静下来的吕蔚涯用极其傲慢的声音对他说："你看到了，我就是这样的女人。"她毫不在乎的样子像一把刀一样凌迟着他的心。

夏明宇拿起一件衣服扔到吕蔚涯身上，然后就站在床边，良久，沉默横亘在两人之间，像一条无法逾越的鸿沟！

夏明宇颤抖着身体坐到床上，这个还有着那个男人气息的床，他坐着实在是不舒服。"蔚涯，如果你愿意，我明天就离婚，然后娶你，可好？"

吕蔚涯抬起眼皮看了看夏明宇，脸上闪过一丝痛色，她燃起一根烟就那样光着身子走到窗前，沉默了许久之后才用那婉转柔和又有些飘渺的声音说道："即便你看到我和别人在一起，你也想娶我吗？"她忽然嘲讽地笑了笑，说："可是怎么办呢？我一点都不想嫁给你。"

吕蔚涯的声音是那么飘渺，那么的悲凉，一点都不像刚刚野性十足的她。她的眼睛里甚至流露出一种悲伤，这种悲伤夏明宇觉得熟悉，因为他现在正在体会着，她看向他的眼神充满了悲痛，他不知道这种悲痛从何而来，那是一种无法言说的疼痛。

夏明宇在那一刻彻底明白了吕蔚涯，一直以来他都觉得她即便笑的很大声，可是她的笑从来没有到达过眼底，也许她是在用这种自我堕落的方式吸引某个人的注意，用这种狂野的举动留住某个男人的心……

两年了，他才发现她的心里珍藏着别人，原来他爱她，她却爱着别人。

从那天之后他就努力压制自己不再去想她，不再去见她，天知道他忍的有多难受，可是有一天她突然打来电话告诉他，她怀孕了……夏明宇不知道那个孩子是谁的，可他想着也有可能是他的。

他赶到吕蔚涯那里的时候她正坐在客厅的地上喝酒，是那种烈性的白酒。画纸散落的满屋子都是，还有钱……他紧走几步一把夺过她手中的酒瓶子，狠声说道：“吕蔚涯，你以为你很厉害吗？怀了孕还喝这种白酒，你就这么想死吗？”

“那个人渣甩给我一沓子钱让我去医院把孩子拿掉！”

夏明宇的心陡然间沉到谷底，她腹中的孩子不是他的，是别人的。

他缓缓蹲下身子，扶正东倒西歪的吕蔚涯，逼迫她看着他的眼睛，“你告诉我，这孩子究竟是谁的？”

“他的！不是你的！”

“你怎么知道？你怎么就知道这孩子不是我的？你和他的前

一晚，我们也……”

“我自己怀的孩子我当然知道是谁的!”吕蔚涯一把推开他，近乎发了疯似的红着眼睛看着夏明宇，到嘴的话险些就说了出来。

有人拿她的名誉做威胁，逼迫她就范，她的名誉不能一毁再毁了，她爱夏明宇，深入骨髓的爱，可是现在她已经不配了!有人说爱他，就给他生个孩子，可是现在她却怀了别人的孩子，她已经不配得到夏明宇的爱了，再也不配了!

夏明宇坐在地上看着情绪不稳的吕蔚涯，良久都没有说话，从此他一直都坚信那个孩子也极有可能是他的，后来吕蔚涯跳楼死之前也曾写信告诉过他，孩子是他的，即便是作为私生女的身份，那孩子也是他的。当时他不知道，吕蔚涯只是害怕苍颜一出生就没有父亲，她要给她的孩子找到一位父亲……

眼瞅着肚子越来越大了，可是未婚先孕让她一直被亲戚朋友还有邻居指指点点，骂她是贱人，浪荡的贱人!终于，在那个男人不承认孩子和夏明宇的几次三番追问下，她也是为了孩子着想迫不得已承认了孩子是夏明宇的。

可是夏明宇娶不了她，因为夏老爷子死都不让她进夏家的门，他们夏家的人都觉得她丢脸，丢了老祖宗的颜面……孩子生下来了，依旧没有父亲，夏明宇虽然一如既往地爱着她，可是因为夏老爷子的万般阻拦，他给不了她一个名分。

吕蔚涯曾经去过夏家几次，她不要名分，只求孩子能够得到夏家的承认，可是夏老爷子实在是太固执了，几次要挟夏明宇若再敢跟她这个不贞不洁的女子来往就和他断绝父子关系!

她怎么能让她深爱的人和家里决裂呢?她知道她不能再去夏家找明宇了，她不能再给他带去无谓的负担和压力了。就在她打算想办法让那个男人承认苍颜的时候夏宾鸿突然找到她，给了她一笔钱，让她带着孩子离开 N 市。吕蔚涯不缺钱，她是知名画家，她什么都缺可是就不缺钱，可她不得不接受。

夏明宇的妻子知道了这件事情后就离开家走了，留下一张离婚协议书，带着孩子就走了。这一走就不是千里万里能够形容的，他们去了国外。

“若我白发苍苍容颜迟暮，你会不会依旧如此，牵我双手，倾世温柔?”这句话是苍颜这个名字的来源，那天她问夏明宇这句话，他思考了一下坚定的回答了一个字，“会!”只这简单的一个字让她沉默了许久许久……

从那以后她就收敛了自己的性子，不再像以前那样疯狂，也不再画那些裸体画，她开始向往做一个普通的女子。她真的做到了淡雅，似兰花一般的淡雅。只是她在外界的名声已经烂透了……

可是事情还是有了变故，吕蔚涯在苍颜四岁的时候又去找了几次那个男人，尽管每一次她都能见到他，可是每次的结果都还是一样的，她从他眼中看到的只有厌恶，当然她眼里也是厌恶，可她知道自己将不久于人世，她必须要给苍颜一个家，一个父亲!

终于有一次吕蔚涯再一次去找他的时候在他家里看到了一个五六岁的男孩，那个男孩可真是好看啊，棱角分明的轮廓，白净的小脸。

那一天吕蔚涯并没有像往常一样立刻就走，她躲在了他家对面的不远处，然后没多久那个男人就牵着那个小男孩的手出来了……吕蔚涯看着他对那个小男孩亲昵的样子当时就绝望了。那是她最后一次去找他。

吕蔚涯的脾气越来越暴躁，她每次看到苍颜都会想起那一夜的疯狂，都会痛恨苍颜为什么不是夏明宇的孩子。她恨死了自己，撕心裂肺的又疼又恨……她从来都不让苍颜叫她妈妈，因为有妈妈就会有爸爸，可苍颜的爸爸不是夏明宇！

吕蔚涯整夜整夜的睡不着觉，她甚至想过要掐死苍颜来缓解她对自己的恨，可是她下不了手，当年苍颜还在她肚子里的时候她都不忍心打掉她，现在都已经长到四岁了，她怎么忍心掐死这个美丽漂亮，可爱懂事的孩子呢？

可是心里的痛折磨得她快要疯了，身体的痛也折磨得她每每都像死过一次一般……终于她选择用那极其极端的方式结束了她的生命。

躺在床上的夏明宇满脸是泪，他好恨当时迫于父亲和舆论的压力没有娶蔚涯，没有好好照顾苍颜，才有了今日这样的局面。

第十五章　较量

熙夜追上苍颜的时候她正捂着胃靠在街边的一颗树上，她的眉头微微皱着，极力忍受痛苦的样子，他的视线落到她捂着胃的手，眼中凝聚起担忧，他缓步上前走到苍颜跟前，把她的手握在自己手里，“颜儿，我们去医院检查一下吧？”

听到医院这两个字的时候苍颜的手明显颤抖了一下，她几乎是不假思索的一口否定，“我不去！”

“颜儿，你的胃总是这样疼着，也不是办法，我们去医院看看，治好了以后就不会再疼了，好不好？”

苍颜抬头看着熙夜，她慢慢抽出自己的手，目光渐渐变得疏离冷淡，她冷笑一声，笑得很是嘲讽，“我原以为你是最懂我的，没想到你也跟别人一样不懂我！我憎恨医院你不知道吗？为何你一而再再而三的要我去医院？”

她后退一步，眼中泛出泪花，她从来没有想过有一天她真的会走蔚涯的路，即便深爱到骨髓，也要狠心推开！推开不是因为不爱了，而是因为爱的太深了，深到宁愿远离也不忍心看着他伤心难过。

“够了，彭熙夜，我真的受够了。蔚涯生前告诉过我离结了婚又聪明的男人远一些，熙夜，我现在是不是就应该离你远一些？你都是要做父亲的人了，放过我好吗？”

“不！”熙夜冷声拒绝，“苍颜，我不会放过你的，有些事情我现在还不能给你解释，给我一些时间，我会尽快解决这边的事情，然后我们一起离开这里，苍颜，再给我一些时间好不好？”

“不好！彭熙夜，你凭什么以为我愿意给你时间让你来折磨我？你凭什么以为我还愿意跟你在一起？我已经不爱你了，我爱上别人了！”

世界在那一瞬间好像安静了，安静的仿佛时间静止了一般。熙夜看着情绪激动的苍颜，几乎忘记了呼吸，他努力回忆着苍颜刚才脱口而出的话，那句话像明雷一般炸响在他耳边，震得他耳朵脑袋都嗡嗡作响。他愣怔了好一会儿才找回说话的能力，“你刚刚，说什么？”

她刚刚说了什么？苍颜努力回想了一遍，她刚刚好像说她已经爱上别人了，既然话已经说到这个份儿上了，那就继续说下去吧，长痛不如短痛不是吗？

“我爱上别人……”

“是姜枫吗？”熙夜的表情有些可怕，他再次追问道：“那个所谓的别人是姜枫吗？”

是他吗？苍颜在脑海中极力搜索着她所认识的同龄男人，比较熟悉的也就那么几个人，她的文友和驴友熙夜都不认识，她说了他也不会信，剩下的好像也就只有姜枫了。看来熙夜已经帮她想好了，那她就懒得再费脑细胞了。

以她的性子倘若别人说了她不认同的话她定然要反驳一二的，可是这一次她选择了沉默，沉默不就是最好的回答吗？

熙夜凉凉一笑，“为什么是他?”他走到苍颜跟前扳住她的肩膀，迫使她看着他的眼睛，“为什么是他?”

苍颜被迫看着熙夜的眼睛，她清楚地看到他眼中燃烧着仇恨的火焰，这样的熙夜她从未见过，这样的熙夜让她害怕，他身上散发出的冷锐气息几乎要把她冰冻，此时的他，好冷，冷到心底打颤!

原来在她不知不觉的时候熙夜已经不再是那个温和儒雅的少年了。现在的他，成熟、内敛、睿智、冷漠。她的直觉告诉她，九年前盛华集团的变故并不是那么简单，这里面一定有故事，而且是跟姜家有关系的故事。

她不说话，她依旧不说话。熙夜的眸子里闪过一丝灰败，这是他放在心里珍藏的女子，他在对她做什么?他怎么可以这样对待她?他松开钳制她肩膀的手，扭身看向别处，“苍颜对不起，我有些激动。我知道我在你的世界里空白了九年，九年来你怨我也好，恨我也好，这都是我应得的，就算你真的……真的爱上别人，我也无话可说，毕竟当年我曾那样深的伤害过你。但是你爱上的人可不可以不是姜枫?”

苍颜迟疑了一会儿才问出她心中的疑问：“为什么不能是他?”

为什么不能是他?他该怎么跟她解释这个问题?说他和姜枫之间早晚要对立吗?说他现在所遭遇的一切都是姜家害的吗?不，这些事情他一个人承担就好了。

“因为他不适合!”他的声音很淡，淡的就像是在自言自语。他说罢转身要走，又回身看了一眼她脸上的指痕，心里猛地一痛，他绝不会再让别人伤害她了，像今天这样的事情再也不会发生了。“你回去用热毛巾敷一下脸，好好照顾自己。”

他走了，背影有些落寞。

苍颜站在原地一动不动地看着他，直到他的背影消失在拐角。她的心仿佛针扎一样疼，夜，你在我心里住了二十多年，早已生了根发了芽占满了我整个心房，我的心里再也容不下别人，又怎么会爱上别人呢？

我的心里有座城，住着一个人，这座城只为你守，只让你住。

熙夜，有些事情你不说，我也会想尽办法知道的，当年你家逢变故却逼着我离开，这一次，我不会再让你一个人面对。

她扭身去了盛华总部对面的那家咖啡厅，她约了何小猛，等到中午下班的时候她老远就看到何小猛跑了过来。

“苍颜，你专程来找我是有什么事情吗？你的脸怎么了，谁打你了？”何小猛边在苍颜对面坐下边说道，同时打了个响指叫来服务生，“一杯咖啡，加糖，谢谢。”

“没事，我来找你是想问问九年前的事情。”

何小猛脸上的表情一僵，熙夜的警告声还在耳边回荡，他可不敢再多说话了。他尴尬地摸了摸鼻子，“额，苍颜，那年我们一起考大学，高考后我就出去旅游了，对这边发生的事情不太清楚啊。”

苍颜喝了一口咖啡，漫不经心地说道：“你一撒谎就摸鼻子的小动作到现在都没改。”

“有吗？”何小猛又摸了摸鼻子，尴尬地笑了笑。

气氛一时之间有些尴尬，苍颜见一向大大咧咧嘻嘻哈哈的何小猛这般不自在，便已大致猜到熙夜应该叮嘱过他对九年前的事情要守口如瓶。可她必须要知道当年的事情，魏明那个人深藏不露更不好套话，只有何小猛，比较容易开口。

她看了一眼窗外，淡声道：“我爱上了一个人，他是龙华集团的少东家姜枫!”

“什么?”何小猛一下子跳起来,“你居然爱上了姜枫?你知不知道盛华和龙华有仇啊?你知不知道熙夜恨死了姜家啊?你知……”他猛然想起了什么赶紧住嘴不再说话,刚好侍者端来了咖啡,他就坐下喝咖啡不吭声了。

苍颜看了他一眼,自顾自说道,“我很爱他,漂泊了这么多年突然间也想有一个家,不出意外,我想和他结婚……”

“结婚?”何小猛像听到了什么爆炸性新闻一般猛地抬起头,“你说你要和姜枫结婚?你知不知道姜枫的爹是谁?就是姜瑾瑜那个老混蛋。当年就是他逼得盛华险些破产,逼得彭叔叔自杀,逼得熙夜无可奈何答应夏老爷子的提议和程娅婻在一起,熙夜爱了你那么多年,你怎么能嫁给他仇人的儿子?”

苍颜回到家的时候天已经黑了,她是如何回到家的她自己也不记得了。何小猛果然是容易冲动的人,她只需不动声色地说几句话就从他嘴里套出了她想知道的内容。

是姜家害的彭家家破人亡的吗?是姜枫的父亲姜瑾瑜害的熙夜失去父亲也失去母亲的吗?

你看,这世间的事情就是这么巧,她遇上了彭熙夜,又遇上了姜枫,而他们之间竟然还有那么多的恩怨。

她无力地靠到门上,心疼得无以复加。夜,原来你承受的一点都不比我少,我伤心难过的时候还可以无所顾忌的放声大哭一场,而你呢?只能把牙咬碎了咽进肚里,把所有的痛所有的苦都装在自己心里。

彭熙夜,彭熙夜。

我该怎么才能缓解你的伤痛?我该怎么才能让你不悲苦?

敲门声响起的时候苍颜吓了一跳,她靠在门上没有立即扭身，也没有问外面的人是谁，其实不用问她也能感觉的到，那是熙夜，她的熙夜。

敲门的声音不规律，轻一下重一下，就像是敲在苍颜的心上，敲得她的心生疼。她停顿了一会儿才打开门，看到醉醺醺的熙夜倚在墙上，见她出来就一把把她揉进怀里，紧紧地抱着。

“颜儿，颜儿。”

苍颜扭动了一下身子，他立即把她箍的更紧了，“颜儿，不要动，让我抱你一会儿，就一会儿，好不好?”

苍颜迟疑了一下缓缓伸手抱住他，哽咽着声音说，“好。”

门口的声控灯一会儿亮起一会儿暗掉，他们就那样拥抱着，一点也不理会经过的人的目光，这一刻，这个世界只有他们两个人。

不知多了多久，苍颜忽然听到熙夜的哭声，一个三十岁的男人趴在她的肩膀上哭的像个孩子，她的眼圈一热眼泪就落了下来。这些年苦在心里的又何止她一个人啊!

兴许是哭累了，熙夜竟趴在她肩上睡着了，睡梦中还在呢喃着苍颜的名字，这一刻即便是悲伤的苍颜心里也觉得暖暖的，这个男人爱她始终如一。

她半抱半拖地把熙夜弄进了屋里，把他扶到卧室的床上，帮他脱掉鞋子和外套，又盖好被子才去关门，等她再进来的时候熙夜已经从床上坐了起来，他定定地看着她，因为酒精的缘故他的脸红红的，眼睛眨着似乎想睡觉可他努力让自己睁开眼睛，他害怕他闭上眼睛苍颜就会从眼前消失。

他嫉妒姜枫，嫉妒得想要抓狂、想要发疯，凭什么姜枫就可以获得苍颜的爱？而他怎么就变成了苍颜的旧爱呢?

“颜儿，是你吗?”

苍颜站在床前，温和一笑，“是我。”

熙夜朝她伸出手，苍颜定定地看着那只宽大温和的手掌，就是这只手曾经偏爱揉她的头发，刮她的鼻子，敲她额头，牵她的手……她缓缓伸出手放进那只手掌里，一股暖流顿时流窜进心田，他的手还和从前一样温暖。

熙夜迷离着双眼微微一笑，把苍颜带进怀里，伸手摸上她的左脸颊，问她：“还疼吗？”

苍颜乖巧地摇摇头，“不疼了。”

“我再也不会允许别人打你了，任何人都不行！”

苍颜点点头，“好。”

熙夜再次把她拥进怀里，闻着她的发香，依旧是他喜欢的香味。如果没有那空白的九年，他几乎以为他们之间什么都没变，一如从前。可是现在他只敢借着酒精的力量才有勇气拥她入怀。

苍颜伸手轻轻拍打着他的背，就像母亲哄孩子睡觉一样，可是此时的熙夜不想睡觉，他只想看着她，一直看着她。苍颜被他盯得浑身不自在，刚要扭头看向别处他忽然捧住她的脸让她看着他，在她还没反应过来的时候他的唇已经覆盖在了她的唇上。

他唇齿之间充满了酒精的味道，他的呼吸是热的，可他的唇却是冰凉的，他就那样肆无忌惮地侵占着她的唇，像是在发泄着心中的怒气一般。

那一晚熙夜没有离开，早上醒来的时候头依旧有点疼，他侧头看到睡在身旁的苍颜，看着她熟睡安然的样子，看着他们散落在地上的衣服，他的眼角微涩，他伸手抚上她的长发，心中的幸福难以言表。这是苍颜，他的苍颜！

有多少个日夜他都在幻想早上睁开眼睛就能看到她，如今他睁开眼睛第一眼看到的就是她，这个被他爱到融入骨血的女人，终于成为了他的女人。他想欢呼，他想雀跃，可他又怕吵醒她，他压抑着欢喜，看着她舒展的眉头、嘴角的笑意，轻轻吻上她的额头。

他蹑手蹑脚的起床，穿好衣服，然后站在床前凝视了她还一会儿，最后他微笑着走出卧室，轻轻关上门。他听到胸腔里的心脏正强劲有力地跳动着，那颗心好像比他还激动。他觉得他快等不及了，他要把带苍颜远走高飞的时间再缩进一些，那个时候他们就能远离这里的是是非非，去一个没有痛苦没有悲伤的地方，过他们两人的小日子……

苍颜是被一阵猫叫吵醒的，她睁开眼睛看到四月正卧在她头边“喵喵”叫着，她伸手抚摸了几下四月的头，托着酸痛的身子坐起，熙夜已经走了，她摸着他睡过的枕头沉默了许久，想起昨夜，她缓缓一笑。

夜，我能给你的兴许就这么多了！

她抱起四月走向客厅，准备拿猫粮的时候看到猫粮的袋子上粘着便利贴“四月已喂过”，她拿起便利贴淡淡一笑，放开四月让它自已去玩，她自已则去厨房准备吃的，打开冰箱的时候看到冰箱上也粘着一张便利贴，上面写着“早餐已备好，粥在保温杯里，包子在微波炉里”。

有人说幸福就是简单的柴米油盐酱醋茶，以前她体会不到，现在体会到了。她脑海中浮现出熙夜一大早起来煮粥的情形，不自觉地就笑出声来，于她而言，幸福就是如此简单。

这九年来从未有哪一天像今天这般愉悦，她走路的步伐都变得轻快，看见什么都想笑一笑。

她打开保温杯倒出一碗粥，又从微波炉里拿出热气腾腾的包子，吃着吃着就泪流满面，若是能一直这样幸福该有多好？可她不知道接下来迎接她的将会是什么，也许一不小心她就会再次弄丢熙夜，弄丢她自己……

姜枫来找苍颜的时候她正在书房看书，苍颜以为是熙夜回来，便开心地打开门，却看到门外站着的姜枫，笑容一下子定格，然后收敛，自从知道盛华和龙华的关系后，她就不知道该如何面对姜枫了。

姜枫看到她的笑容的时候心里着实惊讶了一把，举书的动作也顿住了，这是他第一次见苍颜笑，发自内心的笑容，短暂的绽放后突然凝固。他知道，她的笑容不是为他开，她期待的人也不是他，可他就想看看她，哪怕一眼也是好的。

“有什么事情吗？”

她又恢复了往日的冷淡模样，姜枫装作毫不在意地扬了扬手中的书，故作轻松地笑道：“你的样书出来了，还有风景集子。”

苍颜的视线在他手里的书上停留了几秒，淡淡一笑，“没想到这么快就出来了，还劳烦你亲自送过来。”

“顺便而已。”姜枫透过门缝看了一眼里面，笑道：“怎么，你不请我进去喝杯茶吗？”

苍颜打开门让他进去，倒了一杯开水给他，“不好意思，我这里没有茶叶，你将就着喝吧。”

姜枫微笑着接过，眼里有一丝落寞一闪而过，她对他还是一如既往的客气，客气意味着疏离。他知道，她的心里一直住着彭熙夜，那个伤她最深的男人。这是他的劣势，毕竟彭熙夜比他早出现了太久太久，他认识她的时间才是彭熙夜认识她的时间长度的一个零头，可是那又怎样呢？感情的深浅不是认识时间的长短，那个男人给不了苍颜想要的幸福，也许他能……

四月很乖巧地卧在苍颜的旁边，乖乖的样子很是讨人喜欢。姜枫来的多了，它看了一眼姜枫冲他“喵喵”叫几声，算是迎接了。

姜枫把书和风景集子放到桌上，然后摸了摸四月的脑袋，笑道：“它很可爱。”

苍颜心里正在想着该如何让姜枫离开的时候，他的手机就响了起来，他看了一眼手机迟疑了一下最终还是按了接听键，他听了一会儿表情越来越凝重，挂了电话后他起身就要走，苍颜如释重负抱着四月起身送他离开。

姜枫匆忙赶回公司，电话里助理没有讲清楚只说龙华集团突然遇到了问题，本来和盛华集团要签约的几个合同不知道是怎么回事都没能签约成功。姜枫猜想或许是彭熙夜从中作梗了，可是又一点证据都没有，盛华集团只说找到了更好的合作伙伴，可是在N市没有比龙华更好的合作者了，后来再三逼问盛华方面的发言人才说是和外企达成了合作共识。

龙华集团和盛华集团都是上市集团，他们也不限于只在本市发展，可是重要的项目因市里政策的支持他们大都是选择内部强强合作，如果盛华集团执意不再合作，龙华集团一时之间找不到同一水平或者更好的合作者那将是一大损失，甚至会影响龙华集团的各个产业。

这个时候选择不再合作，显然是筹谋已久的决定，毕竟他回N市前父亲还曾说过盛华集团还是有继续合作的倾向的。

“听说你现在和盛华集团的总经理彭熙夜的前女友走的很近?”姜瑾瑜坐在沙发上看着坐在一旁的儿子姜枫问道。这件事情他还只是听说，没有去调查。关于儿子的一切他都不想多说什么，儿子心中有的是分寸。这些年他对儿子也一直是放养的心态，公司的事情他也很忙，儿子出去做什么因为放心他也不多作过问，可是这一次就不同了，那个女孩是彭熙夜的前女友，他就不能不管了。

姜枫闻言漫不经心地抬起头瞧了一眼姜瑾瑜便扭转视线看向了别处，嘴角牵起一抹嘲讽，“你什么时候对我的事情感兴趣了？我们约定过的，你不问我的事情，我不问你的事情。”

“这关乎到公司的利益，我就必须得过问。”姜瑾瑜微微怔愣之后颇具威严地说道，那口气不容反驳。

姜枫嘴角的嘲讽更浓了一些，“这是我自己的事情，不需要你来过问。”他看着脸色逐渐阴沉的姜瑾瑜，“你一直对我都是放养的态度，其实说难听一些就是不管不顾，这么多年你都不管我了，我凭什么要把我个人的幸福牺牲在你那所谓的利益上？”

“就凭我是你父亲……”

“你逼死我妈的时候有想过你是我父亲？”姜枫冷冷打断姜瑾瑜的话，想到妈妈的死他就恨，无比的恨，恨眼前这个滥情又薄情的男人！他总是不能理解，一个有妻儿的男人为什么还喜欢招蜂引蝶？“你不要在我长这么大了再来告诉我你是我父亲，我快三十岁了，不是小孩子了，你还是跟以前一样，什么都不用管我，甚至我的死活你也可以不管。不然我会觉得我过去的二十多年都是毫无意义地白活、虚度。”

“你知道我为什么对你不管不顾？就是你那个多愁善感的妈！斗大的字不识几个，什么都不学，偏偏学自杀，不要我也不要你，再说我也没逼她，是她自己想不开的！”

事情都过这么多年了，他还是一点悔意都没有。

姜枫听了他这蛮不讲理的话“嚯”地一下就站了起来，一脸怒色地看着姜瑾瑜，“是，我妈是斗大的字不识几个，你认识她的时候她就认不了几个字，她没文化，没文采，所以这就是你作践她的筹码吗？所以你就找了那么多多才多艺的女人？你害死我妈还不够你还去害别人，姜瑾瑜，你这辈子欠了多少风流债你算过吗？”

“你敢跟你老子这样说话？”姜瑾瑜显然也被激怒了，声线不由冷了下来，“这世道还反了不成，向来都是老子说教儿子，你倒是孝顺的很哪，敢骂起你老子来了！你妈但凡有点文化，她至于整天神神叨叨、疑东疑西的？”

“你既然这么嫌弃我妈为什么还要跟我妈结婚？就是为了折磨她吗？因为你的风流有多少人痛苦着你知道吗？你但凡有点良心也不会做出那么多对不起别人的事儿！”

“这些都是谁告诉你的？”姜瑾瑜满脸怒气地盯着姜枫。

“还用别人告诉我吗？我自己有眼睛会看！”姜枫冷笑一声，脑子里忽然有一个念头闪过，他冷静下来盯着姜瑾瑜问道：“你说，你在外面有没有私生子或者私生女？你那么风流，一定会有吧？”

姜瑾瑜看了一眼姜枫，那眼神极其不屑，可心里还是划过一丝不安，他确实很风流，可是他从来不会让别的女人怀孕，更别说生下他的孩子了。可是当年……兴许也的确是真的，那个决绝疯狂的吕蔚涯曾经来跟他说过孩子的事情，可是他不相信，他每次都很注意的，怎么会让别的女人怀了他的孩子呢？

“没有！你想要弟弟妹妹，老子我还不想家产被争来夺去、四分五裂呢！老子几十年的心血都是留给你一个人的，就你自己！”

不管这话的真实度有多高，姜枫都愿意相信这是真的。他想着自己都已经快三十岁了，有什么事情父亲应该也不会再瞒着他了，毕竟这些都是大事情，也没必要瞒着了。

他停顿了一会儿才说道:“谁稀罕你的家产!反正我丑话说在前头,龙华集团和盛华集团不管怎么争斗,你最好别打苍颜的主意,否则我就继续出走,这些年我学的反追踪技术也早已足够对付你那些所谓的私家侦探了,我再走的话你永远都别想找到我,你知道我说到就能做到!”

姜瑾瑜闻言顿时一愣,脸色涨得通红。这个儿子果真是知晓他的软肋的,他们父子俩斗了这么多年,儿子早已摸熟了老子的心思。姜瑾瑜就这么一个儿子,这龙华集团的家产他还想一代一代传承下去呢,儿子要是真走了他的亿万家业谁继承啊!他只得坐在沙发上不再吭声。

姜枫见此嘴角扬起一抹不易觉察的淡笑,这淡笑代表着胜利,他终于知道跟姜瑾瑜斗,从哪里下刀子最能一招制服他了。到底是知子莫若父,知父莫若子!他说罢就去会议室参加会议了,留下吹胡子瞪眼睛的姜瑾瑜。

第十六章　情敌

晚上熙夜去了超市买了一些食材和一些零食水果又去了苍颜家，今天他问了医生经常胃疼有可能是哪些情况引起的，他把他所知道的都告诉了医生，医生说最好带她去医院检查一下，当然也不排除是由饮食不规律引起的胃疼，还说也可能是遗传，但是几率比较小。他知道苍颜讨厌医院，所以带她去医院检查的事情要见机行事，这期间他要照顾好她的起居饮食，帮她调理一下。

苍颜开门看到笑得温和的熙夜，心也跟着一暖，可脸上却是没有半点动容，依旧是冷漠的样子。她双手环臂挡在门口，淡淡道："难道昨天我说的还不够清楚吗？"

熙夜微微一笑，推开门径直进去了，边走边说，"颜儿，我这几天比较清闲，让我照顾你几天吧，过几天可能就要忙得不可开交了。你还没吃晚饭吧，我去做饭。"

他去了厨房之后，苍颜盯着厨房的门看了好一会儿，听着厨房里传来的水声，接着接着就是切菜的声音，他的刀工听上去很好的样子。苍颜坐在沙发上愣了好一会儿，直到听到炒菜的声音才慢慢回过神来，心里从未有过的暖，可是又哽咽的难受。

娅媠的电话打进来的时候她正要往厨房去，看到来电显示是娅媠她又倒退了回来，电话接听后两人都没有吭声，良久，娅媠略显嘶哑的声音打破了沉默，“苍颜，熙夜是不是在你那里？”

苍颜看了一眼厨房的方向，淡淡“嗯”了一声，算是回答。

娅媠又开始沉默了，苍颜等了许久都没再听到她说话，就挂了电话。可是电话刚挂断，又响了起来，心里就有些烦躁，有些不耐烦地按下接听键，“娅媠，你想说什么就说吧！”

那边迟疑了一下才说道：“苍颜，我的孩子六个月了。”

苍颜感觉她的心跳一滞，猛地疼了一下，握着电话的手也紧了紧，“我知道。”她感觉喉咙开始发干。

“苍颜，我爱上熙夜了！”

这句话像惊天炸雷一样炸在苍颜的心里，又在她耳边不停地回荡，她扭头看着厨房的方向，听着那炒菜的声音，让她倍感心安、倍感温馨的声音。这样好的男人，遇上了都会动心吧，更何况娅媠和他朝夕相处了那么多年，早就该爱上了吧？这没有出乎她的意料，可为何亲耳听到后还是觉得心那么疼，像被人用手硬生生撕裂了一般。

“苍颜，你让熙夜回来吧，他现在对我不管不顾，一心只装着你，盛华和龙华大战在即，狗仔队正千方百计地想要报道关于他的新闻，你不要让他背上抛妻弃子、搞婚外恋的新闻，那样的话媒体就会大肆报道他的负面新闻，你愿意看着他的名誉受损，愿意看到龙华找到攻击盛华的借口吗？”

苍颜捂着心口沉默了好一会儿，才缓缓说道：“我知道了。”

她挂了电话走向厨房，像上次熙夜半夜为她煮粥时一样她斜倚着门框看他忙碌的样子，这个男人还真是上得厅堂、下得厨房，他好像什么都会，而她好像什么都不会，从小到大一直都是他在照顾她，现在即便工作很忙很累也要从城东跑到城西来为她围上围裙做饭，他横穿一个城市就是为了告诉她，他爱她，可是她呢？能心安理得地享受这份刻骨的爱吗？

夏明宇说的没错，斗垮龙华，娅婻是最合适的人选。

而她呢，从小到大好像一直都在拖累他，到现在也是。她只看到熙夜来了，却没想到也许会有媒体记者跟踪，娅婻处在那样的位置，的确比她更适合站在熙夜身边。

熙夜回身看到正倚着门框看他看的出神的苍颜，温和一笑，“饿了吗？菜马上就好了。”

他笑，苍颜也跟着笑，只是笑着没有吭声，她在享受这最后的幸福时光。

饭菜端上桌的时候，苍颜帮他把围裙解掉，笑得很温和，很甜蜜，就像是个新婚妻子一般。熙夜的心就在她这样幸福而又迷人的笑容里融化、沉沦、不可自拔。

“颜儿，你笑了，很美。”

他伸手揉弄她的头发，被她笑着躲开，“我饿极了，快吃饭。”

她看着那一桌子的菜露出惊叹的表情，熙夜微微一笑，“很惊讶吗，快坐下来尝尝。”他一边为苍颜拉开椅子一边说道，待苍颜坐好之后才在她的一旁坐下。“都是些家常菜，味道合口了我以后常给你做。”

苍颜淡淡一笑，没有接话，拿起筷子尝了一口立即不住地点头，“你考过厨师证吧？”

熙夜给她夹了一块排骨，自已夹了些青菜放在口中咀嚼了几下才看着苍颜说道：“这个要凭感觉的，去学也只是看别人，自己是感觉不来的。”

和她一起吃着这些家常便菜，连胃口都不知不觉好了很多。

“就凭你这手艺做个厨师都绰绰有余了。”苍颜咬了一口排骨说道。

有人说温暖是一种毒药，让人欲罢不能。怎么办？她贪恋这样的温暖，贪恋这样的幸福，她舍不得让他走，一点都舍不得，可是舍不得能怎么办？她拼着忍着发酸的眼睛、发酸的鼻子、发酸的喉咙，她想接着微笑，可是她怕一笑就会笑掉蓄藏在眼底的泪。

“你爱吃就好。”熙夜的嘴角扬起一抹笑意，若是这样，看着她好好的也好。人生也不必奢望那么多的美好，不然就太奢侈了，只要能够守护着她就好。

这一餐苍颜吃的很慢，熙夜看出她是在拖延时间，便也微笑着陪她慢慢咀嚼，嘴巴一直动着，可是桌上的菜却没减少多少。苍颜觉得心里堵得慌，那被她咀嚼的很碎的菜很难下咽，她起身奔进厨房，大口大口地呼吸，抬头拼命地眨眼睛才不让眼泪掉下来，她不能让熙夜看见她哭，不能。

她盛了两碗粥端出去，一碗递给熙夜，一碗放到她自己的位子上，埋头喝粥，故意发出声响。

熙夜看着低头不吭声的她，心也跟着渐渐沉下去，也许她有什么话要跟他说，但还没想好该怎么开口。以前也是这样，她想说话又不知怎么开口的时候就会弄出各种各样的声音，通常这种情况下说出的话都会让他生气……

果然，苍颜突然抬起头看向他，嘴角嗫嚅了几下露出一副欲言又止的样子，在他探寻的目光里又去低头喝粥，这次的声音更大了，像是在为自己壮胆一样。

“熙夜！”

他看着她，没有说话，等待着她的下文。

“以后，以后你就别来这里了！”

果然这种情况下说出的话都会让他生气。他微微歪了歪头，眼睛一眨不眨的看着她，“为什么？”

“我爱上了别人！”

还是同一个借口吗？熙夜淡淡一笑，“我知道。”

熙夜记起昨天何小猛慌里慌张跑到他跟前吞吞吐吐说苍颜去他那里套话，他一不小心说漏了嘴就全说了。那么，既然知道了盛华和龙华是死对头，知道了他和姜家的关系，她还会说出她爱上了姜枫这样的话吗？

“那个人是姜枫！”

果然，她依然坚持着。熙夜的眼中渐渐浮起一丝冷意，声音也冷了几分，“我说过，姜枫不适合你！”

“那你适合吗？”猝不及防的反问，让熙夜愣了一下，他适合吗？他以为经过昨夜她依然还爱着他的，依然是愿意跟他在一起的，不然也不会……可是现在她来问他，他适合吗？对外界来说，他是有妻有子的人，虽然那些都是假象，可是为了盛华和龙华的一战他和娅婻之间的事情他现在还不能告诉她，他从未背叛过娅婻，可面对外界的传言以及压力，他适合做她的男人吗？

他突然不知道该如何回答这个问题。他起身走到窗前，隔着十八层楼的高度俯视着这座城市，他的手摸到口袋里的烟，忽然想到苍颜不喜欢抽烟的男人，就放弃了燃一支烟的想法。他将双手插进裤袋里，望向黑夜的眼睛也覆上一层黑色，“颜儿，给我一些时间好吗？几个月就可以，几个月后我带你离开这里，再也不回来。”

“不了。”苍颜想也不想的就拒绝，“我已厌倦了等待，不想再为了一个等不到的人等得那么辛苦了。”

“等不到的人?”熙夜转身看着苍颜，反问道:“你认为我会是你等不到的人?”

“我已经等了九年，不，确切说是快十年了，我等到你了吗?将近十年都等不到的人几个月就能等到了吗?熙夜，不要再给我无谓的希望了，我怕等到的依旧是失望。我接下来的时间只想为自己而活，去追求我所喜欢的!”

熙夜定定看了苍颜一会儿，看着她眼中的坚定，愣了好一会儿，淡声道:“很晚了，我先回去了。”

苍颜没有转身去看他的背影，不用去看也知道那道背影一定落寞极了。为什么他们就不能好好的在一起?为什么他们要被卷进什么商战的漩涡之中?为什么他们之间会有那么多的阻碍?

夜，我不会再成为你的包袱、你的拖累，我一定会帮你的，哪怕是看着你离我越来越远!

罗静婷打电话约苍颜出去喝咖啡，苍颜没有理由拒绝就收拾了一下出去了，她依旧坐在靠窗的位子，依旧是罗静婷说的多，她说的少。聊到一半她依旧没有弄明白罗静婷叫她出来有什么事情，工作的事情聊完了，又来问她私人的事情，苍颜淡淡看着她，思索着雷厉风行的罗主编突然关心她的个人感情的原因。

罗静婷见她不答话只是静静看着她，略显尴尬地笑了笑，“不好意思，我的问题有些唐突了。”

苍颜坐直了身子，微微一笑，“我只是有些好奇罗主编为什么会突然关心我的个人问题。”

为什么?罗静婷的眼神暗了暗，盛华和龙华要开战了，她总觉得她应该做些什么去帮帮他，即便他的眼里从来没有她。她看着苍颜，笑得优雅，“我觉得你跟我很投缘，第一次见你我就很喜欢你，若你还是单身我想给你介绍一个男朋友，不知你是怎么想的？”

苍颜觉得好笑，居然有人要给她介绍男朋友？这个倒还真是出乎她的意料，而且要给她介绍对象的人居然是她曾经很崇拜的一个人，可她们又说不上很熟。

她有些尴尬，她明显看到罗静婷眼睛里的疲惫，既然这么累了为什么还有心思给她介绍对象？“这件事情让我有些意外，于我来说感情也是靠缘分的，我不太喜欢以相亲的方式来遇见彼此，不过还是要谢谢罗主编的好意。”

就这么拒绝了吗？罗静婷的心绪有些慌乱，她本来也不喜欢这类事情，今天却主动来做什么媒人，她只是不忍心看着姜枫伤心难过，可她终究还是什么都做不了。

罗静婷拿起手提包，略显歉意地看着苍颜，“对不起苍颜，还让你这么远出来一趟，我今天状态不太好你就当我什么都没说，好不好？”

苍颜云里雾里地点点头。罗静婷就起身告别了，苍颜透过玻璃看着罗静婷快速离去的背影，她也感觉到罗主编今天的状态不太好，再强的人也是会累的。

眼角不小心瞥到姜枫的车，看他从车里下来，一同下来的还有一个外国人，想来他们也是来喝咖啡的吧。苍颜坐直身子，伸手搅拌了几下咖啡，浅浅抿了一口，随即也站起身来往外走。

也许是站起来太急了，也许是其他的原因，苍颜走到门口时眼前突然一黑就往地上栽去，幸好同时走到门口的姜枫眼疾手快接住她，他见苍颜昏迷急忙叫助手去开车，随即跟同行的英国客户抱歉地说了几句话就抱着苍颜奔向了他的汽车，汽车像疯了一样冲向中心医院，他不知道苍颜怎么了，他只知道苍颜不能有事。

车子还未达到中心医院苍颜就醒了过来，她看着表情严肃地操控方向盘的姜枫，微微一愣，“我怎么会在你的车里?”

见她醒来姜枫脸上的表情微缓，“苍颜，你刚刚在咖啡厅门口晕倒了，我带你去医院看看。”

医院？听到这两个字，苍颜像被针扎了一样，她立即大声反驳道：“我不去医院，你放我下车!”

“医院就在前面了，苍颜，你无缘无故晕倒肯定是哪里出了问题，我们去看一下医生，不会耽搁太长时间的。”

苍颜的脸色白了一白，她抬头恰好看到中心医院的大楼，心绪慌乱地要去拉车门，她不要去医院，她恨那个地方！“你快放我下来，我不要去医院!”

姜枫看着她发白的脸色，目露担忧，可当他看到苍颜的手要去拉车门的时候急忙把车停在路边，同时眼睛里流露出一丝疑惑，“为什么?”

“没有为什么，我讨厌那里。”苍颜说着就要下车，却在下车的一瞬间看到一个大着肚子的女人刚好也从一辆车上下来，那个女人的旁边站着熙夜。她的心窝一痛，随即改变了决定，既然到了医院门口进去看看也无妨。

姜枫追下来的时候看到她视线定格的方向，同时熙夜也看到了他们。熙夜不知道和娅嫞说了什么就往苍颜这边走来，苍颜心里想着要逃跑，可是脚像是生了根一般的钉在地上，她就那样站着看着他一步步走到她跟前，挡住她前面的阳光。

“颜儿，你怎么来这里了？你是哪里不舒服吗?”熙夜故意忽略站在一旁的姜枫，只温柔地看着苍颜问道。

苍颜低下头不去看他，“我，我没有不舒服。”

熙夜的脸上却是慢慢浮现一丝紧张之色，苍颜最讨厌的就是医院了，现在都到医院来了肯定是出了大问题，他上下打量着苍颜，似乎想看看她哪里不舒服，站在一旁的姜枫却不乐意了，他伸手把苍颜拉到身后，直接面对着熙夜，“你大着肚子的妻子在那边等着你，你却来跑来关心苍颜，即便是苍颜真的哪里不舒服也轮不到你来关心!”

熙夜看了一眼苍颜，才把视线落到姜枫身上，淡声道：“轮不到我来关心，就轮得到你来关心吗?”

“至少我不会吃着碗里瞧着锅里!”

熙夜依然是一派沉稳自信的样子，他不以为然地笑了笑，“不管我出于何种身份关心颜儿，好像都比你的理由充分些，除非你是颜儿的男朋友。”

姜枫的呼吸一滞，除非他是苍颜的男朋友？他回身看了一眼苍颜，插在口袋里的手紧了紧，他知道苍颜的心里一直都住着彭熙夜，可他就看不惯彭熙夜这种明明有了妻室还垂涎着苍颜不放的人！更重要的是彭熙夜作为盛华集团的总经理竟然单方面宣布停止与龙华集团的合作，让龙华一时之间陷入混乱的局面，这个人看上去一副正人君子的样子，实则做的都是最为人不齿的小人行径!

就在姜枫不知如何回答、气氛逐渐尴尬的时候，苍颜抬脚走向了等在台阶旁的娅婻。昔日的闺中密友现在站在一起仿若熟悉的陌生人，苍颜知道娅婻想找她聊一聊，聊关于熙夜的事情。娅婻爱上了熙夜，这是她预料之中却又意料之外的事情，预料之中是因为熙夜是那样优秀的男人，他值得别人去爱他;

意料之外是因为她从没想到有一天来和她争熙夜的人竟然会是娅婻。

许是为了打破尴尬吧，娅婻冲着苍颜笑了笑，又看到苍颜脸色发白，就问道：“你不舒服吗?”

原来她们之间连一个称呼都觉得尴尬，干脆直接省略了。苍颜的视线移到她的肚子上，淡声说道：“我没事，你来做检查吗，孩子，孩子应该很健康吧?”

娅婻忽然伸手拉住苍颜的胳膊，感觉到苍颜胳膊的纤细，她的心微微一疼。可即便苍颜有着那样的身世，即便苍颜身体不好，可仍有许多人喜欢她，熙夜是一个，现在又来一个姜枫，为什么那么多人都爱着苍颜，而她牺牲了那么多却没有人来安慰一下？一直以来因为霸占了熙夜而愧疚的她现在该怎么办呢？熙夜始终把她当成好朋友，钟怀古那个混蛋自那次之后就再也不露面了，她又该去哪里找他呢？

为什么本来好好的两对，却都走到了这一步呢？

“很好很健康。”程娅婻尴尬地笑了笑，然后低头不再说话，她也不知道面对苍颜她该说些什么了。

熙夜走过来看到她们俩略显尴尬的站着，没有吭声，姜枫也站在一边不说话。

气氛真的很尴尬呢，苍颜捋了捋长发，她本来只想让熙夜看到她和姜枫在一起，然后一气之下再也不去找她，却没想到四个人站在一起会这么尴尬。

娅婻抬头看上熙夜，同时把右手搭在肚子上抚摸了几下，“夜，你公司里还有事情就先回去吧。”

熙夜看了一眼她的肚子，淡声道：“你不是要去检查吗……”

“有苍颜在呢。”娅婻打断他，同时对苍颜笑了笑。有苍颜在，她就会是安全的，就像高中的时候一样，她遇到什么事情苍颜都会奋不顾身地挡在她前面。

熙夜点点头，又看了一眼苍颜，转身就走了。他没想到会在这里遇到苍颜，同时遇到的还有姜枫，难道苍颜真的和姜枫在一起了吗？若真如此他刚才那样问姜枫的时候，对方为什么不说话呢？

他还没有走多远突然听到身后传来一声惊叫，是苍颜的声音，他急忙回头恰看到苍颜和娅婻将要摔倒的画面，他想也没想地就往回跑，那是台阶，她们两个任何一人摔倒都会受伤。

离他们较近的姜枫急忙伸手接住娅婻，却已来不及拉住苍颜。苍颜跌到地上心惊肉跳地看着被姜枫接住的娅婻，她不知道么回事，只知道她要下楼梯的时候脚下忽然被什么绊住了，可娅婻为什么跟着她一起摔倒了？

娅婻捂着肚子不可置信地看着苍颜，抖着声音问道：“苍颜，你推我做什么？”

苍颜的脸色唰地一下就白了。她有些不可置信地看着娅婻，回想着刚才那一瞬间的经过，她忽然笑了一下，接着又笑了几声，眼睛泛着泪花看着娅婻，“所以，我们之间就只剩下要心眼了吗？”

娅婻站稳脚跟扭头看到已经奔过来的熙夜，看着熙夜不管不顾的去搀扶苍颜，听着他焦急担忧的声音，“苍颜，你有没有事？有没有摔着？”她的心忽然一疼，像被一只手捏扁揉圆了一般的疼，她大着肚子险些跌倒的时候他的眼里心里依旧只有苍颜，为什么他就看不到她的存在呢？这么多年生活在一起她就真的只是一个摆设吗？

她忽然捂着肚子往地上跌去，苍颜的表情一滞急忙奔过去扶住她，“娅婻，娅婻，你肚子疼吗？熙夜，你快抱她进去看医生！”

熙夜见娅婻疼得脸色煞白，就急忙抱着她跑进医院了，苍颜追了几步膝盖猛地一疼又跌到了台阶上，姜枫奔过去半扶半抱地把她扶起来，“苍颜，你的腿流血了，我带你去包扎一下。”

苍颜紧抓着他的袖子不丢手，一步也不肯往前迈，她定定看着熙夜抱着娅婻奔进医院的背影，眼里蓄起的泪终于落了下来。娅婻为了逼她离开熙夜，已经开始用手段了，昔日无话不谈的好闺蜜已经到了使用心计的地步……

她扭头看向姜枫，抖着声音问他，“你刚才接住她的时候她有没有挨着地面？都六个多月了，你说她的孩子会有事吗？”

姜枫深深看了几眼苍颜，眼中闪过一丝疼惜，有一种人是刀子嘴巴豆腐心肠，表面上说的好像要他们全家都遭遇意外一样，可实际上真有了什么事情却是比谁都着急的，苍颜就是这样的人。别看她有时说话像炮仗一样，很冲，她心里最在意的还是感情。

程娅婻吗？这个女人显然比苍颜有心机，要不然也不会在九年前抢走了本属于苍颜的男朋友，现在又拿孩子做戏！可惜他不会眼睁睁看着别人欺负苍颜的。

他看着苍颜的眼睛坚定地说道：“苍颜我跟你保证，她刚刚没有摔着，我完完全全地接住她了。”

孩子，苍颜的眼角掉下来一颗泪珠，她别过脸不去看姜枫，停顿了几秒钟才拂开他的手往医院走去。曾经的曾经，她们约好要做彼此孩子的干妈，可现在娅婻竟然拿孩子当做逼她离开的筹码！

熙夜怕苍颜担心，在医生检查完说孩子很健康的时候他就第一时间给苍颜打了电话，还让苍颜在那里等他一会儿他们马上就出去了。

孩子没事就好。

苍颜缓缓一笑，“终于变成多余的那个了，终于还是回不去了。”她脸上漾起一丝淡淡的忧伤，小声呢喃着，“也许娅婻的确比我更适合站在他身边。”

姜枫只是沉默着听她用极低的声音说着这些能撕心裂肺的话。他现在能做的就是安静地陪着她，陪在她身边，让她觉得不那么孤单。他几次抬手却都犹豫着要不要抱住她，却始终没敢那么做，此时他只需安静地陪着她就好。

苍颜擦干眼泪忽然一本正经地看着姜枫，“你陪我去趟民政局吧，我要离婚。”

姜枫的神色一黯，嘴角动了动却最终选择了沉默，他盯着苍颜看了许久，他只知道苍颜曾经拉着他在彭熙夜的面前假装过他是她的老公，可现在她那么严肃认真地说要去民政局离婚，难道她真的已经结婚了吗？

苍颜看出了他眼睛里的疑问和不敢置信，露出一个苍白无力的笑容，“其实我自己也可以去的。”她说完转身就走。

错愕中的姜枫这才猛然惊醒，为什么她要离婚是让他陪她一起去？而不是，而不是……

姜枫追上苍颜的时候她已经走到马路边了，他跑到她跟前拉住她的胳膊微笑着甚至有些激动地对她说：“好，我陪你去民政局。”

虽然他不知道她一个人怎么去离婚，但也许所谓的离婚不过是对过去的一种告别，她要告别彭熙夜了，那他是不是就有了更多的机会？

苍颜在钻进姜枫车里的时候抬头看到从医院出来的熙夜，他着急地跑下台阶环顾四周，像是在找什么人，然后看着人来车往的大街出神，那失魂落魄的样子像是弄丢了什么珍宝一般。

当年彭熙夜和程亚楠的婚讯几乎占据了N市大部分的新闻报道，他们结婚的那一日她也去珠宝店买了一枚戒指，然后去拍了一套婚纱影集，那一日她也结婚了，只是她的新郎挽着别的女子的手，接受牧师的祝福。

她淡淡一笑，夜，你在我的生命里从不会黯淡，哪怕是不得不放弃你！

姜枫驱车载着她果真去了民政局，他站在外面等她，苍颜自己进去溜达了一圈就出来了。她站在民政局的门口，抬起头眯起眼睛看向太阳，然后把右手放在额前消减那刺眼的阳光。唇角微扬，微微一笑。可那笑容很快就收敛了，她的心里一点都不轻松。

她不知道此时看似平静的姜枫内心是多么的波涛汹涌，原来她这样毫不掩饰的微笑竟是这样的美好，虽然短暂，却也如那明媚的阳光一般让人仿佛置身在圣洁的光华之下，迎着春风，整个人都变得柔和起来。

以前这样的笑容她只在彭熙夜面前绽放，可是那个人不懂得珍惜就那样放手了，以后他要尽量让她这么笑，为他笑。

“怎么了？我脸上有东西吗？”苍颜被他盯得有些不好意思了，故作疑惑地说道。

“没有，就是觉得你今天笑起来很美！”这句赞叹是姜枫发自内心的。他伸手接过苍颜身上的包，绅士地帮她拉开车门，等她坐进去之后才走向驾驶座。“颜儿，恭喜你找回自我！”

苍颜淡淡一笑，“你叫我苍颜就好。”颜儿，是熙夜的独家称呼，也是她的独家记忆。

姜枫的表情一滞，随即一笑，“好，苍颜。”他忽然一拍脑门，面有隐忧地看着苍颜，“苍颜，我们去医院是因为你突然晕倒，你真的没事吗？”

苍颜摇摇头，“没有，兴许是坐久了，站起的太猛了才眼前一黑晕了的。姜枫，还要麻烦你送我回家了。”

姜枫很是绅士的微微一笑，“不麻烦，很乐意效劳！”

当姜枫开着车消失在民政局大门口之后，何小猛才从车里探出头来，疑惑地盯着民政局那三个大字瞧了好一会儿，苍颜就这么和别人领证了？也难怪他会这么想，来民政局的人要么结婚要么离婚，她可是一直单着呢，难道昨天她在咖啡厅说的都是真的？

何小猛盯着方向盘恨不能盯出个窟窿来，苍颜这一路走来都经历了什么他虽然看到的不多可是也都能想象，高中那会儿苍颜是乖乖女，她不想让姥姥担心放学会准时回家，所以他和苍颜混在一起的时间也不多。可是他是打心眼里希望那个单纯而又美好的女子能够永远那样开心和幸福。

高三毕业那年，在毕业典礼上彭熙夜牵了程娅婻的手，背弃了爱情背弃了苍颜，熙夜和娅婻的订婚典礼上他清楚地看到了苍颜脸上的悲戚，看到她眼中凝聚的泪花一点点破碎，看到了她的心仿佛被人剜出一个窟窿，可她强忍着不让眼泪肆虐。那时十八岁的她把背脊挺的笔直，在最在乎的两个人面前只是沉默着，沉默着……后来倔强地转身，再也不看她们。她强装的坚强还是穿帮了，因为她离开的时候即使背脊一直挺得直直的，可是肩膀却在抖动……

那个时候苍颜的姥姥才刚去世不久，她还没有从失去姥姥的悲恸中走出来就失去了男朋友和一直以来最好的闺蜜。何小猛其实是能够理解那种不能呼吸的疼痛的，可是他没有立场站出来安慰她一番，也不合适，悲痛中的她也不见得会听进别人的安慰。

后来就听说苍颜家里一直有小混混去半夜砸门路上恐吓什么的，又过了段时间就听说苍颜离开了。一走就是九年。

何小猛抓紧了方向盘，指节有些煞白，脸上也有些沉郁。他知道熙夜的心里也很痛，这么多年来熙夜只对苍颜一个人动情，可是为什么却走到如今这个地步了呢？难道就真的再也回不去从前了吗？熙夜和苍颜脸上的笑容就再也找不回来了吗？

一切都因为姜家！因为姜家当初悍然发动的商战让熙夜和苍颜错失了彼此，现在姜枫竟然又在他俩中间横插进来，一向大大咧咧什么都不在意的何小猛发现自己现在很气愤，他看不过去了，他必须要做些什么！

第十七章　缄口

姜枫看着苍颜的背影，沉默良久，缓缓一笑。她是被人伤害怕了，才会在不熟悉的人面前把身上的刺根根竖起，随时准备着抵御外界可能出现的伤害。

有人说女人如果遇到了一个好男人，就可以一直幼稚不成熟，因为有人保护她，可如果一个女人越来越成熟，那就是她没遇到一个好男人，所有的事情都要自己用本不厚重的肩膀扛着，强撑着……如果苍颜能够一直像现在这样美好，那该有多好。

他在心中暗暗发誓，以后他会尽己所能让苍颜开心，再也不需要伪装坚强，想哭的时候就哭，想笑的时候就笑。

他坐进车里，脸上挂着笑意，不管公司的事情多么棘手，这一刻他忽然觉得很安心，好像黑暗中迷途的人突然看到了光亮一样，这是希望的感觉。

刚抱起四月坐到沙发上的苍颜再次接到了熙夜的电话，苍颜迟疑了一下还是接听了，手机里传来熙夜冰冷至极的声音，“你和姜枫跑去民政局做什么?”

这么快他就知道了，看来他还真是神通广大。不管他是否看得见，她淡淡一笑，她反问道："去民政局能做些什么呢?"

那边是久久的沉默，沉默的每一秒对两人来说都像是凌迟，可熙夜不知道该怎么办，如果她真的和姜枫领了结婚证他能怎么办？逼着她离婚？可他自己不是也有一段名义上的婚姻吗？他现在有什么资格来质问她呢？如果不是何小猛打电话告诉他，她也许根本不打算把这件事情告诉他，即便前几天他们还温存地在一起。

苍颜盯着手机屏幕看了一会儿，如果不是上面的通话时间还在计时她几乎以为电话已经挂断了。沉默隔着两部手机横亘在两人中间，谁都不愿去打破沉默，谁都在忍受着凌迟的痛。

"苍颜，我们谈谈好吗?"熙夜艰难地做出决定，有些事情他不想再瞒着苍颜了，他突然发现他们两个正在越走越远，他怕有一天当他解决了一切奔到她身边时她的身边已经站了别人，他从未有过一刻像现在这样恐惧，他清楚地听到心底深处的声音，他不能没有苍颜，不能没有她！

"距你和娅嫡牵手订婚的时间还有两个多月就整整十年了，那时你牵着她的手从我面前走过，我清楚地听到心碎的声音，当你们结婚的新闻被大肆报道的时候，我就知道你和我是真的错过了，夜，我们之间没有什么好谈的了，放爱一条生路好吗?"

熙夜握着手机的手不知不觉间已开始颤抖，他就猜到她一定会看到那些新闻的，她到底还是看到了，所以她才逃的更远，让他再也找不到半点音讯。是他，在她已经溃烂的伤口上撒了一把盐，让那些伤口彻骨，再也愈合不了。

"娅嫡腹中的孩子不是我的……"熙夜的手紧了又紧，"那个孩子是钟怀古的。"

这一刻他不知道还能说些什么，他知道这些事情他再不说可能就要永远失去苍颜了，如果失去了苍颜，那他这么多年在夏家、在盛华的苦苦坚守就没了半点意义。苍颜就是他生命里的光明，没了她，他的世界将是一片黑暗，他惧怕那样的黑暗。

苍颜惊愕得几乎忘记了呼吸，沉默良久，她默默挂了电话，她摸着自己的心口，实在摸不出心里的情绪，惊愕？失落？悲伤？欣喜？好像都不是，又好像都有一些。

她坐在沙发上，一坐就是一整个下午，她想了很多事情，可是又好像什么都没想，她知道熙夜一直都不曾背叛过她，一直都不曾，可她现在要怎么办？她该怎么办？她迫不及待地想要奔进熙夜的怀里，可是理智告诉她，她不能！

她已经学会了利用别人，学会了耍心机，她不再是那个单纯美好的吕苍颜了，现在的她自己看着都陌生，都觉得讨厌，更何况要展现给她最爱的人看。他们之间，其实早已尘埃落定，如今的种种都不过是不甘心命运如此安排的苦苦挣扎而已。

星斗不会逆转，时光不会倒流，他们再也回不去了，不管是爱情，还是友情。

反正她在这里也是待不久的，等弄清自己的身世她就会离开，了无牵挂地离开。那个时候，N市，只会在脑海里回忆一下了，走了就再也不会回来了，这是她和夏宾鸿的约定，也是她和自己的约定。

熙夜愣愣地看着手机，似乎要将那手机盯穿一样，一向沉稳清醒冷锐的他这一刻心乱如麻，难道就这样了吗？就这样……回不到过去了吗？

推门进来的何小猛看到他脸上灰败的神色，不由愣在当场，这么多年来他何曾见过骄傲沉稳的熙夜露出过这种表情？是从苍颜那里确认过了才会如此伤心难过吗？

熙夜沉默了好一会儿才终于平静下来，他看着何小猛略显惊诧和严肃的表情伸手揉了揉太阳穴，缓步走到沙发上坐下，出神地看着摆在面前的厚厚一叠资料。

何小猛伸手拍了拍他的肩膀，同时把手里的资料递给他，“这是和龙华的几个重要合作项目。”

熙夜接过来大致翻了翻，随即闭上了眼睛，有些无奈地说道：“猛子，我们真的要这么做吗？真的要让十年前的事情重演吗？”

“不止是十年前的事情，还有三十年前的事情。”何小猛在他对面坐下来，定定地看着他，“夏伯伯从担任了盛华的名誉总裁之后就一直在筹划这件事情，快十年了。”

“其实，我一直都没猜透他为什么这么恨龙华，或者说恨姜家。甚至不惜让他唯一的外甥女来做我名义上的妻子，而夏宾鸿竟然还允许了。”

是啊，这件事情他们一直都没猜透，可每每提起龙华，都会从夏明宇眼里看到刻骨的恨，就像他自己也这样恨着姜瑾瑜一样。

那应该是一段不为人知的过往吧。现在他在意的不是那段无论怎么查也查不到任何蛛丝马迹的过往，而是如何挽回苍颜的心。

他起身走到窗前，看着离这不远的那栋高耸的大楼，那是龙华集团的总部，他每每觉得疲惫的时候都会站在这里看一看，好像看一会儿就不会觉得累了一般。他淡声对何小猛说道：“那就让龙华忙起来吧。”

盛华全面停止了和龙华的合作。姜枫赶到公司的时候公司各个阶层几乎炸开了锅，人心惶惶，就连他回来接管公司之后一直退居幕后运筹帷幄的姜瑾瑜都来了，可见事态的严重性。

姜枫一路赶往会议室，他知道这个时候各高层管理人员应该已经都在会议室了。当他推开会议室大门的时候映入眼帘的果然不出他所料，姜瑾瑜已经在总裁的位子上安坐了，其他人正在激烈地讨论着。

夏明宇和彭熙夜做出这个决定就没有想到后果吗？两个集团合作本是共赢的事情，他们不顾后果强行解除合作关系难道对盛华集团就没有损失吗？

姜瑾瑜的脸色不大好，他的目光在那些高层人员的身上来回巡视着，直到看见姜枫进来。自古商场如战场容不得他有半点马虎，因为败了兴许再也没有东山再起的机会。

盛华冒着破产的危险做出这个决定，不就是为了要打垮他、打垮龙华吗？幸好他姜瑾瑜知晓夏明宇的为人，早早也做了一些准备，有些项目已经在寻找其他合作伙伴了。想他在情场得意了那么多年，竟然栽在了吕蔚涯那个贱人身上，时隔三十年了夏明宇那个老东西竟然还没能释怀！

“行了！”姜瑾瑜不耐烦地打断那些高层们的议论声，“出了事情就知道慌张，你们这些人都是经过层层选拔提上来的，遇事就知道紧张，紧张能解决事情吗？”

姜瑾瑜端起面前的茶杯旁若无人地喝了几口茶，“让公关部门继续和盛华交涉，若能让他们撤销决定自然是好，若不能也不用低三下四地求爷爷告奶奶，你们也都抓紧去寻找下家，只要能重新找到合作伙伴我们的公司依旧能够照常运营。我就不信，没有盛华，龙华就活不下去了！”

姜瑾瑜说罢就站起身走出了会议室。姜枫看了一眼姜瑾瑜略显佝偻的背影，突然发现这个风流成性的男人原来也已经苍老了。

“通告各个部门，团结起来齐心协力寻找新的合作者，另外大家也不必过于紧张和担心，先前我们猜到盛华有可能对龙华不利已经在暗中寻找到了几家合作者，部分项目可按照常规进行生产和运作。相信只要我们齐心协力定然能够度过这次难关的，接下来各位就多辛苦一些，先散会吧。”

姜枫跟着父亲走到休息室，他也知道这个时候父亲一定是有话要问他或者跟他说的。而且他自己也知道盛华这次的突然毁约定然和他与苍颜走得近有关系。

“我刚刚得到消息，夏明宇公开承认了还有一个女儿，叫夏苍颜，从出生就跟着母亲住在国外，现在学成回国，等休息些日子可能就会去盛华总部任职。盛华的新闻部门也已经对外公开了这个消息。”姜瑾瑜顿了顿，“你实话告诉我，这个夏苍颜是不是就是盛华总经理的那个前女友？你和她走的很近的那个？”

姜枫看了一眼姜瑾瑜，没有吱声。心中却在想，盛华这样做无疑是想在打垮龙华的同时也把苍颜从他身边逼走，这一招可真是够狠的，怪不得前段时间要签约的几个项目都不再续签，原来在这等着呢！

姜枫淡淡嗯了一声算是回答。

姜瑾瑜的脸色渐渐变得有些阴沉，他看了一眼姜枫，有些不确定地问道：“这个夏苍颜的母亲是不是叫吕蔚涯？”

“你查过她？”

“跟你走的近的女孩子我能不查吗？”姜瑾瑜也没想到这一查的结果竟然让他这么意外，她竟然是吕蔚涯留下的女儿，那是不是也有可能……是他的女儿？当年吕蔚涯来找过他几次，逼着他承认苍颜是他的女儿，可他每次都很小心，他怎么会让别的女人怀上他的孩子呢？更何况吕蔚涯那个女人简直就是个婊子，谁知道她怀的是谁的种……可是这么多年过去了，他渐渐也不能确定了，也许是真的呢？

“你马上跟她断绝一切关系，我不允许你再跟她来往！彭熙夜兴许就是看到你抢了他的女人才这么对龙华下狠手的！”

姜枫冷笑一声，“盛华这出戏指不定是对谁唱的呢！”

姜瑾瑜一时语塞，姜枫的话也不是没有道理。虽然盛华和龙华一直有合作关系，可是夏明宇跟他作对也不是一回两回了，他还记得二十九年前的那个晚上他和吕蔚涯在一起的时候夏明宇突然闯了进来……那个时候他才知道吕蔚涯那时正和夏明宇在一起呢，可没想到那桩风流债夏明宇一直追到今天还不放手。

“父亲，彭熙夜不是那种冲动行事的人，他不会因为我和苍颜的关系就对龙华开战的，他心里恨的是十年前你对盛华做的一切，那时你悍然发动商战害得他家破人亡，他这么多年不吭不声不是忘记仇恨了，他是等待机会呢，他们这是在逼你认错呢！”

姜瑾瑜心里明白，夏明宇是在为吕蔚涯报仇，而彭熙夜则是为了他们彭家报仇。想起吕蔚涯，他的思绪不由有些乱。她本是知名青年画家，一个女子走到那一步也不容易，可是她靠的是什么在业界出名的他和夏明宇都知道，当年的那些关于吕蔚涯的负面报道又是怎么被压下去的，事后所有关于吕蔚涯的负面资料是怎么被毁掉的他们也都知道，这一切都是夏家在暗中做的。

可是吕蔚涯太不知好歹，他不过是出资帮她办过一次画展又逼迫她跟他上了几次床，她竟然跑来告诉他她怀孕了，这种在外面有私生子的事情他当然不会承认的，可是后来她竟然就跳楼死了。

“错？我有什么错？生意场上的事情有什么对错？”

“做生意也要有分寸！”姜枫一针见血地冷声说道，“如果不是你太贪心，逼死人家的父亲，彭熙夜怎么可能会做这么多针对龙华的事情?"

"现在你跟老子说这些还有什么用?"姜瑾瑜不耐烦地冷声说道,"眼下当务之急是如何解决这次危机,我可不想看着大半辈子攒下的基业毁于一旦!反正该享受的老子都已经享受了,人上人的日子过得也不短了,产业都是留给你的,保不保得住就看你自己了。"

"你还是这么不负责任,你这辈子干过一件负责任的事情吗?"姜枫的声音里充满了嘲讽,"你该享受的都享受了,公司里的那些员工呢?你从来就只想着自己一个人过得舒不舒心、快不快乐,别人的死活你放在眼里过吗?"

"别人的死活我管不着,我就管你的死活!你是我在这世上唯一的后代,我姜家产业要从你这里世世代代传承下去,夏明宇和彭熙夜敢跟老子玩阴的,我就反过来整死他们!"姜瑾瑜撂了一句狠话站起来就走了,走到门口又回身警告姜枫道:"你离夏苍颜远一些!"

姜枫坐在那里无可奈何地看着姜瑾瑜的背影,疲惫地抚了抚额头,苍颜怎么会是夏明宇的女儿呢?可是现在他没有想这些,龙华集团上上下下几万个员工,他现在必须再去和盛华那边交涉,另外也要着手做寻找新合作伙伴的准备。

姜枫从沙发上站了起来,带着助手一起去了公关部。

苍颜正在写小说突然接到熙夜的一个电话,旁的没有说只告诉她夏明宇公开承认了她的身份……苍颜挂断电话对着电脑屏幕愣怔了好久,她始终想不明白夏明宇或者说夏宾鸿走这步棋是何用意,她去夏家闹了几次了她也不知道了,可是每一次都被轰出来,夏宾鸿一直坚持着不认她甚至连蔚涯也一同骂了,现在这究竟唱的是哪一出?

夏宾鸿和夏明宇这么做一定是在掩饰她真正的身世，他们想要隐藏的真相是什么？为什么这个真相会让他们放下这么多年的坚硬态度突然变得柔软？她是谁，她究竟是谁？

苍颜冲到夏家的时候夏宾鸿和夏明宇都在客厅里坐着，她进去夏家的时候一路上没有任何阻拦，这明显是有人吩咐好了的。当她站在夏家那偌大的客厅里时，看到好整以暇悠闲喝茶的夏宾鸿和夏明宇就知道了他们这是在等她呢。

夏宾鸿抬头看了一眼不说话的苍颜，心里有些奇怪，这倒不像是她的风格，以前哪次闯进来不是大吵大闹的，现在突然安静了他倒还有些不适应了。“你坐吧。”

“不了，我怕坐了腰疼！”苍颜没好气地说道：“你们这是唱的哪一出？为什么突然公开说我是夏家的大小姐？你们有问过我的意见吗？”

“你不是一直都想让我们这么做吗？现在我们不仅承认了你，还让盛华集团承认了你。”夏宾鸿放下茶杯，不慌不忙地说道。

“难道你们不知道我根本就不是这个家的一份子吗？”苍颜走到夏宾鸿跟前眼睛一转不转地盯着他，“你们在这个时候高调承认我是不是想掩藏什么？而那被你们掩藏起来的是不是就是我的真实身世？”

夏明宇闻言重重把茶杯摔到桌子上，瞪着苍颜厉声说道：“苍颜，我知道你对于家的渴望，我现在成全你，给你一个家，你现在还闹什么？”

苍颜毫不畏缩地回瞪着夏明宇，同样厉声说道：“从夏家逼死蔚涯、害死我姥爷、又逼死我姥姥、逼走我的那些残忍行径中，我就没有想过要成为这个家的一份子，蔚涯死了这么多年了还是个孤魂野鬼，刚好我也不是你的女儿，你还公开承认我做什么?”

“谁说是夏家逼死了你姥爷和你姥姥？这些事情你都是从哪听说的?”夏明宇阴沉着脸冷声问道。

“还用听说吗?”苍颜冷笑一声，“我自己有眼睛，会看!”

夏明宇看着苍颜瞪着眼睛气急败坏的样子，这个时候的她和蔚涯还真是像啊，蔚涯气急了的时候也会这样，用恶狠狠的语言配上恶狠狠的表情，恨不得将眼前的人撕巴撕巴喂狗才能出了心中那口浊气。

蔚涯，你也没想到事情会闹到今天这个样子吧，你死之前给了我一个暧昧不明的答案，让我自己也弄不清楚这个孩子究竟是不是我的，所以我只能断定苍颜可能是我的孩子也可能是姜瑾瑜的孩子……若是姜瑾瑜的孩子我就要让他尝尝骨肉分离的滋味，就算是这样也不足以消除我心中的夺妻之恨!

如果苍颜注定是你留在这个世上的唯一子嗣，那与其让她继续漂泊还不如留在我身边，也算是当年对你的一丁点儿补偿吧……

“苍颜，你也老大不小了，关于你的身世问题你也争了这么多年了，如今你的身世已经被盛华承认了，从此这里就是你的家，你再也不用离开，再也不用漂泊，你有家了!”

“家?”苍颜毫无意识地重复着这个字，好遥远的字眼儿啊!

夏宾鸿无声看着犹自沉浸在自己世界中的苍颜，他脸上很是平静，这一刻忽然看不明白他那浑浊的眼睛里是一种什么情绪，既没有喜悦也没有恼怒，平静的让人觉得很有深意。他转过视线看了一眼夏明宇，他承认他是一个严父，许多本该由儿子自己做的决定都由他代替了，他也知道他的一些行为做法让儿子很压抑，可做父亲的怎么会害自己的儿子呢，还不是事事都为儿子好才这么做的?

吕蔚涯品行如何他不做评价，可是夏家就是不能有那样的儿媳妇！可也是在吕蔚涯的事情上他干涉的不少，他先是阻止儿子离婚娶吕蔚涯，可谓是百般阻挠，后来吕蔚涯跳楼死了，他眼看着自己的儿子也丢了魂儿，才知道吕蔚涯在儿子心中占着的是什么样的分量……他再也不敢阻挠儿子了，他怕他的强行干预会扼杀儿子的性命！

所以从吕蔚涯死了之后，除了儿子提出要给吕蔚涯一个名分的事情他没答应之外，几乎所有有关吕蔚涯的请求他都答应了。帮她压制不好的传闻，撤销所有有关她的负面新闻报道，以及为她办了好几场画展来扭转她的名声，抓了散播她负面言论的人，冠以她著名青年画家的称号，暗中帮助吕家的孤老太太和幼小苍颜，让苍颜和娅婻在一个学校读书……甚至因为十年前有人暗中调查苍颜的身世而不择手段地把她赶出N市，为了吕蔚涯与龙华集团对抗……

这些当然都不会告诉苍颜，这是属于他和儿子之间的秘密！就算要把继续扮演坏人的角色，只要儿子心里觉得舒坦他也愿意。他已经七十多岁了，行将就木了，他还惧怕什么呢？就怕一次斗不垮龙华集团，斗不垮姜瑾瑜！

苍颜忽然冷笑一声，“我的家已经破了、毁了、没有了！”

夏宾鸿用拐杖猛戳了几下地板，厉声喝道：“苍颜，你不要太过分了……”他的话被他猛烈的咳嗽声打断了，本就苍老的身体险些要缩成一团了。

夏明宇赶忙去轻拍他的背，又赶忙叫佣人拿来父亲常吃的药。

苍颜怔怔地看着剧烈咳嗽的夏宾鸿和无比紧张的夏明宇，

她实在不明白一向身体健康的夏宾鸿怎么会这样咳嗽，甚至要把肺都咳出来一样，她甚至在他吐出的痰里看到了血丝……

夏明宇抬头看了一眼苍颜，“你先回去吧，免得爷爷看到你更加生气了。”

爷爷？苍颜抬头看到夏明宇眼里隐忍着的怒火，又看了一眼咳嗽不止的夏宾鸿，有些无措地站了起来，他说的也是，夏宾鸿突然这个样子的确是被她气的，可是她不知道从什么时候开始就把自己伪装成了一个刺猬，逮谁刺谁，甚至连自己都刺……

“你先让他冷静下来，你们也不要惊慌，这个时候冷静是最重要的，他……他口中有血一定要吐出来千万别憋住不吐，不然会使气管或者支气管中的血不能排出，这样的话有可能会堵塞气管使他窒息，给他服用水和祛痰剂，再给他服用止咳药和消炎药……做完这些就赶快送医院吧。”

苍颜说完又看了一眼夏宾鸿就离开了，并不理会夏明宇有些惊讶的表情。她边走边拿出手机拨打120，电话刚接通她就看到了一个人提着一个大药箱匆匆忙忙赶过来了，私人医生来了就不用送医院了吧。她回身看了一眼客厅，夏宾鸿还在咳嗽着，夏明宇已经站起来给医生让出了位置。显然那个老人不是第一次出现这样的情况。

她心里懊悔干嘛沉不住气要来吵闹，这样的结果是她想看到的吗？

回想一下她这二十八年的人生，好像什么事情都没有做成，家没了只有她孤身一人，除了旅行她连一件像样的事情都没做过，就连陪伴了她二十三年的猫儿也离她而去了。她对自己的身世疑惑，对自己的身体无奈，对自己的未来迷茫……

第十八章　恩怨

何小猛的车就在这个时候突然停在了她面前，苍颜有些愣怔地看着摇下车窗打量她的何小猛，好像弄不明白他怎么会出现在夏家附近。

“你一副魂不守舍的样子，是发生了什么事情吗？”何小猛打开车门走下车对站在那里不吭声的苍颜轻声说道。“上车吧，我带你出去走走，有些事情我也觉得有必要跟你说一下。”

苍颜从没见过何小猛这样严肃认真的表情，虽然交集不是很多，可印象里的何小猛一直都是那种大大咧咧，性格开朗活跃的人。他这样突然间的严肃让苍颜直觉地以为他要说的事情一定是带有悲剧色彩的事情……

她犹豫了几秒钟才坐进车里，不知道何小猛要跟她说些什么。

“我刚刚看到夏伯伯的私人医生匆匆忙忙进去了，夏爷爷还好吗？”何小猛系好安全带后看着苍颜问。

苍颜没有扭头看他，而是将视线投向了窗外，“好像是原本就有什么症状，被我气得复发了。”苍颜的声音有些低落。在她和夏宾鸿的战争中一直处于优势的都是夏宾鸿，每一次她都是气势汹汹而来，气急败坏地离开。她以为夏宾鸿就是一只猛虎，即便老了也具有威慑人的力量，可她忘记了他根本不是什么猛虎，只是一个老人而已……

何小猛注视了苍颜几秒钟，才看向前面发动车子。“你也知道的，人年纪大了，身体就会有这样或者那样的问题，身上的器官也都日渐衰老，你也别太担心，夏爷爷他会没事的。”

“你是不是知道些什么?”苍颜把投放在车窗的视线移到何小猛的身上，有些紧张地问道，“他的身体出现那样的情况好像不是一天两天了，是不是有什么不好的病?”

何小猛沉默着没有立即回答，苍颜看见他并不是那么想回答也没有坚持要他说，她缓缓靠到椅背上，微微闭上眼睛。真的不知道她这样做究竟有什么意义。仅仅是为了蔚涯能有个名分吗？还是为了得到一个与彭熙夜门当户对的身份？她自己也说不清楚。

“想去哪里?”何小猛并没有继续刚才的话题。

苍颜也是答非所问：“你刚刚说的有些事情是指什么?”

“一会儿我自然会告诉你的。”

何小猛脸上看不出是什么表情，但苍颜却清晰地感觉到了他身上散发的冷意，她很不习惯何小猛这样的冷，他一直都是气氛的调节者，有他在一般都不会出现冷场的情况，可是现在他身上的严肃让她觉得不自在，觉得陌生，究竟是出现了什么情况让原本嘻嘻哈哈的何小猛也端起了深沉?

她没有再说话，只是闭着眼睛假寐，脑海中都是刚才夏宾鸿咳嗽的样子，他是那样苍老了……

车子终于停了，苍颜睁开眼睛，这里不是什么繁华的商业区，也不是拥挤不堪的城内。他竟然带着她来到了城外！突然感觉时空有些错乱，这个地方她太熟悉又太陌生了，她和熙夜一起来这里很多很多次，就她刚回到 N 市的时候他也带她来过这里。可是现在站在她身边的不是他，眼里看到的风景也不是当时的风景了，终究是再也回不到当初了，就算是人人都想回去，也是回不去了……

“我不止一次听夜子说起过这里，不就是田野地吗，也不是什么人间佳境。”

“如果你带我来这里是为了和我说他的事情，那么，不必了！”苍颜打断何小猛那类似于回忆的话，她现在不想回忆。

“如果你真的选择了放弃，又何必这样逃避？”何小猛不甘示弱地对峙着苍颜的眼睛，慢慢地他从那样乌黑明亮的眼里看到了灰暗。他的脑海里突然回荡起一句话：爱的反面不是恨，是漠然！

可是现在苍颜的反应明明是还没有放下，可她为什么就和姜枫在一起了呢？民政局门前的那一幕再一次出现在他的眼前，他扭头看向前面绿油油的麦田，这是希望的田野，即将迎来丰收的田野！“其实今天想告诉你的是，这个时候你和姜枫在一起并不是最佳的选择。”

她知道，不管是为了熙夜还是为了她自己她都不适合跟姜枫在一起，她已经不止一次地利用了姜枫，她已不配站在沉稳自信的姜枫身边了。

“你现在是盛华的大小姐，今天下午刚刚召开的发布会，虽然你没有亲自到场，可是你的巨幅照片已经清晰地映入了各大媒体的眼中，因为这件事情盛华的股票可是涨幅不少呢！”

苍颜侧头紧盯着何小猛，“盛华集团的事情跟我没有半点关系，你到底想说什么?”

“熙夜没有背叛你，他依旧深爱着你。”

她知道。

“钟怀古你还记得吗?他是娅媊的男朋友，去年回来过一次，娅媊的孩子是他的，不是熙夜的。”

这些她都知道。

“现在他很痛苦，他现在正满世界地找钟怀古，等钟怀古回来了，他就会放开娅媊，让他们一家团圆。”

是这样吗?他去找钟怀古，成全他们一家吗?可是怎么办，娅媊已经爱上了熙夜，她不会同意离婚的，她不会同意离开熙夜和钟怀古在一起的。

“而且，我从侧面了解到，夏伯伯策划的这场商战，不仅仅是为了帮熙夜报十年前的家破人亡之仇，他和姜瑾瑜之间还有一桩恩怨，是关于二十多年前的事情，好像是为了一个青年女画家。我说这么多其实是想告诉你，夏家和姜家必有一战，此时你和姜枫在一起……”

苍颜猛然抬起头，瞪大眼睛望着何小猛，紧声道：“你说什么?”

何小猛疑惑的看了一眼苍颜，他刚才好像说了很多，她问的是哪一句?

“你说夏明宇和姜瑾瑜之间还有一桩恩怨，是为了一个女画家?”

何小猛茫然地点了点头，“我只是听说，熙夜让我去调查，没查出什么有价值的信息，好像是有人做了手脚什么也查不到。”

苍颜后退了一步，那个画家是不是蔚涯呢?夏明宇和姜瑾瑜之间的恩怨是不是因为蔚涯呢?蔚涯深爱着夏明宇，那蔚涯和姜瑾瑜是什么关系？

何小猛没有发现苍颜情绪的异常，自顾自说道：“当年熙夜选择娅旖也是迫不得已。那一年姜瑾瑜突然中止了和盛华的合作，同时和别的企业合作占领市场，几乎把盛华逼上绝路。操劳过度的彭叔叔不小心从楼梯上摔下当场死亡。熙夜不得不担起家里和公司的双重重担，可他什么都还不懂，尽管努力了却没有挽回多少损失，又赶上银行催还贷款，熙夜都快被逼疯了，就在那个时候夏爷爷向他抛出了橄榄枝，只要他答应和程娅旖在一起，他就会动用各种关系帮他保住盛华集团……那时彭伯母因为接受不了打击住进了医院，不久也选择了自杀，熙夜迫不得已才答应了夏爷爷的要求。”何小猛看着沉默的苍颜，沉声说道：“熙夜他不是不要你了，而是真的没办法了！”

苍颜不知道她是怎么回到家的，原来不光她自己是孤儿了，连熙夜也是孤儿了。从回到N市到现在她好像都没去关注过熙夜，不知道十年前他居然经历了这么多。忽然之间，她这些年积攒在心里的恨好像都消失了。

就像何小猛说的，当年熙夜不是不要她了，而是没办法了。

走出电梯的时候她看到罗静婷站在她家门前，她猛地愣了一下，不知道罗静婷怎么会知道她家在这里，还突然来找她。

罗静婷看出了她的意外，淡淡一笑。三个小时前她看到新闻，才知道吕苍颜是盛华集团名誉总裁夏明宇的女儿，她怎么也没想到苍颜竟然也是位千金小姐。不过如果她之前不认识这位吕苍颜小姐或许真的以为那新闻是真的，明明是在这个国家的不同地方漂泊怎么能说是刚从国外回来呢？这中间是不是也有什么不为人知的事情？

“吕小姐，不好意思，突然来拜访你。”罗静婷尴尬地笑了笑，脸上依旧是疲惫的神态。

苍颜回过神来淡淡一笑，一边掏钥匙一边说：“很高兴罗主编能来，快进来吧。”

罗静婷细细打量了一眼苍颜的房子，房子的格局和装修都有些老式，看上去这房子有些年头了。

苍颜把罗静婷让到沙发上，又倒了杯水端过去，在另一边的沙发上坐下来，“罗主编亲自来找我，是有什么事情吗？”

罗静婷盯着苍颜看了一会儿，才说道：“我看了今天的新闻，吕小姐，哦不，应该是夏小姐竟然是盛华集团名誉总裁夏明宇先生的女儿。”

苍颜的眸子暗了暗，是为这个事情来的吗？可是事到如今即便她否认罗主编恐怕也不会相信了。她点点头轻轻嗯了一声。

“夏小姐，我今天来就是提醒夏小姐一声，可否离姜枫远一些？”

苍颜有些错愕，虽然上次她就知道罗主编比较维护姜枫，可没想到竟然如此维护，这不由让她多想了一下他们的关系。她有些疑惑而又礼貌的问罗静婷，“不知道您和姜枫之间是什么关系？”

什么关系？罗静婷愣了一下一时之间不知道该如何回答这个问题，她和姜枫之间什么关系都没有，她帮姜枫只因为他是姜瑾瑜的儿子，而姜瑾瑜是她……永远不能说出口的爱人。

“这个你不用管。”罗静婷摇了摇头，“如果你回来是伤害姜枫的，我请你离他远一些！”

“你怎么知道我接近他就是为了伤害他？”

“咖啡厅门口的事情我都看到了。”罗静婷的眼神渐渐变得凌厉，“他邀请重要的客户去喝咖啡你却故意晕倒让他抛下客户带你去医院。如果那天的客户没有谈下来我今天就不是这种姿态跟你说话。”

被她看出来了吗？苍颜的手猛地紧了紧，竭力保持着内心的冷静。她没有反对，因为当时确实是这样的，所以她讨厌这样的自己，可是如果姜家曾经真的做了伤害蔚涯的事情，她一定会讨回来！

罗美婷顿了顿，嘴角颤抖了几下，她说到姜枫的时候表情很温和，就像那是她的儿子一般。“苍颜，姜枫的命运不比你的顺利，那孩子也吃了很多的苦，他很小的时候他母亲就喝药自杀了，他父亲又对他是放养的态度，他考上大学后就没怎么回来过，宁愿在外面一个人工作也不回家，因为缺爱他就很珍惜感情，如果他知道你骗了他，如果他知道你接近他是别有目的，那对他将是怎样的打击我不敢想象……”

苍颜愣愣地看着罗静婷，这三言两语就是姜枫过往十多年的经历吗？为什么忽然觉得熙夜、她、姜枫、娅婻，他们都是一样的人呢？他们的家庭都不完整，所以才渴望被爱，又在渴望当中被爱伤害，而他们之间又有着那么多的恩怨纠葛，所谓造化弄人，也不过如此了吧，让上一辈的恩怨延伸到他们这一辈来。

她低头沉思了一会儿，有些迟疑地说道：“罗主编，您知道姜家和夏家有什么恩怨吗？”

罗静婷的眼神立刻变得警惕，她打量了几眼苍颜，似乎在探寻苍颜这一问的原因，她摇摇头否定，“我不知道。”

“我答应您不会去伤害姜枫，但是我不能保证其他的。”

“什么意思？”罗静婷的眼神渐渐变得凌厉，“你若伤害龙华的话还是一样会伤害他！”

苍颜起身走到窗前，背对着罗静婷，“有些事情我现在还需要确定，我现在不能答应你别的，这牵扯到一桩陈年旧事。”

“旧事?”罗静婷站起身来看着苍颜瘦弱却坚挺的背影，“什么旧事?”

“我现在还不能确定，所以不方便透露。”

罗静婷看她态度坚决，也没有再追问。深深看了两眼苍颜的背影，依旧声音坚定地说道：“我冒然拜访，只是想告诉夏小姐，若你与龙华、与姜家为敌，我是不会袖手旁观的。告辞了!”

苍颜送她送到门口，罗静婷没有回头径直进了电梯。苍颜关上门再次走到窗前，隔着十八层楼的高度俯视着这座城市。夜晚的城市看上去很静谧，可这静谧的底下诡谲暗涌。

苍颜家的楼下，熙夜正靠在车上抬头看着十八层楼，天有些黑，他不确定他看到的是不是第十八层却依旧仰着头专注地看着，好像这样就能从那个黑乎乎的窗户看到她消瘦的身影。他已经把他和娅婻的事情全盘告诉了她，可她选择了沉默，他不知道她是怎么想的，也不敢冒然上去找她，是的，他害怕被她拒绝，害怕她不开门。

曾经，离现在有很多年了吧，那个时候他们都还很年少，那个时候苍颜很依赖他，他以为他会牵着苍颜的手一直走向天的尽头、地的边界，即便那时的她很笨，很傻，很容易冲动……他无法想象什么都不会的她在外漂泊的那些年是怎么过来的，她从来都不会照顾自己，所以胃病才会越来越严重，现在才会这么瘦。

九年的时光呢？本来说好在一起的怎么就弄丢了她呢，一丢就是九年呢!

闲下来的时候他常常会想，如果没有那一年的家破人亡，公司瘫痪，他是不是就可以和苍颜一起牵手走到现在了呢？也许现在，已经有了一个温暖幸福的家了呢！

可是想象总是如此美好，在这世上哪有那么多的如果呢？人在这个社会上实在太渺小了，意外也总是太多了。

她把自己伪装成刺猬，只是不想再受伤害，而他把自己变成一个冰冷的人，只想把所有的温暖都给她。

颜儿，等过了这段时间，若你愿意，我愿放下所有陪你出去，建一个两人之家，从此伴你天涯。

苍颜去找姜枫的时候心里说不出的沉重，原来那个风度翩翩，沉稳自信，有时候甚至觉得冷漠的男人，也有一段不为人知的经历。她抬头看了一眼明丽的天空，也许每一个人都是有故事的人吧，只是有的故事深刻一些，有些故事不太深刻而已。

姜枫的助手很快就接电话了，“您好，请问有预约吗？”一个很有磁性的男声。

“您好，请问姜枫在公司吗？”苍颜握着手机说道。

“对不起，我们董事长很忙，请问您和董事长有预约吗？”那个声音坚持着。

苍颜的手一紧，“没有……”

“请问您贵姓？”

“哦，我叫苍颜。”

“好的，我会转告给董事长的！”

手机里传来的忙音让苍颜微微一愣，就这样挂断了？看来是要去龙华总部了。

可是同样的情况再次发生，没有预约人家根本就不让进。也是这个时候苍颜才明白原来像熙夜、姜枫和夏家那些人都不是随随便便就能见到的，可是她每一次去夏家虽然有阻拦但她都可以闯进去，为什么这里她就闯不进去呢？

天完全黑下来的时候苍颜还没有等到姜枫，她看着那高高的大楼，觉得这楼真的好高，高的她只能站在下面仰望，就像姜枫一样，当他不主动出现在她面前的时候她甚至没有能见到他的方法。

她背着包落寞地转身，走在人来人往的大街上，迎着夜风。苍颜看着牵手并肩走过的情侣，十七八岁的年纪，多好啊！她也曾经十七八岁过，也曾这样和一个人牵着手疯疯癫癫地走在大街上，那个时候想哭就哭、想笑就笑，想恨就恨、想爱就爱，肆无忌惮地享受着青春，享受着纯真的爱和友谊。可是为何渐渐地就失去了这些，所有的情绪都开始隐藏，只有在夜深人静别人看不到的时候才允许自己表现出真正的自己，伪装而又压抑地活着。

苍颜的手被人猛然抓住，她回头就看到跑得气喘吁吁的姜枫。她忽然有些害怕面对这个男人，她不止一次利用过他，甚至还想过从他这里拿到龙华的合作资料，虽然没有付诸行动却也让她觉得可耻，再加上盛华高调宣布她是夏家的千金小姐，身份的改变，立场的变化难免会让两人觉得尴尬。

“苍颜，对不起，我不知道你在这里等了这么久。”

疲惫的声音传进苍颜的耳中，她慢慢回头看到一脸倦色的姜枫，也许这几个小时他一直都在不停地忙碌着……根本就用不着也许吧，累成这个样子肯定是一直都在忙碌吧。

“该说对不起的人是我。”她抽走被姜枫抓着的手腕，看着一旁的夜灯说道。

“你并没有做错什么，只是当知道你是夏家大小姐的时候有些意外。”姜枫说这些的时候声音有些低落，毕竟姜家和夏家已经从合作者变成了对立者了。

苍颜的手猛然抓紧了肩上的包带，无奈一笑，“我也觉得很意外。”

沉默开始在两人之间蔓延，气氛终究还是变得尴尬，更尴尬的是彭熙夜的突然出现。苍颜有些错愕地看着熙夜，没想到在这里也能碰到他。

熙夜看到他俩并肩走在一起，眼睛微眯，有疼痛快速闪过，当他看到苍颜错愕的表情，看到姜枫疲惫的样子，没来由的他也觉得很疲惫，从未有过的疲惫。他淡淡瞥了一眼苍颜，缓步从她身边走过，没有停留，也没有言语。

面对这样的漠然苍颜愣怔了好一会儿，才发现原来他们已经快要陌生了。她驻足转身看到路灯下他落寞的背影，原本她故意把他推开，是为了接近姜枫接近龙华，也许能够帮上他，是她把他推离了自己身边，可当他真的不再理她的时候心又是那样揪着疼，她确实是个很矛盾的人，曾经他还笑她是个矛盾结合体……

不知何时视线渐渐变得模糊，低头看向脚尖，默默地抬脚继续走。她在心里数着每一步，每走一步都会离他更远一些，她的脚像灌了铅一样迈的很沉重。她的步很缓慢，可还是甩掉了跟她一起的姜枫，等她发现扭头却看到姜枫依旧站在原地，而在更远的地方熙夜也站在那里。她驻足，在心里猜测着是不是只要她回过头走就能离熙夜越来越近？可离她更近的是姜枫。

熙夜远远地看着她，看着她迈着缓慢的步伐，看着姜枫一动不动地注视着她，这一刻心乱如麻。刚才他也以为他能够做到对她视而不见听而不闻，可是走了没多远却发现他根本做不到，她是苍颜啊，他心心念念的苍颜啊……

姜枫见她停住步子回首凝望，他顺着她的视线回身毫无意外地看到了站在背后的彭熙夜，原来她视线的尽头是彭熙夜，她的眼里心里都是彭熙夜，不管哪个男人曾带给她多么大的伤害。他觉得呼吸有些紧，他觉得压抑得快要喘不过气来了，他不懂，为什么不管他做什么都不能代替彭熙夜在她心中的位置，他自我感觉没有哪点比彭熙夜差，为什么就是不能让她的视线在他身上停留？

难道就因为彭熙夜比他在她生命中出现的时间早那么几年吗？可是伤害呢？苍颜她都忘记了吗？她忘记彭熙夜甚至是一个将要出生的孩子的父亲了吗？

姜枫举步走到苍颜跟前，因为身高的优势他看起来像是居高临下的俯视着她，他的声音有些冷，也有些淡，他的问题也很简单，短短的三个字："为什么？"

苍颜调转视线迎上他的目光，不解，"什么为什么？"

"苍颜，我不介意你一次又一次地利用我，利用说明有价值，我甚至乐于被你利用，可是为什么你的眼里心里从来都只有他？"

原来他也知道吗？苍颜低下头，不敢再去看他。

"我可以不管盛华对龙华所做的一切，也可以不管夏家对姜家的逼迫，因为这些都情有可原，毕竟曾经龙华和姜家也是这么对待盛华和彭家的，这是因果报应。苍颜，只要你愿意，我可以带你走，马上离开这个是非之地，永远都不再回来……"

"我不愿意。"苍颜的声音不大却很清晰，甚至透着一股坚定。她再次迎上姜枫充满愤怒的目光，"也许这不仅仅是姜家、夏家和彭家的恩怨，还有吕家的恩怨在里面。"

姜枫目光一滞，"什么意思？"

苍颜斩钉截铁地说：“十年前，我的幸福毁在龙华对盛华展开的那场商战里！”

“所以你接近我，是想为自己报仇的？”姜枫的眼睛死死盯着苍颜，心里却在祈祷着她否定的语言，哪怕是谎言。

可她选择了沉默。沉默替她做了回答，让他的心渐渐下沉，他惨然一笑，慢慢后退，原来他的猜测是真的。

对他，她连一句谎言都舍不得给。

苍颜看着他后退，看着他转身，看着他走远，心里渐渐有一种难言的苦楚。她不知道她为什么会来这里，为什么来找他，或许她真的是为道歉而来的，可好像又把他伤得更深了。

她看了一眼依旧站在原地没动的熙夜，默默转身离去。她觉得自己变了，变得陌生了。

熙夜定定地注视着她的背影，没有追上去，就这样远远地看着她，也很好。

第十九章　身份

苍颜回去的时候怎么也没想到夏明宇会在家门口等着她。从电梯出来的来苍颜在看到门口的夏明宇时就愣在了那里，倒是夏明宇见到她先向她走来。

“你去哪里了这么晚才回来?”夏明宇的眼中有一丝担忧闪过。

担忧吗？很晚了吗？她不管在外面待到多晚回来何曾有人关心过，夏明宇现在在这里等着她该不会是为了她的身份吧？

“爷爷好点了吗?”她径自越过他走到门口打开门。

夏明宇跟在她身后，边换鞋子边说道，“爷爷没有大碍的，老毛病了。”

“是支气管的问题还是心脏的问题？还是肺部的问题?”年纪大的人比较容易得这一类的病，跟吐血有关的大抵也就这几类了。

“没什么大碍的，你不用担心!”夏明宇在沙发上坐下来接过苍颜递过来的水杯说道。

苍颜没有立即答话，她先去给四月拿了一些猫粮，又倒了一些牛奶放到四月的旁边后才走到夏明宇的一旁坐下。“我不是小孩子，你也用不着隐瞒我，其实你也不用告诉我，毕竟我并不是夏家的孩子，你们的事情也都跟我无关。”

夏明宇握杯子的手一滞，双眼紧盯着苍颜问道：“你为什么就断定你不是夏家的孩子？连你母亲都不能断定的事情你知道什么？”

苍颜的声音不由冷硬地提高了几分，“你这么说究竟是什么意思，是说蔚涯的私生活糟糕到连怀的孩子是谁的她自己都不知道吗？夏明宇，我三岁记事儿，我四岁的时候蔚涯就跳楼死了，究竟是什么样的事情让她有那么大的勇气从十八楼跳下去？我一直都以为那负了她的男人是你，所以这些年也都恨着你，可是我偶然间发现一封没有寄出去的信让我知道了我并不是你的孩子！”

“信？什么信？”夏明宇突然激动地看着苍颜，蔚涯临死前还留下了一封信吗？

苍颜站起来走进书房拿出那封她几次想撕掉却都没能狠下心撕碎的信交给夏明宇。她知道如果她真的不是夏明宇的孩子，就不能接受这个父亲。

夏明宇展开信，明明不是很长，他却埋头看了很长时间。苍颜听到“啪嗒，啪嗒”的声音才注意到是眼泪砸在了那泛黄的信纸上，而夏明宇一直都低垂着头不抬起来。苍颜依旧是不吭声地站在那里，她知道这个时候夏明宇并不想让她看到他脆弱的一面。

一个年过半百的人在看到那封信的时候心中的触痛是她不能想象的，毕竟如果夏明宇的心中一直爱着蔚涯的话，那他心里的伤一定比她深，他可能比她更难以接受她不是他的孩子……

良久，夏明宇从信纸上移开视线注视着苍颜，他的眼角还挂着泪珠，可是不再任意滚落。他的嘴角微微颤抖着，并不开口说话。

苍颜知道，这个时候他只要张口，声音一定是哽咽的，他是在默默忍耐和控制。

果然，又过了一会儿夏明宇终于开口了，声音也已恢复如常，“她临终前究竟说了什么？”

苍颜知道蔚涯心中深爱的人是夏明宇，她那样脆弱的人接受不了自己所生的孩子不是最爱之人的，这也许也是蔚涯轻生的一个原因。再看夏明宇呢，他已经在时间的长河里开始苍老，可是心中却把这份爱珍藏了三十多年，这需要怎样的坚持才能不改初衷地一直珍藏着心底的那份爱？

苍颜看着夏明宇，突然明白了些许，也许爱就是这样经过时间的沉淀却依然清晰如故，从不离弃！

“她说……”苍颜顿了顿，决定告诉他，让他知道真相也算是对他伤痛的心的一种慰藉。“她说‘苍颜，夏明宇是我这辈子唯一爱过的男人，所以你一定是夏明宇的孩子！’”

夏明宇低低的呜咽在听到这句话后变成了沉痛的痛哭。原来蔚涯一直爱着他，蔚涯一直爱的都是他！所有的怀疑都在这一刻逝去，他看到了蔚涯的心，也看清了自己的心。所以他必须要为蔚涯讨还一个公道，让姜瑾瑜那个混蛋得到报应！

苍颜依旧没有去打扰他，这么多年了沉抑在心底的情绪需要发泄。她想，蔚涯是幸运的，有许多爱都会随着死亡而泯灭，可是二十四年过去，还有一个人痴痴地坚持着那颗爱她的心。可蔚涯也是不幸的，因为这份爱情没有在她活着的时候绽放光芒，甚至因为这份沉重的爱而选择了自杀……

夏明宇拿出手帕拭去脸上的泪，“苍颜，不管你是不是我的女儿，蔚涯说你是你就一定是，我今天来就是接你回家的，你收拾收拾跟我走。”

“你说接我去夏家住？”苍颜惊讶地看着夏明宇。

“嗯，我来就是接你过去的，爷爷也同意了。”夏明宇担心苍颜会说爷爷会反对，就也把父亲的意思也跟她说了。

苍颜来回踱了几步，实在是想不明白夏宾鸿怎么会同意这样的事情，难道他不担心把她留在身边他的寿命会缩短吗？苍颜的态度很坚决，“蔚涯在信上表达的意思已经很明确了，你为什么还要自欺欺人呢？我不会跟你回夏家的。”

“那里也是你的家，你早晚都是要回去的，现在外界都已经知道了你是我夏明宇的女儿，你还住在这里难免会遭议论，苍颜，跟我回家吧！”

苍颜冷声质问他：“你们向媒体高调承认我的身份之前有和我商量过吗？”

夏明宇看着激动中的苍颜，好一会儿没有说话，这件事情确实是唐突了，可是如果再让苍颜再在外面住下去的话还不知道会发生什么事情呢，现在她和那个姜枫走的那么近，万一他们产生感情了该怎么办？只有在他的眼皮子底下他才能放心苍颜。

“苍颜，跟我回去堂堂正正地做夏家的大小姐，连同蔚涯也一起接回去。”

终于要给蔚涯一个名分了吗？可是现在再给名分还有什么意义呢？“你让蔚涯以什么身份回去？”她心里也是永远也忘不了夏宾鸿对蔚涯的嫌恶和憎恨！他怎么可能会同意蔚涯进夏家的门！

“你爷爷已经同意了，颜儿你就放心回去住吧，房间什么的都准备好了，你先去熟悉一下环境，过几天再去公司报到。”夏明宇说得恳切，他这次确实想好好补偿苍颜。

“他这次竟然做出这么大让步，还真是不容易啊!”苍颜顿了顿，继续追问：“蔚涯以什么名分回去?”

“这个……”

看着夏明宇支支吾吾说不出来的样子苍颜就知道夏宾鸿同意给蔚涯一个名分是假的，那可是一个倔老头，她闹了那么多次夏宾鸿都没有松口，怎么可能会突然同意蔚涯的牌位进夏家的门!

苍颜忽然想到一个问题，也许夏明宇根本就是认识蔚涯信里所指的那个男人的，从蔚涯信中的字里行间也隐约能够看出三个当事人是认识的!

她上前一步紧盯着夏明宇的眼睛问道：“你是不是认识信里的那个男人?”

夏明宇明显一愣，并没有立即答话，他这个样子更加坚定了苍颜认为夏明宇认识那个男人的看法。

她一步一步紧逼着夏明宇，“你认识他? 他是谁?”她的脑海中盘旋着何小猛的话，盛华对龙华展开的商战是夏明宇策划多年的，为了二十多年前的一桩旧事，关于一个女画家……好像这一切都能对上号了，难道他对龙华所做的一切就是为了报复姜瑾瑜吗?

她看到夏明宇沉默着不说话，感觉自己的喉咙有些紧，她听见自己的声音变得飘渺而空洞，“是姜瑾瑜吗?”

听到这个名字，夏明宇的眸子明显缩了缩，姜瑾瑜，姜瑾瑜，这个像噩梦一样缠绕着他的名字，让他恨入骨髓!

“他不配!”

他不配？苍颜重复呢喃着这句话，他不配？她忽然不知道该怎么理解这三个字，复杂而又简单的三个字敲打着她的听觉神经，却让她的大脑一片空白！

“那就是姜瑾瑜了？”

夏明宇突然激动地抓住苍颜的胳膊，“你是我的女儿，这辈子都只能是我的女儿！”他说完摔门而去。

苍颜的脸色渐渐发白，无力地坐到沙发上，谎言是经不起推敲的，也许那被时间尘封的过往就要被人一层一层剥开露出血淋淋的伤口了吧……

第二天傍晚时分苍颜听到敲门声，透过猫眼看到站在门外的熙夜。他西装笔挺，依旧是那沉稳自信而又有些冷峻的样子。他的旁边还站着一个男人，手里捧着一个大盒子。

熙夜站在门前，手指有力而又有节奏地敲着门，一下、两下、三下，每一下都像是敲在苍颜的心上。

开还是不开？正在犹疑间她看到熙夜拿出了电话，她的手机突然就响了起来，她吓了一跳，同时看到熙夜微微愣了一下然后就挂断了电话。

“苍颜，我知道你在里面，你打开门吧？”

苍颜没有动，依旧是隔着猫眼静静注视着门外那个她爱了很多年的男人，好像不管怎样都不能在一起了呢。如果她真的是姜瑾瑜的女儿，是不是也可以算为他的仇人了？毕竟当年姜瑾瑜害的他家破人亡，也害的她家破人亡！

姜瑾瑜是他们共同的仇人，那是不是还有在一起的希望？

熙夜看了一眼依旧紧闭的门，侧头对一旁的人说：“打电话给开锁公司的人。”

苍颜微微一愣，她大抵能想到如果她再不开门的话熙夜真的会让开锁公司的人来帮他开门。她迟疑了一下终于还是打开了门，“彭先生这样做，我可是有权告你私闯民宅的!”

熙夜凉凉一笑，“这也是没办法的事情，你不开门我只好让开锁公司的人来。”他说着转身对身后的人说，“将大小姐的衣服都放进去。”

苍颜一惊，“衣服？什么衣服?”

她果然看到几个人抱着一堆盒子箱子进了她的家中，她双眼紧盯着彭熙夜，“你这是做什么?”

熙夜并没有说话，而是错过她径直走进客厅。苍颜站在门口看着那些进入她家中的陌生人放下东西之后又出去了，出去就一动不动地站在门口。她看了看在客厅沙发上闲闲坐下来的熙夜，犹豫了一下还是伸手关了门走到他身边。

“你突然带这么多人来我这里究竟想做什么？我那天不是已经把话说的很清楚很明白了吗？你到底想纠缠到什么时候?”

“纠缠?”彭熙夜仿佛以为自己听错了一般侧头看着微怒的苍颜，原来他现在出现在她面前已经是纠缠了吗?“原来我是在纠缠你了。”

他的声音带着毫不掩饰的失落。他缓缓从沙发上站起来，以比苍颜高出半个头的高度微微俯视着苍颜，微抿的嘴唇轻轻启开，发出冰冷至极的声音，“我一定是失心疯了才会这么多年对你念念不忘，才会为你守着自己，十年，就换来你一句纠缠吗?”

苍颜清楚地看到了他眼中泛着的冷芒，就连脸上的表情也是再冷不过了。十年，十年里谁都不好过。“我的话已经说的很明白了!”

不管现在他和娅嫡心里是怎么想的，不管他是不是还爱着她，她都已经没办法再让他知道她心中的爱了。

“明白？”熙夜冷笑一声，“明白的只有你自己。”

“你今天来究竟想做什么？”苍颜转移话题继续追问他今天兴师动众的来意。

“夏家今晚要给你举办一个大型接风 party，晚礼服和鞋子我刚刚都让人拿了进来，你去挑选一下，没有中意的话我们再去店里看也行，我在这里等你。”他说着又坐了下来，伸手逗弄着沙发上四月，脸上看不出任何表情。

“你们可不可以不要这样任意地为我做任何决定？我自己有自己的想法和选择……”

熙夜头也没抬打断她的话，“已经都筹备好了，以后要生活的圈子和现在的不一样了，你过去跟那些所谓的上流人士打个照面也好。”

“我不去！你们不就是想利用这个机会拉拢那些所谓的上流人士吗？所谓接风晚会也不过是为了商业利益，熙夜，这就是你想要的生活吗？不管做什么事情都要计算一下利益得失，待在那个所谓的上流圈子你真的开心吗？”

彭熙夜的手微微顿了一下，他抬起头看着苍颜，眼里划过一丝不易觉察的悲凉，“习惯，就好了。”

突然，苍颜接到夏明宇的电话，她看了看熙夜，犹豫了几秒钟才接起那电话。

“苍颜，如果你想知道那个男人是谁，如果你想帮助熙夜，今晚的晚会不要缺席，日后我会告诉你一切的！”

苍颜握着手机的手一紧，淡淡嗯了一声就挂了电话。她看了一眼熙夜，淡声说道：“你到外面等我吧，我换了衣服就出去。”

彭熙夜显然没想到苍颜会这么快就同意了，他审视着苍颜，仔细看着她的表情变化，“电话是谁打来的？”

“我爸爸。”苍颜留下三个字就转身去了卧室。

苍颜穿着一套黑色曳地的晚礼服出现在熙夜眼前的时候，他定定地瞧了她好一会儿，然后什么话也没说起身就往外走去。不明就里的苍颜前后左右检查了自己一遍没发现异常才跟出去，心里不由嘀咕他那是什么表情。

到了楼下苍颜才知道刚刚她在楼上看到的人真的不算多，因为这里的车队才是真正吓人的地方，为了她能出席晚会，他们应是费了不少心思吧。苍颜径直走到熙夜身边，他扶着车门站着等她，那辆车应是她要坐的。

熙夜从出来之后就没有说话，只是安静地看着苍颜，穿上这样的衣服整个人的气质都变了，现在的苍颜看上去光芒四射，让人惊艳她的美丽，又惊讶于她的好身材，只是她太瘦了。

苍颜坐进车里之后也没有说话，因为旁边坐着的是彭熙夜，竟然觉得有几分尴尬，好像两个人之间已经找不到共同话题来说了，明明坐的很近，可是却觉得沉默已经在他们俩之间挖出了一个大峡谷。

苍颜扭头看向窗外，原来咫尺已是天涯！

直到车队消失在花园小区的门口，姜枫才从车里出来，他看到了苍颜一身黑色晚礼服的惊艳，这样美丽的苍颜他还是第一次见。

姜枫靠到车座上，缓缓闭上眼睛。

苍颜，也许就要对立了吧，也许再也没了在一起的理由了……

车子缓缓停了，熙夜提醒苍颜，“坐在车上别动。”

不明所以的苍颜就按他说的果真没有动。熙夜下了车后又转到她这边帮她打开车门，尽显绅士风度，原来不让她自己下车的原因在这里。她看着他伸在面前的手有些愣神，这样的迟疑也在熙夜的意料之中，“搭在我手上出来，很多媒体都看着呢，等会儿进去之后你尽量少说话，多微笑就可以了。”

车前一下子涌过来很多记者，那些记者对着她不停地拍照，苍颜不由紧张起来，下意识地抓紧了那只手，一股温暖的感觉顿时传遍四肢百骸，他的手还是这样温暖。她微微一笑从车里钻了出来。

当她看到娅旖挺着肚子站在酒店门口的时候当即松开了熙夜的手，如果一定要面对这些还不如她自己去坚强面对。不就是少说话多微笑吗，那些陌生人审视的目光还不足以吓到她。

熙夜没有多说话，脸上挂上职业式的微笑为身旁的苍颜挡去诸多询问，尽己所能地保护苍颜，尽量不让她陷进惊慌失措的尴尬之中。

苍颜微笑着跟在彭熙夜的身旁，直到来到夏明宇身旁，脸上依旧保持着微笑，可鬼知道她脸上的肌肉已经在抽搐了！

夏明宇似乎对苍颜的表现很满意，穿上这样的晚礼服俨然就是千金小姐，那气质自然不用多说，但凡有眼睛的人都能看出来，看来苍颜本身就具备上流社会人的潜质。他见今天的主角到了就招呼大家安静下来，然后对苍颜做了一番介绍，大体跟在媒体面前的介绍差不多。

虽然说这个晚会是为苍颜举办的，可事实上几乎跟她没有多大关系，来的这些人也不过是借着这个机会达到自己的商业目的而已。苍颜在彭熙夜的带领下到客人中间走了一圈后就闲了下来。

她躲在一个无人的角落看着那些人的觥筹交错，原来这就是熙夜一直生活的圈子。

第二十章　胃癌

从那天晚会结束之后苍颜就没怎么见到过熙夜和夏家的人，也没有见过姜枫。在她的坚持下夏明宇终于妥协不让她搬去夏家住了，生活好像又回到了从前。

她知道夏宾鸿的身体越发不好了，这期间她只去过一次也就坐了一会儿就匆匆离开了……她觉得这个时候如果再让夏宾鸿生气诱发他的病就真的是过分了，夏宾鸿这么多年也很不容易，大家都活得不那么顺心如意。

她在家里大扫除的时候偶然间发现了一份病历，病历上写着胃癌晚期的字样，姓名是吕国良。这是姥爷的名字。苍颜对这份病历并不意外，她从一早就知道姥爷患有胃癌，她知道蔚涯也是胃癌。

让她意外的是一份意愿书——捐肾意愿书，姓名还是吕国良。苍颜拿着那份意愿书险些跌坐到地上，姥爷生前竟然捐出过肾……当年姥爷在蔚涯死后突然病重，送去医院的时候医院说治疗也是无效，为了不承担责任，医院方面说治疗也只是增加患者的痛苦，直到姥爷去世他们也没找到一家愿意为姥爷治病的医院。这也是姥姥生前那么痛恨医院的原因，也是她痛恨厌恶医院的原因！

她不知道为什么那么多家医院都不愿意为姥爷治疗，真的是因为胃癌晚期救无可救了吗？可是一个患了胃癌的人怎么会去捐献肾脏呢？难道医生不知道这种情况下捐献肾脏对捐献者是一个危险，对那个接受肾脏捐献的人也是一种危险吗？医院为什么会允许这种情况发生呢？

她看到病历和意愿书上的医院都是中心医院，既然是同一家医院应该不会出现这样低级的错误啊，这究竟是怎么回事呢？苍颜捏着意愿书的手有些微微的颤抖，她要去中心医院问一下，这样的事情为什么会发生！

在中心医院的一间医生办公室里，苍颜给一位医生看了那份病历和意愿书，那个看起来有四十多岁左右的女医生看了病历和意愿书后对斩钉截铁地苍颜说："这样的情况一般是不会发生的，捐献者本身就患有晚期胃癌，医院方面是不会做出这样的决定的！"

苍颜看着那个医生，不解地问道："在什么情况下医院会允许这样的事情发生？"

那个医生摇了摇头把病历和意愿书转交给其他的医生看了一下，结果他们都是摇摇头，说这是不可能的，医生是不会给病人增加这样的危险的。

"即便是现在的医学条件也不会让这样的事情发生，更何况三十年前。"那位医生把病历和意愿书交给苍颜便低头去做自己的事情了。

苍颜捏着病历表踌躇了一会儿，再次问道："那你们知道有哪位医生在这里待了三十年吗？"

“不知道。”

冰冷的三个字并没有打消苍颜在这家医院继续寻找的决心。她一定要找到三十年前参与姥爷捐肾手术的医生或者护士。她又去了几间医生办公室，得到的答案都差不多，也没有人愿意告诉她谁在这里工作超过了三十年……

苍颜紧紧捏着病历和意愿书好像捏着姥爷的性命一般，她不相信事情就要这样发展下去，她在这里一定会找到的，一定会的！

也许是功夫不负有心人吧，苍颜终于在一个年长的医生那里问到了一点消息，虽然不是很满意，可总算是知道了一点。那是一位五十多年的老医生，他戴着眼镜仔细地看着病历，病历上署名的主治医生他是知道的，只可惜那个医生已经在几年前去世了。

“你说的这个情况我当年听到过只言片语。”他摘掉眼镜对着苍颜缓声说道，“当时医院里开了好几次会议来专门研究这件事情的可行性，我不知道具体的情况，只是听说医院里做出了一个重大决定，就是要把一个胃癌病人的肾脏移植给市长……”

“市长？你说接受肾脏的人是市长？”苍颜惊讶地打断那个医生的话，这个消息真的出乎了她的猜想，她以为能让医院做出这样决定的人可能有钱有势，却没想到是市长！

“当然不是现在的市长。”那个医生顿了顿，“其实，身为医生我也不应该跟你说这些事情，因为这是让人惊讶的决定，所以我多说了几句，当年市长确实接受了肾脏移植手术，但因为捐献者的身份是保密的，所以我也不确定那个捐献肾脏的人是不是病历上写着的人。”

其实这已经是在推诿了，这样的事情只发生过一次，捐献者不是姥爷还会是谁呢！

苍颜从中心医院出来的时候忽然明白了姥姥为什么在临终前说姥爷是被夏宾鸿逼死的了，难道答案就是这样的吗？可是又是什么事情让姥爷同意肾脏捐献手术的？为什么医院也同意了？当年究竟发生了什么事情？

她提着手里的包，从来没有觉得自己的手提包竟然这么沉，连脚上也好像灌了铅一般，每迈出一步都似乎要用尽全身的力气。

她的脑海里只有一个问题，姥爷为什么会同意捐出肾脏呢？捐肾手术和他死亡的时间相差还不到一年，究竟是什么原因让姥爷托着病体还要去捐肾呢？

心乱如麻的苍颜不管怎样想都想不到可能出现这种情况的原意，她抬头看到那家常去的咖啡厅，几乎是毫不犹豫地就进去了。她依旧选了一个靠窗的位子坐下，咖啡厅里舒缓的音乐让她的紧绷的神经舒缓了不少。

当侍者把她要的咖啡端过来的时候，苍颜不经意间抬头看到了右前方刚好站起来的三个人，西装笔挺的姜枫、挺着大肚子的程娅旖以及寡言少语的魏明。她微微一怔，没想到他们三人会一起来喝咖啡。

不巧的是苍颜看到他们的时候他们也看到了她，四人顿时尴尬起来。

姜枫站着没动，眼睛一眨不眨地看着苍颜，她好像又憔悴了一些。

魏明依旧是寡言少语的样子，看到苍颜也只是微微点点头。倒是娅旖在看到苍颜的那一刻脸上出现了明显的意外和慌乱。

苍颜也并没有要和他们搭话的意思，端起咖啡侧头看向了窗外。在盛华和龙华展开商战的微妙时期，两家集团的高层却坐在一起喝咖啡，不用想也知道这里面的事情不简单，只是她没想到娅婻会背叛自己的家族！

谁知程娅婻竟然向她走了过来，甚至在她的对面坐了下来。程娅婻看了一眼魏明，又转头看着苍颜，也不管视线在窗外的苍颜能不能看到她脸上的笑容就先是一笑，才开口道："苍颜，你怎么来了这里？"

魏明向来都是那种深藏不露之人，此时也只是淡淡地看着苍颜，没有说话。

苍颜抬头对上娅婻的眸子，淡淡一笑，"来喝咖啡。"

姜枫淡而礼貌地告辞，就真的走了，一同离开的还有魏明。苍颜的视线追着姜枫的背影一直到门口，沉默着没有再说话。

"好巧，我们也来喝咖啡……"

"我知道。"

一时之间娅婻不知道该说什么了，她没想到今天和姜枫的见面会让苍颜碰上，如果苍颜把这件事情告诉熙夜或者外公和舅舅，他们一定会来逼问她，到时候她该怎么说……

"苍颜，我们聊聊吧。"

苍颜放下杯子定定地看着程娅婻，看了好一会儿才淡声说道："娅婻，盛华和龙华的关系已经恶化，争斗在所难免，连我都避开了和姜枫的接触，而你作为盛华的业务总监，是不是也该回避和龙华的人接触？"

娅婻的脸色一白，讷讷地点头。她知道在这样的情况下她是应该避免和龙华的人接触，尤其还是龙华少东家的姜枫。可是一想到熙夜那天跟她说的话，她就控制不了自己的嫉妒！

是的，她嫉妒苍颜，这么多年过去了苍颜还能霸占着熙夜的心，让熙夜的心里眼里都只有她一人！就连姜枫，龙华的少东家也爱上了苍颜，甚至连何小猛也站在苍颜那一边，凭什么苍颜就能得到那么多人的支持？凭什么苍颜就能得到那么多人的爱？

现在熙夜正让人满世界地寻找钟怀古呢，他想让钟怀古回来和她结婚，而他要和她离婚投奔到苍颜的怀抱；现在外公和舅舅又公开承认了她夏家大小姐的身份，甚至还让她去盛华总部任要职！苍颜活的越来越光鲜，她现在所拥有的一切都将成为苍颜的，她怎么甘心，她忍受了那么多才有了今时今日的地位，为什么都要拱手让给苍颜？

“苍颜，只要你答应我离开熙夜，我立马收手，好不好？”

“收手？”苍颜重复又反问着她的话，“娅婻，你以为你做了对不起盛华和熙夜的事情，他还会原谅你吗？”

“我没有做对不起盛华的事情！”娅婻矢口否认，恨声道：“我只是想让你离开熙夜！我的孩子快要出生了，我不能让孩子一出生就没有父亲！”

“你孩子的父亲是谁，你自己不知道吗？”

“我孩子的父亲就是熙夜！”

苍颜霍然起身，她不可置信地看着面色略显狰狞的娅婻，“程娅婻！你什么时候变得这么不可理喻了？”

“我不可理喻？”娅婻呵呵一笑，“我的不可理喻全都是被你逼出来的！当年你说走就走，害的我跟钟怀古不能在一起，现在我爱上了熙夜你又回来跟我抢他，你究竟想折磨我到什么时候？”

咖啡厅里的视线几乎被全部吸引了过来。程娅婻看着苍颜，眼里闪过一丝恨意，她忽然走到苍颜一把抱住苍颜的胳膊，“苍颜，苍颜，看在我们好姐妹一场的份上，我求求你离我老公远一些，我求求你不要来抢我的老公，好不好？你想要什么，我都会尽已所能的帮助你、满足你！”

围观的人渐渐凑了过来，苍颜看着哭的梨花带雨的娅旖，又看了看围观的人群，一时之间有些不知所措，可当她耳中听到围观的人中不知是谁说了句“原来是小三儿”的时候她忽然明白了娅旖这么闹的目的。

她很生气，她一把抽出自己的胳膊，娅旖却在那一瞬间身体不稳撞到了桌子上，当即捂着肚子痛呼了一声，苍颜的脸色“唰”地一下白了，她急忙伸手去拉娅旖，却被她一把推开，而她自己则蹲坐到地上，一副疼痛难忍的样子。

苍颜见她疼得脸几乎皱到了一起，额头还冒出了汗珠，知道她不是装的急忙打电话叫救护车来，她心惊肉跳的请人帮忙把娅旖半抱半抬到门口，她疏散人群保持娅旖呼吸畅通。这个过程娅旖的手紧紧抓着她的手，用力之大苍颜几乎以为自己的手骨要被她捏断了。她知道娅旖很疼，这样子怕是孩子要出生了。

“娅旖，你再坚持一会儿，救护车马上就来了，娅旖我在这里，你再坚持一会儿……”她抖着手给熙夜打电话抖着声音把这里的情况告诉了他。

等待救护车的每一秒都是漫长的，都是难熬的。当救护车终于抵达这里的时候苍颜已经出了满身的汗，她由于过于紧张胃部痉挛疼得险些昏死过去，救护车便连她也一同拉走了。车上，苍颜忍受着胃部的剧痛也不松开娅旖的手，她不知道刚刚她只是抽出自己的手娅旖为什么会摔倒，但她知道若是娅旖有了什么事情她一定会痛恨死自己的！

到了医院门口医生和护士一起把娅旖抬上了推车就推着她迅速去了产房，苍颜依旧疼得躺在车里动一下就感觉胃被撕裂了一般，可是却没有一个人问她要不要紧，她忍着眼泪从车上下来，一路跌跌撞撞的边问边往产房跑，这一刻脑子里所有的念头都只剩下了，娅婻和孩子千万不能有事。

她靠着墙看着产房紧闭的门，听着娅婻的嘶叫，钝痛当即传来，她不知道这种难捱的钝痛究竟是来自于心还是来自于胃，感觉好像全身都在疼一样。她沿着墙壁蹲坐到地上，眼睛一眨不眨地看着产房的门口，最后她缓缓闭上眼睛，任由两行清泪顺着脸颊滑落。

娅婻，娅婻，我只求你能平安无恙，不，求你和孩子都能平安。

熙夜赶到的时候看到蹲坐在墙边的苍颜，她一只手捂着胃一只手撑着地，原本奔跑的他缓缓停下脚步，电话里她说娅婻的肚子撞到了桌子上这会儿正疼得很，可能是要早产让他赶紧去中心医院，当时她的声音颤抖而又慌乱。

他缓步走到她跟前，在她身边蹲下，伸手拉住她的手，感觉到她的手依然在颤抖着。她的脸上有泪，也有汗，脸色煞白着，平时梳的一丝不苟的头发凌乱地散落在脸上遮住了她一边脸。这样的她，看起来是那样脆弱，那么无助，她比一个多月前更瘦了……熙夜心疼地把她拥进怀里，轻轻地拍打着她的背。

“苍颜不怕，有我在。”

苍颜缓缓睁开眼睛，映入眼帘的是一件黑色的西装，已经沾了她的泪渍和汗渍，她抬头看到一个瘦削的下巴，然后是那张刻骨铭心的棱角分明的脸。她贪恋这个怀抱的温暖，曾经就是这个人倾心守护着她……

娅婻的嘶叫让她忍不住打了个寒颤，急忙挣脱熙夜的怀抱，伸手抹了一把脸，把汗和泪一同抹去。她不敢去看熙夜，哽着声音说：“娅婻早产是我造成的。”

熙夜没有说话，只静静地看着她。

“我如果不那么大力地抽出胳膊，娅婻就不会跌到桌角，也不会早产……都是我的错，都是我的错……”

熙夜看着这样无助的她，心疼的难以复加。他说：“颜儿不怕，娅婻和孩子一定都会没事的。”

“真的吗?”苍颜抬起布满泪水的脸，定定地看着熙夜，像是坠入深渊的孩子等待着救援。可不等熙夜回答，她又低下头默默祈祷去了。

她的手紧紧掐着胃，好像这样就能缓解一些疼痛。熙夜感觉到她的异常，脸色一紧，也不管她是不是拒绝抱起她就去找医生，医生费了好大的劲儿才拿开她的手，掀开她的衣服一看，她的肚子上有五个清晰的指腹淤青，有的地方指甲掐进肉里正在流血，熙夜看到这一幕眼窝一热险些哭出声来，她一定是忍着剧痛忍到现在的，这个傻苍颜啊……

苍颜醒来的时候，房间里的灯通亮着，外面的天已经黑了，熙夜正站在窗前看着夜幕出神。

苍颜没有吭声，也没有发出响动，只是睁着眼睛一动不动地看着那个挺拔的背影，脑海中回放着过往的诸多情形。长到这么大，好像都是他一直在照顾她，而她总是任性的惹他生气。

夏明宇推门进来看到的就是这样的场景，一个背对着他站在窗边出神，一个躺在床上一动不动地看着站在窗边的人。他耳边回荡起昨天下午医生跟他说的话，无奈地轻叹一声，苍颜她，是个苦命的孩子……

听到推门声熙夜回过神来，扭头看到是夏明宇便走向他，侧头又看到苍颜醒来，他脸上一喜，当即奔到床前，“苍颜，你醒了!”

苍颜微微点了点头，冲他微微一笑，然后挣扎着要坐起身来，却被熙夜急忙按住，夏明宇也快走几步走到她跟前让她躺好。

苍颜有些微愣，不明所以地看着他们俩，“我怎么了吗?”

“没有，苍颜没事。”

苍颜动一下感觉到胃部的疼痛，又掀开被子看了一下，她的腹部竟然缠着绷带，她不由脸色大变，“这是怎么回事?”

早知瞒不过她的，可还是不想让她那么早知道。熙夜的耳畔回荡起昨天医生的话，“病人应该长期都有胃疼的症状，以前应该胃炎所致，本不算很严重，但是病人的胃息肉状况很严重，而且已经癌变了!”

“目前发现有遗传原因，胃息肉长的靠近幽门，导致幽门梗阻，我们已经给病人进行了胃息肉切除手术，现在暂时没有大碍了。癌变因为是早期，通过手术和药物治疗，应该会达到临床治愈的目的。”

熙夜帮她掖好被角，有些不敢去直视她的眼睛，“你的胃上长了个小东西，医生帮你做了手术，过几天你就好了。”

长了个小东西?苍颜微微一愣，表情认真而又严肃的看着熙夜，“长个了什么小东西?”

“胃息肉。”熙夜握住她的手，宽慰道:“医生已经帮你切除了，等你康复了就没事了。”

苍颜看着他的表情，他说话的时候一直直视着她的眼睛，一副坦诚的样子，她没有继续追问，可心已经一沉再沉了。熙夜，他是不善于撒谎的人，以前他说谎的时候眼珠会一直不停地动，可是现在他已经是一个成熟而又沉稳的男人了，在商场的这么多年他早已学会了将自己的真实情绪隐藏，他直视着她的眼睛说这些话是为了告诉她他说的是真的，可也是假的。

胃上长的应该不是什么胃息肉吧?应该是肿瘤或者其他的东西吧……

她忽然想起娅婻，急忙问道：“娅婻和孩子怎么样了?”

“他们很好。”坐在一旁的夏明宇说道：“母子平安!”

母子平安。苍颜牵起嘴角微微一笑，母子平安，真好!

夏明宇看了看苍颜，又看了看熙夜，有句话在他舌尖滚了好几次都没说出来，他不知道该怎么开口，也不知道苍颜知道后会是何反应。他想了想，终究还是问了出来，“苍颜，有件事情我想问问你……”

“总裁!”熙夜急忙打断他的话，“苍颜刚醒，让她好好休息吧，有什么话等她好一些了再说，好吗?”

夏明宇迟疑了一下，他觉得他快要被那句一直没能说出口的话憋疯了，他一刻不问，心就一刻慌着! 可当他看到苍颜煞白的脸、虚弱的样子时那到了嘴边的话又硬生生被他咽了回去，当即起身离开了。

他站在病房门口，长叹一口气，如果苍颜怀的孩子是……唉，他摇了摇头走开了，最坏的结果也不过如此吧!

苍颜探寻的目光投到熙夜的脸上，不解地看着他，“他想问我什么?”

“没什么，就是昨天在咖啡厅的事情。”

是吗? 苍颜疑惑地看了看熙夜，像是在确定答案。熙夜无奈，只好将昨天的事情告诉她，“昨天你们在咖啡厅那一闹，盛华又上了今日的头条，不过是负面报道。”

苍颜尴尬地别过头去，脑海中会想着当时的情景，娅婻当众求她放过她老公，新闻一定大肆报道她刚回国就成了抢自己表姐老公的小三儿了吧。早已预料到的事情，所以她并不惊讶，只觉得心凉，心凉娅婻再一次在她面前耍心机。

熙夜看到她沉默，以为她在伤心，就拉着她的手宽慰道：“你放心吧，我已经让人去处理这件事情了，新闻很快就会被压下去的。”

“熙夜，你相信我会推娅旖吗？”

熙夜没想到她会这么问，当即一愣，随即又摇了摇头。“我知道你把感情看的有多重，曾经你跟我说过，你是依附感情而存活的人，这么重感情的你怎么会去推娅旖呢？”

苍颜淡淡一笑，“可人都是会变的，环境变了，心境也就跟着变了。我痛恨她当年抢走了你，所以狠手推了她，这也不是不可能的事情。”

熙夜的心一疼，他知道她是故意这么说的，为的就是让他相信是她推了娅旖，可他太了解她了，她做不出这样的事情，不然也不会在给他打电话的时候慌乱成那个样子。

“颜儿，我相信你不会！”他的声音很坚定，坚定的让苍颜的心没来由地一暖。

其实，女人想要的幸福很简单，什么权势地位、荣华富贵都不是她们想要的，真正想要的唯有一个爱她、信她、理解她、支持她的男人。

熙夜一拍脑门，“颜儿你该饿了吧，我给你煲了一些粥还在保温杯里，我盛来给你喝。”

苍颜微笑着点点头。如果这就是她的幸福，那就让她多享受一会儿吧，也许以后，就不能这么时常见到他了……

喝了粥，她觉得整个身体都是暖的，她的眼睛一刻不离地看着熙夜，怎么看也看不够。

熙夜无奈地笑了笑，许久不曾见她这样了，以前她总是这样，他只能无奈的笑笑任由她盯着瞧。

魏明敲门进来的时候，苍颜嘴角的笑意慢慢敛起，她看了一眼熙夜，说道：“熙夜，你去帮我把四月取来吧，我怕它自己在家会孤单。”

熙夜宠溺地朝她笑笑，“好，我这就去。”他回头对魏明笑着说道：“先帮我看护着苍颜，我去去就回。”

魏明自然是笑着应下。

等熙夜走后，病房里就只剩下苍颜和魏明两人了。魏明在沙发上坐下来，看了一眼苍颜，“感觉怎么样，好些了吗?”

苍颜没有看他，只淡淡说道：“有话你就直说吧。”

魏明微微一愣，似笑非笑，“你倒是比以前直接干脆了!”

这句算是感叹吧，想起曾经同窗要好的他们现在已经站在了不同的方向，打拼着属于自己的未来，可是未来好了，该失去的和不该失去的都失去了。

“我没有什么要说的，只是以朋友的身份来探望一下你。”他翘起二郎腿，似笑非笑地看着她。

苍颜冷笑一声，“既然你没有什么想说的，那我就来问问你，你为什么和姜枫会面?”

魏明耸了耸肩，“朋友一起喝喝咖啡而已。”

“朋友?”苍颜凉凉一笑，“魏明，你是盛华总部的业务总监，却和龙华集团的少当家是朋友，我该怎么理解你的居心?”

魏明盯着这个陌生了许多的苍颜，十年的光阴可真是厉害，能彻彻底底改变一个人。她已经不是那个毫无心机、大大咧咧的女孩了，现在的苍颜让他看不透，她的眼睛里没有任何的欲望，也没有任何惧怕，像死水一样幽静，一点波澜都没有，她变得沉静了。

十年，他们果真都变了。

“苍颜，我不想伤害你的!”魏明转头看向窗外，轻声说道。

“伤害我?”苍颜反问一声，“魏明，你从一开始就是我们几个人中最寡言少语的，你把心思都藏在心里谁都不说，我们也都猜不透你心里究竟在想什么，你总是陪在我们身边，谁有需要你就出现在谁的身边，默默地守护着我们，你知道我们也在守护你，我们都不说可是心里都是把你当好朋友的，可是现在你的话更少了，心思藏得更深了，连欲望也越来越大了！”

魏明的脸上划过一丝不自然，他放下翘着的腿，一手抚额微低着头，“你们真的从一开始就把我当好朋友了吗？你和熙夜，怀古和娅婻，每天都陷在自己的幸福里，我和猛子不过是局外观看的人罢了！”

“什么意思？”

魏明没有理会她的问题，他目光深沉的看了一眼苍颜，“我来只是想提醒你，也许你的一句话会让我们几个反目成仇。”

“你威胁我？”

魏明从口袋里掏出烟抽了一根噙在嘴里，又去摸打火机。

“对不起，我这里不允许抽烟！”苍颜冷声说道。

魏明的动作滞了一下果真依言没有再去摸打火机，他拿下嘴里的烟扔进垃圾桶。“苍颜，如果你想看着熙夜难受，你就把你看到的一切都告诉他吧。”

“可是我也不会眼睁睁看着你和娅婻做伤害熙夜的事情！”

魏明起身看着她，忽然淡淡一笑，“看来你还深爱着熙夜。”他走到门口，顿了顿，又回身看向苍颜，“熙夜应该没有告诉你，你得了胃癌吧？”

第二十一章　反目

苍颜盯着天花板看了好一会儿，胃癌吗？果然一点都没超乎意料。她想起夏明宇欲言又止的样子，又想起熙夜看着她的眼睛说话的样子，果然是猜到了呢，她以为这个消息最终会是熙夜告诉她的，没想到竟然被魏明抢了先。

不过也好，心里一直猜测的事情终于得到了印证，就不会一直在胡思乱想，或者说心存幻想了。

可是为什么还会觉得这么难受呢？难受的想哭、想笑、想要发疯！熙夜，到底还是不能和你在时间的长河里相伴到老了呢。我多想看着你笑、看着你吃饭、看着你睡觉、看着你工作、看着你开车……多想一直一直看着你啊！

胃里忽然一阵难受，她想吐扭身趴在床边吐，却牵动伤口，疼得她顿时倒吸了一口冷气，可那种想要呕吐的感觉一点也没减缓，刚刚熙夜喂她喝下去的粥一下子全吐了出来……

以前只是胃痛，痛的难以忍受，可她从来还没有吐过，她愣了一会儿，无力地笑笑，胃病变成胃癌连感觉都不一样了呢！

她捂着胃慢慢躺好，深吸了几口气，等伤口的痛感过去。

眼睛涩涩的，鼻子酸酸的，怎么总有一种想哭的冲动呢？她伸手捂住眼睛，泪水从她指缝里渗出，她压抑着不敢哭出声来，害怕熙夜会突然回来。

也不知哭了多久，突然有手机铃声响起，她吓了一跳急忙睁开眼睛环顾病房，只有她一个人在，她微抬头看到窗边沙发上的手机，原来是熙夜走的急忘记带手机了。

她按响床头铃叫护士过来，护士清扫了她吐出来的东西之后就离开了。病房里又只剩下她一个人了。

何小猛推门进来的时候苍颜已经睡着了，他抱着四月轻脚走到床边，看着她苍白的脸色，微叹了一口气，视线落到那片秽物之上，吐了吗？

四月看着主人睡在床上也不理她，“喵喵”地叫了两声，何小猛急忙捂住它的嘴又摇了几下，可还是吵醒了苍颜。

睁开眼睛看到何小猛正哄着四月站在她窗前，微微一笑，“猛子，你来了。”她看了一眼四月，又侧头看了一眼何小猛的身后，没有看到熙夜的身影。

“公司里出了些事情，我在医院门口碰到夜子，他让我帮你把四月抱进来。”

苍颜伸手把四月接过去抱在怀里，爱抚了它好几下，漫不经心的问道：“魏明现在在做什么？”

“他啊，跟进各项业务，挖掘新客户。”何小猛微微一愣，“怎么了？你怎么突然想起问他了？”

“没什么，随便问问。”苍颜淡淡一笑。跟进各项业务，挖掘新的客户吗？如果他真的和姜枫合作，那他手中的资源岂不是都会被转到龙华那里？“猛子，盛华有多少业务是魏明跟进的？他手上有多少客户？”

何小猛有些惊讶，今天的苍颜好像比较关注魏明，这在之前可是从未出现过的。他拉过一旁的椅子坐在苍颜床前，“苍颜，你是不是知道了些什么?”

苍颜尴尬地笑了笑，“我能知道些什么呀!”

“其实吧，魏明这几天总是往外跑很少待在公司，又不知道他在忙什么，问他他总说在谈客户。”

谈客户吗？姜枫确实是一个很大的客户！可是事关魏明、娅婻与熙夜、甚至夏家的关系，她到底要不要说？可是不说的话万一他们真做了对不起盛华的事情，那对熙夜将是怎样的打击她无法想象。

“苍颜?”何小猛见她发怔走神，直觉苍颜可能知道了些什么，而且还与魏明有关系。

“猛子，有件事情我不知道该怎么跟熙夜说，但我觉得可以跟你说，在你确认之前先不要和熙夜说，好不好?”

何小猛的表情难得严肃起来，“什么事情?”

“你先答应我。”

“是关于魏明的事情吗?”想起魏明这几天的反常，何小猛不由问道。

“嗯，我昨天看到他和姜枫一起喝咖啡。”

“还有娅婻吧?”何小猛起身来回踱了几步。“这件事情不仅你看见了，我的一个直系下属也看到了。”何小猛突然停住脚步，双眼一眨不眨地看着苍颜，“所以你和娅婻在咖啡厅发生争吵，然后娅婻就早产了?”

苍颜没有吭声，沉默就是默认了吧。何小猛沉吟了一会儿，才说道：“你知道刚才公司发生了什么事情吗，知道娅婻怀的孩子不是熙夜的也就那么几个人，可是就在刚刚有媒体披露说盛华总经理夫人程娅嫡于昨日诞下的孩子不是总经理彭熙夜的，孩子的父亲是青年诗人钟怀古的。媒体还说你疑似熙夜的情妇，一夕之间熙夜和娅嫡都被曝出有外遇，盛华的股票从今天早上开始出现了下跌的趋势。”

“你的意思是说这件事情是魏明透露给媒体的?”

“这件事情目前没有证据，只凭猜测。所以熙夜现在还将这件事情压着，但我知道凭熙夜的性子，他肯定会让人暗中调查此事的。”何小猛说到这里无奈的笑了笑，“苍颜，看来我们真的都变了，野心好像也变大了。”

“哪有一成不变的人啊!”苍颜也笑的苦涩，经历了这么些年，他们这些曾经的好朋友，也渐行渐远了。

何小猛收了收情绪，故作轻松地笑了笑，“你刚刚说的事情我会去调查的，如果魏明真的再搞什么动作我再告诉熙夜，如果只是巧合，我会当做这件事情从不曾发生过。”

“嗯。”苍颜点点头。

“那我先回公司，你好好休息。”

何小猛这个人啊，看上去一副大大咧咧，浑不在意的样子，原来也有这样沉稳的一面。

接下来的几天苍颜一直住在医院里，不管媒体如何报道，熙夜每天都会去医院看看她的，有时候只是站在床前看看她的睡颜，有时候会亲自下厨煲粥给她喝，有时候简单的说几句话就匆匆离开。

苍颜知道熙夜陪她的时间越短，说明公司的事情越多。她不想让他来回奔波，便告诉他不要再过来，可他不过来看一眼就觉得不安心，有时候夜已经很深了他还要赶过来，哪怕是站在门口的玻璃窗前远远地看上她一眼，就倍觉心安。

公司的事情再多再棘手，只要看到她，他的心就会平静下来，像是寻找到了避风的港湾一般。

媒体上关于苍颜的负面报道都已经被压了下去，他有些后悔不该把她牵扯到这场没有硝烟的战争中来。他承认这件事情他是有私心在里面的，他不愿看到她和姜枫越走越近，他怕她会和他越来越远，所以以那样一种方式把她留在身边，没想到却也把她卷进了这场纷争里……

苍颜在医院住了一周就坚持回家了，她对医院这个地方还是有心结的，她忘不了医院是怎么对待姥爷的，所以她痛恨，却也忍耐了一周，她只是不想让熙夜担心。

回到家里以后，还是跟上次一样，熙夜帮她请了一名护工和一名保姆，照顾她的日常。只是他出现的次数越来越少，出现的时间也越来越短。

苍颜明白，也许这座城市正在酝酿着一件重大的事情，她期待着那件事情，却又害怕着……

钟怀古回来了。

那天何小猛坐在苍颜卧室的床沿上陪苍颜聊天，突然接到了钟怀古的电话，本来和苍颜说好找钟怀古回来的，可那人行踪不定，也没个信息正想着怎么找他呢，人自己倒是回来了，听说苍颜病着就先去了苍颜家里。

一见苍颜病怏怏地躺在床上，直接就扑了上去，一副痛心疾首的样子，“啊呀，小颜颜你这傻孩子，怎么把自己搞成了这个样子啊？虽说女人要对自己狠一点，你这对自己也太狠了吧!”

他这一举动吓得何小猛惊叫一声赶忙扯开钟怀古，苍颜自己也伸手推他。

苍颜扫了一眼被拉开的钟怀古然后茫然地看着何小猛，那眼神像是在问，猛子你确定这是钟怀古？印象里的那个钟怀古不是比魏明还要寡言少语的吗？不是一脚都踹不出个屁来的吗？

何小猛无奈地耸了耸肩膀，这个钟怀古的变化还是从大学里开始的，一到大学他整个人就开始疯癫了，嘴里说的最多的就是李白，做梦都想着要继承李白的衣钵，要把放浪形骸坚持到底，立志做一个四处漂泊流浪的才子，要为伟大的中国书写新的诗篇！有人问他家是哪里的，他一贯的回答就是，“心安处即是吾家！”再不就是“英雄不问出处，只管潇洒闯荡江湖！”反正是完全脱胎换骨，没了以前那个“默默无闻”的钟怀古的影子了。现在更是比他还没个正形。

“钟怀古，你正经点儿，我现在看谁不顺眼可是逮谁抽谁啊！”苍颜捂着刚才被钟怀古弄疼的腹部半认真半玩笑着说道。

钟怀古邪肆一笑，屁股就坐到了床头柜上，“这样的女人才招人喜欢，不矫情不做作，坦真率直，多好！”说到这里他也收了收那不正经的神色，瞧了几眼苍颜也是半认真半玩笑地说道：“苍颜，你这么多年可不厚道啊，走了连个消息都没有，害的人家找了你半个地球！”

何小猛和苍颜不明所以地对视了一眼，真是士别三日当刮目相待啊！“钟怀古，你这变化也太大了吧，我一时之间有些接受不了！”

“接受不了啊？那好说，你能接受什么样的我立即就转变成什么样的，小颜颜你说你喜欢什么样子的我？”

钟怀古说着还朝她故意眨巴眨巴了几下眼睛，苍颜真是满头黑线啊，这一个人的变化也太大了吧，这绝非一朝一夕能练出来的。

何小猛实在看不过去了，拍了拍钟怀古的肩膀，“熙夜前段时间一直派人找你都没找到，你怎么自己跑回来了？”

钟怀古听了嘿嘿一笑，“我自己也琢磨着走了这么久该回来了，苍颜都回来了，你们都在这里，咱们这群人许久没聚到过一起了，我飘在外面也甚是想念你们啊！”

其实钟怀古的回来并非是偶然的，他是看了最近的新闻才打算回来的，他没想到苍颜已经回到了N市，也没想到她还和熙夜藕断丝连。这么多年他一直四处漂泊的真实原因恐怕除了他自己谁都不知道吧，他表面的放浪形骸、无遮无拦果真骗过了大家的眼睛。

最让他没想到的是新闻上居然说娅婻生下的孩子是他的，这算是促使他回来的一个原因吧。

何小猛挨着钟怀古坐了下来，沉默着没有说话。他不知道该怎么跟他说这段日子发生在他们身上的事情。他从钟怀古的背后看了一眼苍颜，见她的眼睛直直地看着某一处，不知道在想什么。

钟怀古依旧喋喋不休地说道，“听说盛华和龙华打起来了，娅婻也生了孩子，可真是奇怪呢，我才走这么点时间她把孩子都生下来了……”他突然想起一件什么事情，声音变得有些古怪，“可是怎么还听说那孩子不是小夜子的啊？猛子，你知道什么内幕吗？”他的语调依旧是轻快的，可是眼镜里却有了丝丝的紧张之色。他还记得他走的前一晚是和娅婻在一起的，那个时候他没想到娅婻竟然还是处子之身……

“你对娅婻做了什么你自己心里清楚，孩子为什么不是夜子的你也应该清楚。”何小猛并没有发火，朋友妻不可欺他是知道的，可也知道娅婻的心里一直爱着的都是眼前这个变了十八变的男人，夜子和娅婻的婚姻是大家不得不接受的，因为这桩婚姻连两个当事人都不开心，更何况被这桩婚姻伤害了的人。

苍颜看了一眼陷入沉默的钟怀古冷声说道：“你也不用装作什么都不知道的样子，娅婻的孩子是你的错不了！”

钟怀古一听顿时紧张起来了，“苍颜我……”

“我不知道你为什么要这样做，现在媒体大肆报道那个刚出生的孩子，什么身世之谜，什么夫妻不和……甚至还要往深层次的挖掘，更有什么知情人爆料说他们的婚姻只不过是政商联姻的结果。娅婻的性格你是知道的，她该用怎样的勇气来面对那些铺天盖地的报道啊！”

苍颜长叹一声，以前有了什么事情娅婻都是躲在他们身后，她胆小怕事，可是现在所有的负面报道都冲着她而去，这会给她增加多大的压力可想而知。

何小猛和钟怀古都没想到这个时候苍颜竟然还会担心娅婻，她对娅婻的那些心意倒是一点没有变化，只是有时候拉不下面子，嘴上一点都不留情，心里却还是关心和在乎的。

钟怀古确认了这样的消息就真的被打回了十年前的原形，不再有看上去风流不羁和放浪形骸，毕竟这次是真的摊上事儿了，还是大事儿！他说回来找大家聚一聚的，可是现在他又想逃跑了，他不知道该怎么面对娅婻和熙夜。

“我那晚，那晚喝多了酒，恰好娅婻也在身边，我就……苍颜，我真不是故意的！”

“跟我有什么关系？这些话你不用跟我说，你应该去跟娅婻说。”

钟怀古狐疑地看了一眼何小猛，苍颜说话怎么变成这个样子了？冷漠，凌厉……

何小猛同样耸了耸肩膀，没有说话。这些年他已经领教了钟怀古的改变，这段时间又领教了苍颜的改变，可是他们两个这才开始相互领教。

熙夜接到何小猛的电话就开车过来了，他没敢跟娅婻说钟怀古回来的事情。当真的看到钟怀古在苍颜家里的时候他不知道是该喜还是该怒，最终只淡淡说了一句，“你还知道回来？”

钟怀古站直身子不敢去看熙夜，一直以来他在熙夜跟前都不敢放肆的，可是他竟然做了别人都不敢做的事情，他居然让娅婻怀上了他的孩子……这件事情说来都是他的错，他不该在娅婻结婚后还跟娅婻待在一起，更不应该酒后乱性，失了品格，害的兄弟和朋友面临今日这样的场景，都是他的错！

熙夜看了一眼苍颜，然后伸手拉着钟怀古的衣领出了卧室，一直穿过客厅走到门外，才松开钟怀古。他的眼神有些冷，声音也有些冷，“怀古，你这次回来有什么打算？”

“打算？”钟怀古对这句没头没脑的话有些迷茫，他疑惑地看着熙夜，“你说的是哪方面的打算？”

“你和娅婻。”熙夜说的斩钉截铁，“你别告诉我你不知道孩子的事情。”

“我知道。”钟怀古并不否认，“夜，这件事情是我对不起你，那晚都是我的错……”

“你情我愿的事情你有什么错？要说错也是我的错，当年如果不是我和娅婻选择政商联姻也不会让你和娅婻走散，是我害苦了你们。”

钟怀古没有吭声，他不知道熙夜现在说这些是什么意思，但他感觉熙夜是想让他继续和娅婻在一起，但是他不能，这些年他走南闯北的已经摸清了自己的内心，他真正爱着的人不是娅婻，是苍颜！所以他不能和娅婻在一起了，可是一想到娅婻给他生了孩子，他又不知道该怎么办了……

你说这酒后乱什么不行非要乱性啊！

“这样吧，夜子，你继续照顾娅婻，我来照顾苍颜，可好？”

可好？熙夜的眸子眯了眯，不可置信的看着钟怀古，声音也沉了几分，“你说什么？”

钟怀古别过头不去看他，嘴里嘀咕道：“当年你明知道我和娅婻是相爱的，却还要把她从我身边夺走？现在我不爱她了，你又想把她塞回给我吗？你回去问问她，她的心里爱的究竟是你还是我？夜，你知道我这些年走南闯北的不回来为的是什么？我是去找苍颜了，这几年我发现我心里真正爱的人是苍颜！”

有什么东西突然掉到地上，钟怀古和熙夜同时扭头，看到站在电梯门口的娅婻。钟怀古没想到娅婻会出现在这里，她，她不是还在坐月子吗？怎么跑出来了？他急忙别过头不去看她，他不知道该怎么面对她。

熙夜看了一眼满脸失望和愤恨的娅婻，想要过去安慰几句却不知道该怎么安慰，就站在原地没有动。

娅婻沉默了好一会儿，等心底的惊天波涛过去之后才弯腰捡起地上的包，冲着他们俩露出一个苍白的微笑，“你们聊，我去看看苍颜。”

她径直从两个男人中间穿过，走进苍颜的家中，她紧攥着拳头，恨得指甲都陷进了肉里，她感觉自己的胸腔快要爆炸了，为什么她喜欢的和不喜欢的苍颜都要跟她抢？为什么苍颜要来抢原本属于她的东西？

何小猛见娅婻面色不善地进来了，就站在苍颜的床前，他觉得此刻的娅婻像是在极力忍耐着怒气，却又不知道这怒气从何而来。

娅婻抬头看了一眼何小猛，气得把包往地上一摔，“两个大男人刚一见面就打了起来，真是气死人了！”

什么？俩人打起来了？何小猛惊讶地看了一眼娅婻就快速跑了出去。

何小猛这边刚出去，娅婻就一下子掐住了苍颜的脖子，她的眼中闪烁着怨毒的火光，“苍颜，你为什么要跟我抢？跟我抢熙夜、跟我抢怀古、抢我在盛华、在夏家的一切，是不是只要是我的东西你都要抢走？吕苍颜，你这个婊子生的女人，你为什么要这么对我？”

苍颜被她掐的呼吸不了，她使劲挣扎去掰娅婻的手，可娅婻掐她掐的实在太结实了，她根本就掰不开，而且她一使劲儿胃部的伤口又崩裂了，撕心裂肺一样的疼，可身上再疼也不及娅婻说她是婊子生的女人来的疼！

心里的钝痛一阵阵传来，身上的疼痛也一波一波袭来，她伸手抓住娅婻的头发迫使娅婻松手，可娅婻怎么也不松手，那样子像恨死了她一般。她面目狰狞的嘶叫，“吕苍颜，你去死吧，去死吧！”

听到声音快速奔过来的三人在看到这一幕时顿时大惊，熙夜不管不顾地去抠娅婻的手，她看到苍颜的眼睛已在往上翻了，大惊大怒之下的他猛地推了一下娅婻，娅婻一不小心跌坐到地上，下腹顿时传来一阵疼痛，可她顾不得疼痛挣扎着站起来又扑向了苍颜，幸好被何小猛和钟怀古拉住了。

可发了疯的她嘴里不停地大叫大骂着，恨不能扑过去把苍颜撕碎了！

熙夜看着已经昏迷的苍颜，一把掀开被子就要去抱她，忽然看到苍颜腹部的大片血迹。他的心猛地一沉，当即抱起苍颜就往外跑，苍颜的伤口崩裂了，苍颜腹中还有个尚未成形的小生命呢……

他抱着苍颜奔到电梯口，见电梯停在一楼就不顾一切地奔向了楼梯，他脚下飞快地下楼，眼睛都快变成了红色，苍颜的上衣已经被鲜血浸湿，他的脑子里只剩下一个念头，苍颜千万不能有事，千万不能有事……

当他奔了四层楼的时候电梯忽然开了，站在里面的何小猛急忙叫住他，他疯了一样的奔进电梯，眼睛在苍颜的腹部和楼层的数字之间来回扫视，苍颜何曾流过这么多血，此刻的他心急如焚只想着电梯快点下去！

等他们火急火燎赶到医院的时候，医院门口已经候了几名医生和护士，这是何小猛打电话通知的。苍颜被早已准备好的推车迅速推进了急诊室，熙夜一下子无力地靠到墙上，仿佛此刻所有的力气都被抽干了似的。

他红着眼睛盯着急诊室的门，似乎想透过那两扇门看到里面的情形。嘴里呢喃着："苍颜，苍颜，你可不能有事，不能有事……"

何小猛站在一边看着失魂落魄的熙夜，不知道该说什么好。每一次熙夜露出这种表情都是为了苍颜，二十多年的感情，何小猛知道苍颜对熙夜来说意味着什么，苍颜是他的生命，是他一切快乐的源泉……

他没想到程娅嫞竟然对苍颜下得去手，那时她狰狞的表情现在想起来还不由后怕……钟怀古打电话让何小猛赶紧开着车回去，说是娅嫞大出血了。何小猛来不及跟熙夜说一声就奔出了医院，开着车一路狂奔到苍颜家。

这都叫什么事情啊！

苍颜被推进急诊室没多久，程娅嫞也被推进了另一个急诊室。而焦急等在外面的人都不知道里面是什么情形，医生会带给他们什么样的消息……

第二十二章　成仇

钟怀古跌坐到地上，喃喃说道：“我们这些人怎么就走到了今天这个地步？反目成仇吗?”

何小猛站在一边没有立即说话，良久长叹一声，“我真怕我们这些人就这么散了!”

兴许就快散了吧。

何小猛站了一会儿扭身离开，钟怀古在后面大叫：“猛子你去哪儿?”

“我去看看苍颜那边的情况。”

“你回来，我去看。”

何小猛没有理他，自顾自走了。一路上他的脑海中不停浮现着娅婻发疯的场景，那样的娅婻一点都不像平时的娅婻，她手上做着杀人的事，嘴里说着刻薄的话，枉费苍颜还一如既往地关心她。可是他又能说什么呢？两边都是好朋友，两边都是从前比较亲近的人，昔日的好姐妹如今竟然反目成仇，到了不死不休的地步……

造化弄人啊！他们何曾想过有一天他们会走到这一步？

何小猛走到楼下的急诊室时，看到熙夜颓然地坐在地上，一点也没有往日的高雅和风采。他侧头看了一眼急诊室紧闭的门，默默地站到熙夜跟前，此时任何语言都是多余，最好的陪伴方式就是沉默。他坐在他身边，陪他一起等待着。

时间一分一秒地过去，有多久他们都不知道。久到钟怀古也来到他们身边，何小猛侧头看了一眼他，“娅婻怎么样了？”

“产后大出血，手术之后已经没有大碍了，休息一段时间就好。”

听得出来钟怀古的声音里有些疲惫，也许他也没有想到吧，回来的第一天就遇到这样的事情。

急诊室的门终于打开了，熙夜几乎是跳着站起来的，他跑过去拉住医生的胳膊，“怎么样？她怎么样了？”

医生的表情很复杂，好像很沉重的样子，他叹了一口气，才说道：“病人虽然没有生命危险了，但腹中的孩子因为失血过多已经小产了，今后可能都无法再生育。而且病人的癌细胞有扩散的迹象，希望患者能够住院积极配合治疗。”

有那么一瞬间熙夜眼前天旋地转，脑袋晕晕的什么都看不清，他踉跄了一步险些蹲坐到地上，何小猛急忙伸手扶住他，把他扶到一旁的椅子上坐下。

可他还没来得及喘口气，苍颜就被推了出来，他又急忙起身奔到苍颜跟前，看着她苍白的脸，紧闭的眼，他的眼泪大滴大滴地往下掉。

苍颜，我的苍颜啊！

钟怀古背靠着墙壁，惊慌地说不出话来，苍颜怀孕了？孩子小产了？以后都不能再生育了？癌细胞有扩散迹象？这一连串的问题压得他几乎喘不过气来，他愣愣地看着何小猛，大吼道：“这究竟是怎么回事？苍颜怎么会得癌症？”

何小猛也难掩心中的悲痛，他只知道苍颜经常胃痛，却没想到竟然是癌症！

钟怀古没有得到答案，愤怒地一拳砸到墙上，“程娅婻疯了，她一定是疯了才会那样子对苍颜，疯了疯了都疯了！”

熙夜追着推车一路跟到病房，他站在一旁看着医生把她抬到床上，心仿佛在抽搐，可他依旧站着没动。等医生和护士忙活完了要离开时他一把拉住主治医生的手臂，喃喃道：“还能治愈吗？”

他问的自然是指胃癌。

“彭先生，我现在不能给您任何保证。但夏小姐体内的癌细胞发现较早，属早期胃癌，术后五年内如果不复发从医学理论上来讲还是可以治愈的……”

“什么时候可以做手术？”

主治医生有些为难，“夏小姐刚刚小产，身体还很虚弱，等她稍稍恢复些才能进行手术。”

熙夜扭头看着医生，“你不是说癌细胞有扩散迹象吗？她能等吗？”

“如果病人恢复的好，我们会及早安排手术的，这也是对患者负责。”

熙夜松开手放医生离开。他的脚步像灌了铅一般沉重，他趴在窗前抚摸着苍颜的脸颊，抚摸着她的长发，嘴角抖动着，“颜儿，你一定会好的，我给你找最好的医生，你一定会好起来的……”

钟怀古走到门口想要进去却被何小猛一把拦住，“让他们静静地待一会儿吧。”

“可是我想看看苍颜……”

“苍颜是熙夜的。”何小猛把他拉到走廊的尽头，眼睛里充满了警告，“怀古，你一直漂泊在世界的各个角落，你不知道熙夜是如何想念苍颜的……”

“想念苍颜？”钟怀古冷笑一声，“那他就不该在十年前让苍颜忍痛离开！你总看到他心里的思念，你有看到我对苍颜的思念吗？她一走就是那么多年，奔赴各个地方去找她的人是我，不是彭熙夜！”

“那又怎样？住在苍颜心里的人是彭熙夜，不是你！”

钟怀古忽然安静下来，何小猛的这句话像惊雷一样炸在他耳边。苍颜心里住着的人，一直都是彭熙夜！他不是没想到，只是不甘心！

何小猛倚着墙壁看着钟怀古，良久，无奈地笑了笑，“经过这件事情，还有魏明的事情，怕是我们几个再也不能像从前一样谈笑风生了吧。那些青春年少的时光啊，我们都弄丢了，丢了的还有手足情和姐妹情。”

钟怀古眼中闪过一丝疑惑，“魏明怎么了？”

“他背叛了夜子、背叛了盛华。”

“什么？”钟怀古惊诧地看着他，“你说魏明背叛了夜子和盛华？”

何小猛点点头，“前些日子有人看见他和龙华集团的少当家姜枫一起喝咖啡，这几天我派去跟踪他的人发现他和龙华集团的总裁姜瑾瑜也见了一次面，见面地点是姜瑾瑜的家。”

钟怀古深觉事情的严重性，沉思了一会儿，表情甚是严肃的问道：“夜子知道这件事情吗？”

“瞒不了他，他之所以现在还没有动作，不过是念着那份兄弟情谊罢了。”何小猛长叹一声，凉凉一笑，“我原以为我们几个从小一起长大，走到今时今日，也会一起走的更远的。”

现实，残酷的现实，终于磨灭了他们之间的手足情谊……

这样感慨的何小猛，钟怀古还是第一次见到，不由皱了皱眉头，以前的何小猛总是大大咧咧，玩耍嬉笑的，就像现在的他一样，难得有这么深沉的时候。

“那娅婻呢？”钟怀古燃起一支烟，“她为什么变成了现在的样子？”

“当年苍颜离开的时候她心里就有些怪苍颜，她以为如果苍颜不走她就还能和你在一起，后来她爱上了夜子，苍颜却又回来了，你知道夜子的心里装的一直都是苍颜，她就以为苍颜是回来和她抢夜子的，尤其是她怀孕之后，整个人就变得神神叨叨了，脾气也越来越暴躁。”

钟怀古沉吟了一会儿，才问他，“苍颜是什么时候回来的？”

“你走之后一个月左右吧。”

“她，她一走就是九年，怎么忽然想起回来了？”

“你还记得当年上初中和高中那会儿，苍颜怀里经常抱着的那只狸猫吗？那是夏伯伯送给苍颜母亲的，去年那只猫老死了，苍颜回来代她母亲跟夏伯伯告别。”

原来是这样。钟怀古心里明白，狸猫的死只是给了她一个回来的理由，因为这里有始终放不下的人所以才给了自己那样一个拙劣的借口回来，甚至留下吧。看来她的心里，始终未能放下熙夜！

“她小产的孩子，是夜子的吗？”

“除了他，苍颜还会愿意为谁生孩子，只可惜……”

翌日，也不知道是谁放出去的消息，媒体竟然知道了苍颜的病情，新闻铺天盖地的报道，再一次把苍颜推上了风口浪尖，更有一群记者堵在苍颜病房门口，逮谁就是一堆机关枪似的问题。

熙夜为此大为恼火，让人彻查了消息散播出去的源头。当他从一个被收买的医生那里听到魏明的名字时曾沉默了好一会儿，他怎么也没想到在背后捅他刀子的人竟然是他曾经最在乎的兄弟！

他缓缓坐到椅子上，揉了揉太阳穴，才对何小猛说道："猛子，你去把明子找来吧。"

何小猛出去找了一圈，听业务部门的人说魏明早上就没来上班，那人又递给何小猛一份文件，说是魏总嘱咐要交给何总的。

何小猛打开档案袋，里面的文件很薄，他抽出第一张，"辞呈"两个大字顿时映入眼帘。他骂了一句粗话就直接奔向熙夜的办公室了，当熙夜看到魏明的辞呈和龙华的聘请书后随手把档案袋扔到桌子上，脸上露出疲态，低头沉默了好一会儿才抬头看向何小猛，"猛子，这些年我对你们怎么样?"

何小猛知道这会儿他心里正难过，他怎么也没想到魏明会真的做出这等背信弃义的事情!

"夜子，我去找他，我把他找回来当面问清楚!"

"站住!"熙夜喝止他，眼中闪过一丝怒火，"他已经去龙华当副总经理了，你找他回来还有什么用?"

"熙夜……"何小猛气急败坏地一屁股坐到沙发上，"熙夜，这件事情我有不可推卸的责任，我早就发现了他和姜枫的来往，可没能阻拦住他……"

"现在不是追究责任的时候，他离开想必也会把他手上的客户都带走，这些年他是业务总监，许多客户都是他拓展出来的，他去龙华带去的那些合作者必定能给垂死的龙华注入新鲜血液，而这会给盛华带来前所未有的打击，现在新闻大肆报道盛华高层的负面新闻，咱们的股票一跌再跌，必须做最坏的打算。”

熙夜再次揉了揉太阳穴，“猛子，我身边的兄弟，就只有你了！”

“你说这话我就不爱听了。”钟怀古的声音突然传进来，略有不满地看着熙夜，“我可没有背叛你，你怎么就不把我当兄弟了？”

熙夜看了他一眼，自顾自低下头，没有吭声。何小猛微叹了一声也别过头不去看他。

“什么意思啊？你们这什么意思啊？”钟怀古愤愤地踢了一下何小猛的腿。何小猛有些不耐烦地白了他一眼，“这会儿正烦着呢，你别烦上加烦了！”

钟怀古自顾自坐到沙发上，翘起二郎腿晃了又晃，“好歹我也是盛华董事会成员之一，虽然只是个挂牌的，可挂牌的也是存在的，你说是不是呀猛子？”他说着还用胳膊肘捣了一下何小猛。

何小猛又白了他一眼，然后抬屁股坐的离他远一些。

“唉，你们都不相信我的能力，在外飘荡这么多年，我可是最懂男人心和女人心的了。夜子，我现在请求你把业务总监的位子给我，我有的是办法把他拉走的那些客户再拉回来。”

熙夜抬头把他上上下下打量了一圈，又闭上了眼睛，他状似无奈实则正在认真思考，钟怀古离开这么久，三五年才回来一次，亏得他还记得自己是董事会成员之一。以前的钟怀古沉默寡言，每天埋头作诗，大学之后不知道怎么突然开窍了，变身成了社交达人。他想，也许是因为他和娅婻订婚让他大受打击才会转变那么大吧……

他点点头，“那好，怀古你去接替魏明的职位吧。”

何小猛惊诧地一下子跳了起来，大惊道：“夜子，你真敢把那么大的摊子给他啊？他就是个不务正业的混混儿……”

“他接替魏明的职位不会比魏明的突然背叛更糟了。”熙夜打断何小猛的话，他看向钟怀古，“我本打算召开董事会开除你的，既然你自己回来就看你的表现了。盛华的结构比较特殊一些，我虽然名义上只是总经理，实际上是这里的总裁，因为当初和夏伯伯的协议，才会让他以名誉总裁的身份干涉公司运营，但是在对龙华的态度上我们是一致的，你们有什么事情也要找他商量一下，毕竟他比我们的经验要丰富很多。”

何小猛轻轻嗯了一声就拉着钟怀古去熟悉公司各项业务了。

没过几天盛华业务总监转做龙华总部副总经理的消息像炸弹一样在媒体中轰炸开来，财经新闻更是做了全面报道，各媒体和企业家们纷纷猜测着魏明这一行为背后的故事，猜测着盛华内部是不是出了什么乱子。同时继续追踪报道夏家千金苍颜的新闻，更有媒体说据知情人士报道，夏苍颜生病是假小产是真，还说表妹爬上表姐夫的龙床，一夜翻云覆雨之后怀上龙嗣才有了咖啡厅携龙子与原配正妻争夫的事情。更甚至有媒体猜测夏小姐回国不久就怀上了表姐夫的孩子，看来盛华所说的夏苍颜回国日期是假的，一番调查追踪之后曝出了苍颜十年前曾是彭熙夜的女朋友，流落民间九年回来后与前男友旧情复燃，而彭熙夜不顾妻子有孕在身常深夜不回家与表妹私会等等所谓的内幕。

熙夜冷眼看着这些新闻，神情平静的好像什么都没有发生一样，只有最亲近的人才知道这个时候他越是平静，心里压抑的怒火也就越大。何小猛和钟怀古对视一眼，看着一声不吭的他，等待着雷霆怒火的燃烧。

熙夜沉默了许久，最后才淡声说道："这件事情不能让苍颜知道，这两天她就要手术了，我不能让她心里有负担。"

何小猛和钟怀古一起点了点头。

"对了，从国际医院请来的专家都到了吗？"

"到了，说是明天可以手术。"

"嗯。"熙夜点点头，端起桌上的咖啡喝了几口，"你们都去忙吧。"

何小猛和钟怀古对视了一眼，都站着没动。钟怀古现在心里有一股怒火、甚至是怨气，可是此时此刻也不得不压制着，他看得出来熙夜此刻比他更想发飙，可却竭力保持着冷静。他心想，新闻上所说的知情人士，大概就是魏明了吧，他不知道魏明为什么要这么伤害苍颜，但他知道魏明这么做一定能够打击盛华，或者说打击熙夜……

"你们都出去吧，我想一个人待会儿。"

何小猛拉着钟怀古出去了，熙夜握着咖啡杯的手微微颤抖着，他又喝了几口咖啡才让自己保持着冷静。

他摸出手机，拨出一个号码，等那边接通之后才淡声说道："查出来了吗？"

"查出来了。"

熙夜的眼中闪过一丝冷光，"谁？"

"魏明和程娅婻。"

熙夜淡淡嗯了一声，便陷入了沉默，电话那端的人很有耐心的等待着。良久，熙夜才又沉声说道："按计划行事吧。"

"好，我这就去办。"

那边说完就挂了电话。熙夜起身走到落地窗前，脸上平静的没有半点表情，只是从他那冷峻的眼神里可以看出他的失望和恼怒。

他不是那种轻易会恼火的人，愤怒只会让他丧失清醒的头脑，是以每次遇到重大的事情他都会克制自己的情绪，迅速地计算着各个环节，努力把损失降到最低。可是这一次，他们攻击的对象是苍颜，他对曾经那样伤害苍颜而悔恨，所以他不再允许任何人以任何方式伤害苍颜，包括他自己！

既然现在有人做了伤害苍颜的事情，又是以这样极其恶劣的方式，那么，就不要怪他了。熙夜缓缓闭上眼睛，在心里重复着，那就不要怪我了……

下班后，熙夜去医院的时候没有立即去看苍颜，而是先去了程娅旖的病房，他去的时候娅旖正跟孩子玩。

她看到他进来，脸上一喜，眉开眼笑地看着熙夜，“夜，你来啦?”

住院快一周了，这还是熙夜第一次来看她。她以为熙夜不会原谅她了，整日里提心吊胆的，现在他竟然来看她了，那是不是就说明他要原谅她了?

熙夜没有吭声，走到床前先逗弄了几下孩子，然后才抬起眼皮看向他，黑色的眸子深不见底，看不出半点情绪。吓得娅旖微微一愣，她从未见过这样浑身散发着冷意的他……

“夜?”

“你吃过晚饭了吗?”

面对这个毫无头绪的问题，娅旖愣怔了一下随即点了点头，“吃过了。”

熙夜也点了点头，然后坐到床对面的沙发上，燃起一支烟，却一口也没抽，他静静地看着烟灰变长，轻抖了几下手，那一大截烟灰就掉到了地上，支离破碎。

娅婻看着这样的熙夜，心早已提到了嗓子眼，原先的欣喜早已烟消云散，她只是怔怔地看着他，等待着他开口说话，他的沉默像是一把刀，一下一下剜着她的心，可她不敢说一句话，她怕熙夜这次是永远的离开她……

“为什么?”熙夜淡淡吐出三个字，眼睛却锋利地像把刺刀，他又重复了一遍，“为什么?”

娅婻别过头去，冷声说道：“我不知道你在说什么!”

“不知道吗?”熙夜优雅的扬手，烟蒂准确无误地被扔进了垃圾篓。“苍颜怀孕的事情，是你告诉媒体的?”

“不是!”娅婻一口否定，“我和她一起住院的，这几天她躺在床上我也躺在床上，我怎么知道她怀孕了，又小产了?”

熙夜看着她微红的脸色，那是撒谎时心虚的表现，他的目光淡淡地落在她身上，“你知道吗? 那是我的第一个孩子，也是我此生唯一的孩子，被你那疯狂的一掐给掐死了……”

“不是我掐死的!”娅婻的声音陡然提高，“是她自己不检点非要抢我的男人，是她自己害死了她的孩子，跟我有什么关系?”

“谁是你的男人?”

娅婻猛地愣住，耳边回荡着他的话，谁是她的男人? 谁是她的男人? 彭熙夜吗? 钟怀古吗? 彭熙夜从来没有爱过她，钟怀古已经爱上了苍颜，谁是她的男人? 她的男人是谁?

她惨然一笑，她自己也不知道谁才是她的男人了，爱她的人不爱她了，不爱她的人一直都不曾爱过她，她已经为人母了，却找不到自己的幸福了。

熙夜缓缓站起身来，声音很淡，却很清晰，“你收手吧，别再伤害身边的人了，等你康复后就带着孩子去国外吧，出去散散心。”

“你什么意思？”娅婻一把掀开被子，下床走到熙夜跟前，“你说这话是什么意思，你是要把我赶出 N 市吗？”

“不是赶。”熙夜看着她恼怒的表情，“是劝离，明天我会让律师拿离婚协议书过来，你签了字之后就是自由身了。”

“你要跟我离婚？”娅婻的脸色白了一白，一把抓住熙夜的胳膊，“夜，熙夜，你不能跟我离婚，你不能！我是不会答应的，我是不会签字的！”

熙夜慢慢抽出自己的手，脸上的表情很淡漠，“你忘记了？当初我们结婚的时候曾签过一个协议，当苍颜和怀古回来或者我们结婚五年之后他们仍没回来我们就解除婚约，现在这两项都占了，是时候解除婚约了。”

“哼。”娅婻冷哼一声，“可是现在我不想跟你离婚，我已经爱上你了，我不能失去你，熙夜，我不能没有你！”

“程娅婻！你要把苍颜害到什么地步？她的孩子没有了，癌细胞扩散了，你还想怎么害她？”

“是我害她还是她害我？走了为什么还回来，为什么还回来抢我的东西？”她眼中闪过一丝怨毒的寒光，“我程娅婻得不到的东西，她也别想得到，大不了就鱼死网破！”

熙夜失望地摇了摇头，扭身走了。

事情发展到这一步，他有不可推卸的责任，如果不是十年前那场所谓的政商联姻，他们几人也不会走到今天这个地步。

十年前，十年前，一切都源于十年前！

熙夜走到苍颜的病房门口透过玻璃窗看到里面站着的姜枫，苍颜还在睡着，他停住脚步站在玻璃窗前看着那个容颜苍白的女子，这些日子她在迅速地憔悴着，他不敢告诉她，她生病了，也不敢告诉她孩子没了，他怕她承受不了打击，可她还是日渐憔悴着……

他的视线转到站着一动不动的姜枫身上，他的个子也很高，背影很坚挺，也是个骄傲的男人。他承认姜枫也有着君子之风、绅士之风，可他也恼恨姜枫竟然会任由魏明说出那么多伤害苍颜的话来。他不是也深爱着苍颜吗？为什么就忍心如此伤害她呢？难道爱情在利益面前也变得无足轻重了吗？还是姜枫接近苍颜原本就是一场设计？

许是感觉到了他的目光，姜枫微微扭身看到站在门口的他，微微一愣，随即轻脚走了出来。姜枫站在熙夜面前，两人对视了一会儿，都不曾从彼此的脸上看到什么情绪波动。当时他们都在想，如果不是对立者，兴许还会成为朋友，但好像两个太过想象的人也不会成为真的朋友……

还是姜枫率先打破沉默，“彭先生，我们谈谈吧？”

熙夜没有说话，沉默了几秒钟后微微点点头，就扭身像电梯口走去，姜枫跟在他身后，电梯一直升到顶楼才停下。

虽然要到夏天了，可晚上的风依旧有些凉。熙夜自顾自走到护栏旁，双手插进口袋里，视线越过灯光璀璨的城市望着远方天地交接的地方。

姜枫双手搭在护栏上，看了熙夜一眼也扭头看向黑夜，“苍颜怎么样了？”

“还好。”

“她的病，怎么样了？”姜枫调回视线看着熙夜，他的眼里有一丝紧张划过，新闻上说是胃癌，她常胃疼，难道真的是吗？

熙夜的眼睛微眯，依旧没看他，“请来的专家已经到了，明天可能会实施手术。”

姜枫点点头，又沉默了一会儿，才又说道：“对不起。”

熙夜终于扭头看向他，沉声道："如果你在跟苍颜道歉，那么不必了，苍颜不需要。"他冷然一笑，"姜枫，我原以为我们可以正大光明地较量一场的，企业之间一直都存在着竞争，为了让企业更好的生存和发展我们可以使用一些辅助手段，这是竞争的必然。你把魏明从我这里挖走，我并不生气，即便他把许多客户都带走了，我也不介意，员工走了那是我自己没本事留住人才，这都是无可厚非的事情，可是姜枫，为什么你要纵容魏明如此伤害苍颜？"

"我没有纵容他……"

"是吗？"熙夜打断他，"即便你没纵容，不是也选择了沉默吗？为什么不压下新闻呢？为什么任由媒体曝光出来呢？在这个事情当中你存着什么心理你自己会不知道？只是简单地想看到盛华自乱阵脚吗？承认吧，你想看到苍颜痛苦，因为苍颜拒绝了你，所以你想报复她，是不是？"

"不是！"姜枫的眼神忽然变得犀利森寒，"我没有想过要报复她！"可是他骗不了自己的心，当他看到新闻报道后，他曾找魏明谈过让他不要再跟媒体说这些，可当时他心底确实有那么一瞬间感到快意，他想看到苍颜伤心难过甚至手足无措的样子，所以他对新闻的报道选择了默许的态度，可他哪里知道那个时候苍颜还在昏迷当中，他是看了后续的报道才知道苍颜原来病得这么严重，他后悔得要死，可是那些新闻已经铺天盖地的报道过了，他后悔也挽回不了什么了……

"姜枫，起初我对打压龙华还有些犹豫的，可是现在不会了，你们怎么对待苍颜的，我都要替她要回来，她痛，你们陪着她痛，她哭，你们就陪着她哭，她若活不了了，你们……不，是我们，她若活不了，我们就一起陪着她死！"

“那你为什么要发动这场商战？是你把她卷进来的，是你制造了伤害她的环境，让她掉进痛苦的深渊，彭熙夜，是你开始了这一切！”

“如果十年前不是姜瑾瑜卑鄙无耻地用下流手段来打压本来合作良好的盛华，我父亲怎么会死？我母亲怎么会自杀？我怎么会和娅嫡联姻而放弃苍颜？一切都是因为你们姜家而起的，是你父亲、是龙华最先开始了这一切的，这不过是一场轮回报复！”

姜枫的手紧紧抓着护栏，指节因为用力过大而煞白。十年前的事情他知道，龙华和盛华的那次商战他虽然没有参与却也听说了……他一直都知道姜瑾瑜不仅风流成性还野心勃勃，除了女人就是想着如何让龙华长久发展下去，甚至让子孙后代传承下去，他真的没想到姜瑾瑜当年冒然发动的商战竟然是导致苍颜这么多年来痛苦的决定性原因！原来苍颜的一切伤痛竟然是源于姜瑾瑜！

熙夜瞥了一眼惊诧而又颤抖的姜枫，沉默着离开了。

他离开的时候眼中闪过一丝冷意，真正的较量才刚刚开始！

第二十三章　反击

熙夜回到病房的时候苍颜已经醒了，正在看书，她看的很专注，甚至没有发现他进来。熙夜在门口停住，看着她专注的样子微微一笑，记得上学那会儿她不爱上课，总是在课堂上看其他书，每每成绩落下来还是他帮着补习才赶上的。她很毛躁，除了看书之外她做什么事情都不能静下心来，一会儿看看这一会儿碰碰那，他总也没有办法。

现在她依然喜欢看书，也写了好多书。

“颜儿。”

听着这熟悉的声音苍颜的心微微一疼，她抬头微微一笑，“夜，你来了。”

“你醒多久了？吃晚饭了吗？”

她点点头，继续埋首书间，一边翻页一边回他，“吃过了，营养师亲自配制的营养晚餐。”

熙夜站在床前宠溺地揉了揉她的长发，随后拿起她的书合上放到一边，缓缓坐在床沿握住她的手，“颜儿，陪我聊聊天，好吗？”

苍颜抬起头对上他的眼睛，嘴角牵起一丝微笑，“好啊。”

他握紧了她的手，笑的有些无赖，“颜儿许久没有与我并肩坐在一起聊天了，你陪我坐到窗前聊天，好吗?”

“好。”

熙夜松开她的手起身走到窗前的沙发旁费力调整了一下沙发的位置，这样他们并肩坐着的时候就能透过窗户看到外面的夜空了。他折身回去小心翼翼地抱起苍颜，抱起她的那一瞬间才发现她竟然那么轻。他的心微微一痛，半心疼半玩笑地说道:“颜儿，恭喜你减肥成功。”

苍颜笑了笑，陪着他玩笑，“现在不知道有多少人羡慕嫉妒我的身材呢。”

还记得高中的时候熙夜把她养胖了，她整天嚷嚷着要减肥，却一直都没能瘦下来，可是从离开熙夜的那一年她就瘦了，没有熙夜的照顾她常常忘记吃饭或者不想吃饭，饮食不规律让她的胃越来越坏，坏到现在终于确定是胃癌了……

她伸手摸上自己的腹部，好像还不能生孩子了呢。她微笑着看熙夜的侧脸，心如刀绞一般的疼，她不能再为熙夜生孩子了呢……

这些天他憔悴了许多，眼里尽是疲惫，可却依然坚持每天过来陪她。外面的新闻报道成那个样子，公司里应该会有很多事情吧，原想着不再连累他了，可最终还是连累他了，她好像什么都不能帮他，从小到大一直都在拖累他……

熙夜小心翼翼地把她放到沙发上，两人并肩而坐，却都沉默了许久。

熙夜也不知道为什么，一想起明天的手术，他就莫名的心慌。明明有闻名世界的国际专家在，可他仍不觉安心，好像就要失去她了一样。她怕血，从小就怕，一见到血就会晕，他知道那是因为她亲眼目睹了母亲的死亡，据说蔚涯阿姨去世的时候血流了一地，那对苍颜来说是永远也无法抹去的阴影。

“颜儿，你跟我讲讲那九年你都去了什么地方，好不好？”

“你真的想听啊？”苍颜坏坏一笑，“那九年啊，我去了很多地方，西藏、新疆、云南、黑龙江、泰国、越南……我喜欢有山有水的地方，去的也都是这类地方，你知道吗，我还参加过许多冒险运动，像攀岩啊、钻洞啊等等，特别好玩特别刺激，有空你也要玩一玩啊，别老待在那个格子办公室里。”

“好，那你陪我去吧，你想去哪里，我就陪你去哪里，我想去哪里，你也陪我去哪里，好不好？”

苍颜微微愣了一下，有些不自然地笑着答应了。

直到这一刻熙夜已经确定她对自己的身体状况全都知道了，不然她不会顺着他的话说，也不会故意笑得这么开怀，笑了却也没能让笑意抵达眼底。

她不说那他就装作她依然不知道，继续问她以前的事情。问了以前又问关于未来的想法，苍颜淡淡一笑，“未来啊，现在还没有想过。”

没想过，是因为不知道还有没有未来，想的太多也许就是幻想了，而幻想的破灭又是那样的残忍。

“没想过啊，那我帮你想好了。”熙夜把她揽进怀里，“等盛华和龙华的战争过去，等你身体好了，我们就一起离开这里，去有山有水的地方，好吗？”

“好啊！”苍颜嘿嘿一笑，头靠着他的肩膀，眼里有泪光闪烁，被她硬生生逼了回去。

而这一切都映入了站在门口的娅嫞眼中，他们相拥而坐的样子像针一样扎进她的眼里，那微眯的眼里是遮掩不住的嫉妒和恨。她和熙夜在一起九年，九年来熙夜何曾对她这么温柔过，每次都是客气地疏离，礼貌地拒绝！

夏苍颜，我跟你没完，你欠我的都要通通偿还回来！

他们相拥着一直坐到很晚，直到苍颜闭上眼睛他才抱她去床上躺好。他轻轻帮她盖好被子，又静静地看了一会儿才去躺到沙发上。

他看看表，已是凌晨两点多了，天很快就会亮了，手术的时间也很快就会来临。苍颜，不管前途如何，我都会陪着你走。

等沙发上传来轻微而又均匀的呼吸声时苍颜才缓缓睁开眼睛，她不敢动怕吵醒熙夜，她昂起头看着沙发躺在墙边沙发上的男人，眼里一直忍着的泪终于滑落，头昂的酸了她才重新躺好，双眼紧紧盯着天花板，任由眼泪流进枕头里。

他们都以为这几天不让外人进来，不让她和外界接触她就不会知道外面发生的事情，更不会知道那些被肆意报道的新闻，可她终究还是知道了，倘若有人想让她知道，自然会想方设法地让她知道。护士来照料她方便的时候眼里带着一股悲悯，甚至那些来帮她送营养餐的护士看她的眼神也带着同情，只言片语之间就会告诉她外面发生的事情。

想不知道都难啊！

她伸手抚摸着腹部，那个尚未成形的胎儿就那么流掉了，而且她此生都无法再生育了……程娅婻吗？她的眼里闪过一丝恨意，她不会再像以前一样任由娅婻欺负了，再也不会了！既然所有的事情都需要一个了结，那就让她和娅婻之间也来一个了结吧！

第二天苍颜被推进手术室的时候只有熙夜陪在身边，听说夏爷爷最近也病的厉害，夏伯伯送他去国外疗养了，何小猛和钟怀古在公司里忙着走不开，熙夜原本也是走不开的却执意在这里守着她。

手术室的门关上的那一刻苍颜回头看了一眼熙夜，看见他冲她微微一笑，做了一个加油的手势。苍颜微笑着，她会加油的，不管是为了自己还是为了熙夜。

手术进行了四个小时才结束，此间熙夜一直守在外面，这次的等待他很安静，因为他知道，苍颜一定会挺过去，她一定会好的。

专家出来的时候虽然疲惫却在看到熙夜的时候微微一笑，用英语告诉他手术很成功。直到此刻熙夜的心才终于安放下来。

他看了看因为麻醉依旧昏睡着的苍颜，笑得很开心。

开心中的他，并没有看到隐在拐角处的娅婻怨毒的眼神。

一夕之间风水轮流转，新闻的矛头从盛华转向了龙华，大肆报道姜瑾瑜的私生活，还有报道称国际知名 M 杂志社的主编罗静婷女士是姜瑾瑜的情妇，新闻更是大篇幅渲染姜瑾瑜的风流情债，更有知情人士报道姜瑾瑜在某酒店组织“小姐”卖淫，报道出来后警方立即出动果然在那家酒店抓到了几名还未来得及离开的“小姐”，经刑诉她们承认她们的老板是姜瑾瑜，还查出姜瑾瑜曾经贿赂政府官员，金额巨大。警方立即展开对姜瑾瑜的布控抓捕。

而钟怀古这段时间有事没事总是跟魏明带走的那些合作者喝喝茶、聊聊天、吃吃饭、打打球，也不知道怎么说的，竟有许多老客户又转回头继续和盛华合作。

龙华上下都以为龙华集团将要在盛华发起的商战中反将一军夺得最终的胜利，然而谁也没有想到自家的总裁会被警方突然逮捕，不过几天的时间龙华的股票可谓是一跌再跌，且依然保持着继续下跌的趋势……

龙华集团一时之间陷入了前所未有的危机，总裁落马，整个高层都处于惊慌失措之中，唯有姜枫还算保持着镇静。他一边安抚集团上下员工的心，一边上下疏通关系，试图让姜瑾瑜免去这场牢狱之灾。

魏明在知道这件事情之后明显有些慌乱，他太了解彭熙夜了，不出手则已，一出手定然让人毫无反击之力，他真的没想到彭熙夜竟然已经掌握了那么多姜瑾瑜犯罪的证据。眼看着他在龙华的日子越来越不好过，他只得再次找上了程娅旖……

娅旖到苍颜病房的时候苍颜正在看熙夜带给她的有关盛华的各种资料，她淡淡瞥了一眼那些资料，脸上露出一抹嘲讽，“已经开始了解盛华，你难道还真想去盛华工作啊？”

听到她的声音苍颜微微一愣，头也没抬，也没答她的话。她对娅旖已经失望之极，甚至看到她都会想起她那小产的孩子，更是怨恨娅旖让她失去做母亲的机会！

娅旖也不管她的态度，径自在她床边的椅子上坐下来。“苍颜你走吧，离开这里！”

苍颜依旧没抬头，只是这次却接了她的话，“即便是离开也该是你走，我现在不想看见你！”

娅旖微微一愣，她知道苍颜不会再原谅她了，她也知道她们之间的姐妹情谊已经不在了，她不介意，友情在爱情面前就逊色多了，只要她能得到熙夜的爱，她不介意会失去苍颜，甚至与苍颜反目成仇。此刻她心里只有一个念头，那就是她在盛华的一切、在夏家的一切绝对不能让苍颜夺走，绝对不能！

其实，她也不愿伤害苍颜的，所以只要苍颜肯离开，她保证不会再伤害她，可是她若执意不离开，那就怪不得她了！

她伸手拉住苍颜的手，“苍颜，我知道是我对不起你，是我错了！可是我真的不能失去现在所拥有的一切！你知道我爸妈去世得早，我是在外公家里长大的，舅舅待我像亲生女儿一样，可是苍颜，那个家再好终究不是自己的家，我永远都摆脱不了那种寄人篱下的感觉，做什么事情都得小心谨慎，生怕做错了什么就惹得外公和舅舅不开心把我赶出去……你能理解那种每天在那个金碧辉煌的家里却总是战战兢兢的感觉吗？甚至当外公和舅舅提出要我和熙夜在一起的时候我都不敢拒绝，心里再不开心也只能顺从地接受，因为我知道我在夏家是高贵的大小姐，可是一旦脱离夏家我就什么都不是！”

她说着说着忍不住哭了起来，“我从小就没有安全感，甚至胆小怕事，是你，总是你站在我前面保护着我，苍颜你不知道我有多珍惜我们之间的姐妹情谊，我那个时候真的是掏心掏肺对你的，我想把我最好的东西都给你，可是苍颜，有些事情真的不是我们能够决定的，我的命运完全不受自己掌握……苍颜，我求求你，把熙夜让给我好吗？我已经深深爱上了熙夜，没有他我会死，真的，苍颜，我求求你像以前一样帮帮我，好不好？”

她拉着苍颜的手泪眼朦胧的看着她，哭诉着，哀求着，“苍颜，只要你离开，只要我能保住我在盛华的地位，苍颜你要什么我都给你！”

苍颜猛地抽出自己的胳膊，“我要从前那个善良可爱的程娅婻，你也给我吗？”

程艳楠猛地愣住了，她愣愣地看了一会儿苍颜绝情的脸，她知道苍颜心意已决她再怎么上演姐妹情深的戏码也不能让苍颜改变决定了。她伸手慢慢擦去脸上的泪水，又变成了那个高傲的贵族小姐模样。她绝对不会眼睁睁看着自己这些年苦苦经营的东西都变成苍颜的，绝对不会！

“苍颜，其实你离开才是最好的选择，不管是对你还是对熙夜。毕竟你再也不能生育，你如果执意和熙夜在一起，你如果爱他，你忍心看着他一辈子都不能有一个自己的孩子吗？”

苍颜的瞳孔猛地缩了缩，不说孩子还好，一说到孩子她就忍不住来自心底的那种痛恨！她抬手甩了娅婻一记响亮的耳光，眼睛里散发着冰意，让人触到不自觉地想打寒战，她一把抓住娅婻的胳膊，恨声道：“为什么要这么对我？为什么要让我失去孩子又失去做母亲的资格？你究竟为什么这么恨我？”

“恨？”娅婻捂着脸冷笑一声，“我只恨那次没能杀了你！”

苍颜想也不想又甩出一个耳光，泪水顺着眼角滑落，“刚才那一巴掌是打你对友情的背叛，这一巴掌是替我那未成形的孩子打的，打你忘记了曾经许下的誓言，什么要做彼此孩子的干妈，都不过是骗人的谎言！”

娅婻没有还手，她见苍颜不再打就主动把脸凑过去，嘴里厉声说道：“你打啊，最好把我们之间的情义打的一丝不剩，这样我下起手来心里也不会再有丝毫愧疚了！”

苍颜微微一愣，不可置信地看着她，“难懂事到如今你还不收手吗？你究竟还想做什么？”

“我做什么用不着你管！”程娅婻坐直身体，缓缓一笑，“倘若你不走，我就只好出狠招了！”

狠招？苍颜有些错愕地看着她，难道现在还有什么是她能失去的吗？除了熙夜，她还有什么好失去的？可是那样抢去的爱情又有什么意义？

“娅婻，你醒醒吧，该是你的抢也抢不走，不该是你的夺也夺不过来!”

娅旖不以为然地笑了笑，“不抢你怎么就知道一定抢不走呢？有些事情你不去做怎么就知道一定做不到呢！不管是不是我的我都要抢、都要夺、都要得到！苍颜，我再问你最后一遍，你真的不离开熙夜？你真的不走是不是？”

“即便要走也不是现在，即便要走也不是你逼着我走!”

程娅旖霍然起身，居高临下的看着苍颜，她的脸上尽是冷然之色，两只手紧紧地攥成拳头，“好，好！刚刚那两巴掌就算还了我欠你的债，接下来别怪我狠心无情了!”

娅旖摔门而去，苍颜无力地倒在床上，使劲儿抹了一把脸上的泪。这姐妹情，终究是回不去了，终究是要失去了！

苍颜忽然出现在盛华总部的时候，何小猛和钟怀古着实惊讶了一把，她内穿白色短裙外穿蓝色长外套，俨然一个职业女性的装扮。钟怀古惊讶的微张着嘴巴，急忙奔过去对苍颜嘘寒问暖，“小颜颜，你怎么突然就来了？你身体都好了吗？伤口还疼不疼？这些日子我都没去看你，你不会生人家的气吧?”

何小猛白了他一眼，一把把他拽到一边，然后冲苍颜笑了笑，“苍颜走，我带你去找夜子。”

公司里的人对苍颜的忽然出现都感觉意外，见到一脸微笑自信的苍颜纷纷点头致意，虽然前段时间有过不好的报道，可终归是夏家的千金，又和总经理有些千丝万缕的关系，还是恭敬一些的好。

苍颜微笑着朝每一个经过的人点头，她脸上洋溢的微笑就像她心中忍受的疼痛一样，她要反击了！

听说苍颜来了，熙夜已经来到办公室门口迎接，他看着苍颜的职业装扮、又看着她脸上泛起的笑容以及她眼里的坚定，微笑在嘴边停留了一会儿才终于笑出来。苍颜变了，她所经受的一切迫使她不得不做出改变，而这样的改变让他心疼，让他懊悔没能照顾好她。

苍颜站在熙夜的面前，始终微笑着，“夜，从今天开始我正式来公司上班了。”

熙夜接过她手里的包，心疼地看着她，“苍颜，其实你不用来的，这里一切有我。”

“我总不能把所有的事情都抛给你，该是我面对的总归要我自己去面对。”苍颜边说边往办公室里走，她环顾着熙夜办公室的布局，简约内敛，就像他的人一样。她扭身对一直注视着她的熙夜说道：“我来的时候听说有一个与安兴集团的合约要拿，让我来试试，如何？”

熙夜让她坐到沙发上，又倒了一杯水递给她，“苍颜，你的身体还没复原，我不想让你劳累。”

“夜，你相信我吗？”

熙夜毫不迟疑地点了点头，“信。”

“那好，让我去拿合约吧，你找一个经验丰富的人帮我，怎么样？”

他看着她眼中的坚定，知道她的想法，此次参加竞标的还有龙华集团。他知道她在筹谋着反击，或者说她想帮他。“好，我跟你一起去。”

苍颜摇头，“公司里还有很多事情需要你处理，如果这样一份合约都需要你亲自出马，未免让安兴集团看轻了咱们。不如，让钟怀古陪我一起去吧，刚好我也有事情想要跟他说。”

她说咱们。熙夜愣愣地看着她，她刚刚说了咱们，这是不是说明她又开始认同他了？她是不是要重新开始接受他了？

看到他出神，苍颜忍不住轻轻推了一下他，“我是认真的。”

熙夜微微一笑，“好，让怀古陪你一起去，我让他给你做助手。”

“为什么我总是被欺负的那一个？”外面传来一道有气无力的声音，钟怀古双手插在裤袋里走路没个正形的晃进来，对熙夜和苍颜刚刚的决定表示抗议，“我可是盛华的董事会之一啊，我现在还是业务总监啊，夜子你怎么能让我给一个财务总监做助手呢？我表示抗议！”

“抗议无效！”

熙夜和苍颜异口同声地说道。

钟怀古听着他们这样默契十足的声音，脸色微微一凝，随即笑哈哈地坐到苍颜跟前，一把揽住苍颜的肩膀，“但是如果让我给苍颜做助手呢，我是一百个赞同，别说做助手了，就是做牛做马那也是我的荣幸啊！”

他说得浑不在意，一点都不正经的样子，可是眼里却划过一丝落寞，也许正如何小猛所说的，熙夜和苍颜才是最般配的一对吧，从小培养起来的默契不是谁都能插进去把他们分开的。

苍颜和钟怀古到了安兴集团召开竞标会的现场时已经是上午十点了，当看到姜枫和魏明也出现在这里的时候她并没有惊讶，事先她在研究安兴集团的时候就已经知道了龙华也会来竞标。

姜枫对苍颜的出现煞是惊讶，怎么也没想到盛华派来的人竟然是不谙商业和职场竞争的苍颜。他停住脚步静静地看着她，听说她的手术很成功，只是看上去脸色还有些苍白，兴许是还没完全恢复吧。她看上去比之前胖了一些，上次在病房看她的时候几乎瘦的都快没有人形了，想来彭熙夜应该是好好照顾她了吧……

钟怀古看到魏明时毫不顾及形象地吹了一声口哨，魏明看到他那副吊儿郎当的样子时眼里尽是不屑，当即扭头看向了别处。

钟怀古一点也不介意，当他变成社交达人的时候魏明就开始表现出了对他的不屑，他知道魏明那是羡慕嫉妒，所以他一点都不在意，除了他在乎的人，谁都影响不了他的情绪。他走到魏明跟前，用肩膀顶了一下魏明，吊儿郎当地说道："哎呀，这哥们不是龙华集团的副总吗？哎呀，这才多大点的合约啊就劳烦副总亲自出马了？"

他瞥了一眼站在一旁的姜枫，故作惊讶地叹道："哎呀，这不是龙华的少当家吗？刚刚眼拙没有看到您，这总的都来了，副的跟着来也就很正常了，是我少见多怪了，两位莫怪，莫怪啊！"他的眼睛在姜枫身上来回扫了几下，一脸惋惜地叹道："唉，我心里一直有一个梦想，可惜到现在都没能实现。我真想知道监狱里到底是个什么情形啊，里面的人都是怎么过的，这对我来说简直就是一个人类未解之谜！姜总，不知令尊什么时候出来啊，我好去讨教一二！"

姜枫淡淡瞥了他一眼，径直绕过他走到苍颜跟前，"苍颜，好久不见，你身体恢复的如何了？"

苍颜淡淡一笑，礼貌而又疏离，"挺好的。"

姜枫迟疑了一下，又问道："你代表盛华来拿合约？"

"嗯。"简单的一个单音节，算作是回答。

姜枫的心微微一揪，这是比从前更深层次的陌生。经过这些事情，他们好像真的没办法回到过去了……

"苍……"

"不好意思姜先生，失陪一下。"苍颜淡淡点头然后径直走过，她走到钟怀古跟前，点了点他的胳膊，钟怀古就跟着她去了会议室。

姜枫没有再说话，他看着苍颜决绝走开的背影，心里空荡荡的，好像有什么东西正从心里一点一点流失……

当安兴的负责人坐到桌前的时候，苍颜理好头绪，简单清晰地陈述了他们的方案，第一次站在别人面前这么正式地谈论她多少是有些紧张的，可当她看到钟怀古鼓励的动作，又想起自己这么做是为了能帮熙夜分担一些压力。她把这想象成写小说，条理分明地讲述着，为了能拿到合约，她把彭熙夜给她的资料全部都看完了，而且还让人去做了市场调查分析，她是第一次做这样的事情，总要心里有底才好。等她讲完的时候钟怀古大大地给了个笑脸，还夸张地伸出手指点赞。

事实上就算她不这么尽心尽力地做这些也会拿到最终的合约的，因为等轮到龙华代表拿出方案的时候姜枫站起来只说了一句话，“我觉得以盛华和龙华如今的实力来说，最合适跟您合作的是盛华，龙华选择退出！”

魏明对姜枫的决定很是意外，为了拿到这份合约他下了很多功夫做了很多努力，他相信他制作出来的方案绝对比夏苍颜的好，可姜枫那样轻易选择了放弃，这让他很不能理解，他心里很恼火，姜枫的一句退出让他这么多天的努力都白费了！

他开始有些怀疑自己跳槽到龙华是不是正确的选择，一个轻易选择放弃拿到合约机会的老板怎么能带领一个集团走得更远呢？他忿忿地起身离去。

姜枫淡淡瞥了一眼魏明的背影，没有说话。天知道当他看到苍颜出现在这里的时候心中是一种怎样复杂的感觉，他为曾经伤害她而悔恨，如果能够补偿她，失去这次机会他也愿意，他只想补偿过去犯下的错而已……

第二十四章　身世

回去的路上经过那家苍颜常去的咖啡厅，苍颜急忙叫钟怀古停车，钟怀古不明所以地把车停在路边，苍颜就下车奔向了咖啡厅。

钟怀古一见之下不由大惊失色急忙推门下车追上去，边追边喊："苍颜，苍颜你身体还没恢复，你慢点走！"

苍颜猛地停住步子，她忽然想起熙夜曾嘱咐过她以后不要喝咖啡了，她自己也知道得了胃病的人最好还是不要沾这些东西，刚才一时之间竟忘记了。

钟怀古追上苍颜拉起她的手就走，边走边说，"你以后还是少喝咖啡为妙。我发现了一家不错的餐厅，那里的菜做的那可是一绝啊！走，我带你尝尝鲜去。"

他脸上是轻松愉快的表情，可是手上却死死用劲儿拽着苍颜，生怕一个不小心她又折回去喝什么咖啡了。胃不舒服的人要忌喝这些东西的，她就是一个不知道爱惜自己的人，总是那么的随心所欲。

苍颜甩了几次都没能甩开钟怀古的手，哭笑不得地说道，

“你别拉我我自己会走。”

钟怀古忽然一下子凑到她面前，“苍颜，我记得你以前说过你这辈子最大的梦想之一是能吃上一次满汉全席?”

苍颜露出微微惊讶的样子，吃满汉全席这么宏大的愿望不过是小时候的一个玩笑罢了，他竟然还记得……“我已经不做这个梦很多年了!”

钟怀古一副痛心疾首的样子，“苍颜啊苍颜，你让我怎么说你呢，梦想怎么能说不要就不要呢？有梦就要去实现它!”

“那你今天跟我说这个，是能帮我实现这个吃满汉全席的梦想吗?”

钟怀古尴尬地笑了笑，“苍，苍颜啊，你也知道这没有宫廷御厨，那一百零八道菜也不是这一会儿就能做出来的……不过，今天这家餐厅的菜的美味也足以和满汉全席媲美了!”他开始滔滔不绝地夸耀，目的没有别的，就是打消苍颜喝咖啡的念头。可是他哪里知道苍颜已经自己打消了。

等菜的时候苍颜忽然收起脸上嬉笑的表情，一本正经地看着钟怀古，“其实我是有事情想问你。”

钟怀古也难得认真严肃起来，“我知道，你想问我和娅婻以及孩子的事情。”

原来他已经猜到了，或者说这也一直是他搁在心中的事情。

苍颜喝了一口茶，“你是怎么想的?”

钟怀古脸上露出一丝苦笑，“我去见过娅婻，想跟她谈谈孩子的事情，可是被她赶了出来。她已经铁了心要爱夜子了，也听不进我说的话，我现在也不知道该怎么办了，我想离开这里了，等盛华和龙华的事情解决了我还出去逛去，待在这里闷得慌。”

铁了心要爱熙夜了吗？她差些忘记了，娅婻看上去胆小怕事，可骨子里也是个执拗的人，她认定的事情，谁也劝说不了。

苍颜扭头看向窗外，手不自觉地摸上腹部，如果她不能和熙夜在一起，也许娅婻还有机会……

钟怀古看到她的手摸上了肚子顿时紧张起来，“苍颜，你是不是肚子不舒服了？是不是胃又疼了？”

苍颜摇了摇头，“没有，我的胃没事。怀古，倘若一个女人不能给她心爱的男人生一个孩子，那还适合待在他身边吗？”

她知道了？钟怀古脸上的表情顿时凝重起来，他细细打量着苍颜，似乎在判断她是否真的已经知道了她身体的状况。

“我自己的身体自己知道，即便你们知道的不告诉我，有些事情也不能瞒过我。那个尚未成形的孩子，还有失去了做母亲的资格，这些我都知道的。”

“原来，原来你早已知道了。”钟怀古突然懊恼地抱着头，“苍颜对不起，我……”

苍颜正要安慰钟怀古几句时他的手机忽然响了，钟怀古看了看手机屏幕，是猛子打来的。

“怀古，你现在在什么地方？有没有和苍颜在一起？”何小猛的声音很是急切，像是发生了什么重要事情一样。

“在一起啊，怎么了？”钟怀古看了一眼苍颜，接着说道：“你是不是要和苍颜讲话？”

“怀古，你拦着苍颜别让她看什么博客、新闻之类的，不知道是哪个混蛋把苍颜的身世公布了出去！”

“身世？什么身世？”

何小猛也来不及多解释，“怀古，这件事情对苍颜来说会是个不小的打击，反正你拦着她别看那些东西就好，熙夜已经在想办法压制了，在那个消息压制下去之前你千万、一定不能让苍颜看到那些东西！”何小猛一口气说完就挂了电话，好像真的很紧张的样子。

钟怀古依旧保持着接听电话的姿势，猛子的性格他是知道的，遇到事情一般不会紧张的，他的心态是最好的……可现在他都这么紧张了那事情肯定是不小的！他看了一眼苍颜连忙假装还在讲话，“猛子，那什么破会议到底要不要苍颜参加啊……嗯，我俩正吃饭呢，你来不来……合约估计是没问题了，你跟夜子说苍颜今天表现棒极了，应该没问题的……熙夜让苍颜回去休息啊，那行，我等会儿带她回去。”

“什么事情？”苍颜一边吃虾一边问道。

“有个什么会议让问你去不去，那种会议没什么意思，总是一些不知道重复了多少遍的话，什么鼓足干劲之类的，去了也是浪费时间。”钟怀古夹起一只虾头也没抬地说道，“夜子怕你累着让我送你回家，啊对了，苍颜，你手机借我用一下，我的手机没电了。”

苍颜从包里拿出手机递给他，“不好好吃饭你还玩什么手机呀。”

“有好多美女等我回消息呢！”钟怀古接过手机依旧是头也不抬地说道。其实这些天他都有些害怕苍颜的眼睛了，总觉得那双眼睛太具有穿透力了，能透过人的表面看到人的本质，在她面前撒谎是很容易被她看穿的。

“你过段时间真走啊？”苍颜岔开话题看着满桌子的菜还真有些发愁，而这一桌子还只是一部分而已。

“走啊，这里已经不像从前了，人也都变了，我不想给自己找不舒服，况且我还有那么多地方没有去呢，不会只待在一个地方的！”

“我也快走了，和你一样在这里待不久的。”苍颜微微呼出一口气，“我走之后原本属于娅婻的那些都会还给她的！”

钟怀古这个时候抬头看了一眼苍颜又忙低下头，“那些高高在上的名誉地位你真的能舍弃吗？那可是很多人梦寐以求的东西啊！”

“本来就不是我的东西，我也不喜欢那样的环境，而且你知道的，娅婻的东西我从来不抢，只是这次是例外，我需要弄清楚一些事情。”

突然这个时候苍颜的手机响了，钟怀古瞥了一眼来电显示，表情微微一滞，竟然是姜枫打来的！

“谁打的？”苍颜瞥了一眼被钟怀古攥在手里的手机问道。

“哦，诈骗电话，我调戏调戏人家。”

“苍颜，你现在在哪里？”姜枫的声音透着一丝急切。

钟怀古听着这急切的声音微微一愣，怎么跟猛子那家伙一个调调？他没有吭声，为了不让苍颜起疑他脸上始终挂着一丝坏坏的笑意。

没有得到苍颜的回答，姜枫微微一愣，看了看手机确认自己没有打错，他的声音此时已经不能用急切来形容了，如果博客上的内容是真的，他该怎么接受？苍颜该怎么接受？

“苍颜，苍颜，我知道你还在生我的气，但这件事情非同小可，我必须马上知道确切答案，你告诉我你在哪里，我马上去找你！”

钟怀古坏坏一笑，“唉，你骗计这么差，骗个人都不会，哪天你拜我为师，我好好调教调教你。”

他挂了电话后，又顺便把手机关机，苍颜诧异地看着他，还没等说什么就被他拉起来，“苍颜，我忽然想起我该睡午觉了，走，我们去你家睡觉吧！”

苍颜急忙甩开他的手，嘴角抽了抽，自己走了。这人正经的时候一脸严肃的模样，不正经的时候能恶心死人！

两人走出电梯的时候姜枫已经等在了苍颜家门口。苍颜看到姜枫不由错愕地愣了愣，他怎么来了？她看了一眼钟怀古，钟怀古就已经走上前拉着姜枫就往电梯走，苍颜不解地看着像是要发飙的钟怀古，一脸茫然，这什么情况啊？

“怀古，你干嘛呢？”

“苍颜你别管啦，这是男人之间的事情。”

钟怀古记着何小猛的嘱托不敢有半点懈怠，他知道姜枫已经看到新闻了，他虽然不知道是什么内容，但从猛子的紧张程度来讲一定又是一些对苍颜不利的负面说辞。所以他现在必须拦着姜枫不让他说出任何关于博客和新闻的事情。

然他们才走到电梯旁边电梯就打开了，里面占满了人在电梯打开的一瞬间呼啦一下都涌了出来，他们有的扛着摄像机，有的拿着话筒……这是记者？还有人嘴里喊着“夏苍颜在这里，她在这里！”

姜枫和钟怀古见此急忙奔到苍颜身边，姜枫边护着她边说：“苍颜，你快开门进屋！”

钟怀古一边护着苍颜一边对着那群记者冷声喝道：“你们这是干什么？不准拍照，不准采访！”

“夏小姐，请问中午发布的那条博客内容是否属实呢？”

“夏小姐，您的母亲真的是三十年前的知名画家吕蔚涯吗？你母亲的生活作风真的像博客中所说的那样吗？”

“夏小姐，你为什么要冒充夏家的千金小姐，甚至谎称自己是留学回来的，甚至成为盛华集团的财务总监，你为什么要欺骗大家，你这样做的目的是什么?”

“夏小姐，你的父亲到底是夏明宇还是姜瑾瑜?”

“姜枫先生，请问夏苍颜真的是你的亲妹妹吗?曾有人见到你俩颇为亲近形似情侣的在一起，不知道这件事情是否属实?”

“是啊，夏小姐，你前段时间怀的孩子是彭熙夜先生的还是这位姜枫先生的?”

……

“够了!”姜枫猛地冷声喝斥那些不问青红皂白就胡乱发问的记者，“你们谁敢再多问一句，我姜枫就与他势不两立!”

被他的冷峻模样吓住的记者都有一瞬间的愣怔，男神发起飙来还真是吓人，他们你看看我我看看你，果然气势小了很多，后面站着的一位记者不为所动，继续发问，“姜先生……”

姜枫忽然伸手指着他，浑身散发着冷意，眼神冷的仿佛能把人冰冻一样，“你再敢说一个字，就别怪我不客气!”

那个记者果然噤声不敢说话了。

起初苍颜还不知道究竟发生了什么事情，不明所以地看了一眼这群记者，可当有人问道她的父亲究竟是夏明宇还是姜瑾瑜时她拿钥匙的手猛地顿住，她扭头不可置信地看着那群记者，不知道他们为什么会突然跑来问她这些问题，更不知道为什么这些事情会被媒体知道……

钟怀古见她愣住，赶紧小声提醒道:“苍颜，你快开门呀!”这些记者只是暂时被姜枫的气势所慑，等会儿他们反应过来还是会进行狂轰乱炸的。

苍颜回过神来急忙继续开门，手抖得几乎拿不住钥匙，天知道她的心此刻是多么颤抖……当年的旧事被人翻出来了吗?

蔚涯的事情被人翻出来了吗？她的身世也被人翻出来了吗？

她一直在心里刻意忽略的事情终于还是要面对了吗？怎么办，熙夜，怎么办……

“夏小姐，请你对我们的问题进行回答！”

“对啊，请回答我们的问题！”

反应过来的记者心想这么多记者在一起姜枫肯定也只是吓唬吓唬他们，并不敢真的把他们怎样，现在只有拿到这最新的消息才是王道，为了新闻他们管不了那么多了。

“苍颜……”钟怀古担忧地看着她，要她忽然间面对这些问题对她来说该是多么艰难，这不仅牵扯到她的母亲更牵扯到她的身世……

苍颜霍然转身冷眼瞧着那两个说话的记者，冰冷的眼神像刺刀一样扎在他们的脸上，他们激灵了一下不自觉地屏住了呼吸，像是在等待审判一样，眼神有些不敢去看苍颜。

“回答?”苍颜冷笑一声，“不是什么人的问题我都会回答的!”

“夏小姐如此回避我们的问题，是不是说明博客所说内容全部属实?”

“那只是你的理解而已！新闻必须真实，你敢拿自己猜测的东西报道吗?”苍颜扭身故作平静的开门，气定神闲地走了进去，姜枫和钟怀古在她进去后也急忙跟着进去了，“嘭”地关门声把那些叽叽喳喳没完没了的记者关在了外面。

“夏小姐……”

“夏小姐……”

苍颜不去理会外面的擂门声，匆忙去开电脑，她现在迫切想要知道那是条什么博客，为什么会忽然有那样一条牵涉蔚涯、牵涉她身世的博客。

钟怀古见此急忙上前拦住她，“苍颜你别听外面那帮记者瞎说，你是夏伯伯的女儿，跟姜瑾瑜没关系，你不要去相信，咱不看什么博客和新闻了，好不好？”

苍颜沉着脸推开钟怀古，新闻和博客是怎么写蔚涯的她一定要看，她不在乎别人怎么说她，但她决不允许别人往蔚涯的身上泼脏水！

钟怀古还要去拦，却被姜枫抓住了手臂，“让她看吧，瞒不住她的。”

姜枫说这些话的时候眼里有一种沉痛，他从来没有想到过苍颜会是他的妹妹，同父异母的亲妹妹！她只知道姜瑾瑜风流成性，情债累累，却没想到事情会到今时今日这个地步。难怪那次他去墓地找苍颜，当他看到墓碑上吕蔚涯的照片时觉得那么熟悉，却一直想不起究竟在哪儿见过，原来他真的见过……

记忆中那个忽然出现在家里的女人在脑海里越来越清晰，那年他还很小，曾看到过一个女人和父亲争吵，吵得很凶，父亲盛怒之下让人把她赶了出去，然后父亲就要带他去打球，在门口他又看到了那个女人，她站在一棵树下看着他们，他扭头看到了那个女人悲戚的表情，只是那时候小小的他不知道发生了什么事情。

现在想来，也许吕蔚涯和姜瑾瑜争吵的话题就是苍颜吧，那个时候苍颜应该四岁……

一个半小时前一个叫“忘记前尘”的人发了条博客，内容详细地讲了蔚涯的诸多行为和苍颜的身世，短时间内已经被转发了一千多条，还有下面的评论更是把蔚涯骂的不得了，诸如“狗屁画家”“婊子”“贱人”“私生女”“贱人活该”“恶心”

等等这样的词满眼都是，苍颜的眼睛紧紧盯着电脑屏幕，她的表情是从未有过的沉冷，她颤抖的手指透露出她此刻的心慌，可她竭力保持着冷静，那个该死的混蛋怎么可以这样说蔚涯，他怎么可以这样说蔚涯！

大滴大滴的眼泪从苍颜的眼中滴落，她一句话都不说，一条一条看着下面的评论，骂蔚涯的话、骂她的话她都一一尽收眼底。

钟怀古原本就没怎么见过苍颜哭，除了十年前苍颜面对熙夜和娅婻的订婚而不得不离开这里的时候她哭过。

“苍颜，下面的评论我们不看了好不好？那都不是真的！”钟怀古焦虑地看着她，竭力安慰她。

苍颜一声不吭地滚动着鼠标，一条一条认真地看着，那些评论显得那么不近人情……每一个字都能让苍颜的心像被针扎了一样疼，为什么那些不明真相的人要这么骂蔚涯？凭什么他们可以那样骂蔚涯？蔚涯怎么着他们了吗？他们凭什么可以这样谩骂蔚涯？

钟怀古没有办法只好去夺苍颜手里的鼠标，苍颜立刻抬头瞪着他，那双眼睛已经通红了，有恨、有怒、有眼泪……还有绝望！

“苍颜……”

“把鼠标给我！”

苍颜冷冷地看着他，然后从他手里一把夺过鼠标继续去看那些让她抓狂的评论，每一条都不放过！

钟怀古无措地站在那里静静地看了苍颜一会儿，他通过这段时间观察也知道了苍颜现在的性格，她像刺猬的时候真的是逮谁扎谁，更何况现在是牵涉到她母亲，就更不会听别人的话了。

他扭身一把揪住姜枫的衣领，“你说，你到底安得什么心让苍颜去看那些东西？你看到苍颜的状态了吗？她现在难受的要死却拼命忍着呢！”

姜枫知道，他定定地看着苍颜，他知道此刻她的心里一定痛死了，他的心里也很痛！那些消息怎么可能瞒得住她，与其让她一个孤独地面对还不如他们陪她一起面对，总是要面对的不是吗？

“姜枫，苍颜以前的生活是怎样的你不知道，她四岁的时候失去了妈妈，又失去了姥爷，只剩下姥姥相依为命！十年前姥姥也撒手人寰，面对熙夜和娅嫡的订婚，面对那些突然出现的专找她麻烦的小混混她不得不离开这里，那个时候的她是怎么面对举目无亲的新环境和怎么舔舐伤口的，恐怕只有她自已知道。现在她好不容易有了家却又接二连三地发生悲惨的事情，她失去孩子、失去做母亲的资格，现在她母亲的事情又被人拿出来指责谩骂，说她是姜瑾瑜的孩子，你们是要逼死她吗？”

姜枫冷冷扫了一眼激动中的钟怀古，“你以为我想让她是姜瑾瑜的女儿吗？”

熙夜跟何小猛一起走了进来，见到这里的情形都不由愣住，熙夜看到苍颜正坐在电脑前，知道她已经看到了那个博客，他缓步走到她背后，轻轻抱住她，在她耳边轻声道：“颜儿，我们不往下看了，好吗？”

熙夜？苍颜的身体猛地僵住，是熙夜在安抚她。他应该也看到了博客内容吧，他肯定知道了她是姜瑾瑜的女儿了，她是他仇人的女儿……

其实自从上次她给夏明宇看了蔚涯留下来的信时她几乎已

经确定她就是姜瑾瑜的女儿了，这段日子她感受着熙夜的关怀和爱护，体会着熙夜细心周到的照料，她刻意去忽略自己的身世，甚至在看到姜瑾瑜被抓入狱的新闻时她也选择了忽略，她以为只要她忽略，那个信息就不会是真的，她就不会是姜瑾瑜的女儿，可现在有人把她刻意埋藏在心底的秘密给揭露了出来，而且还是以这样猛烈而又无情的方式……

她该怎么面对熙夜?

其实，早就想好了要离开的，她早就答应了夏明宇当她弄清自己的身世时就会离开，可是夏明宇一直不给她一个确切答案她就一直自己骗自己，也不去催问了，她害怕从夏明宇嘴里听到是，她害怕再也没办法跟熙夜站在一起……

可是最终还是没办法站在一起了吧，十年前的一切都在脑海中浮现，虽然当时熙夜的经历她没看见，可面对父亲的惨死、母亲的自杀熙夜他一定难过死了、恨死了，不然也不会像十年前龙华逼迫盛华那样去逼迫龙华。

她真的一点都不想成为姜瑾瑜的女儿，她甚至开始后悔为什么要把那封信给夏明宇看了，也许她不拿出那封信夏明宇就会一直认为她是他的女儿吧，不，夏明宇不应该公开承认她的身份的，这样她依然是个默默无闻的网络作家，就不会被推到舆论的风口浪尖上，就不会有人去调查她的一切，也就不会有现在发生的一切了吧……

可是这个世上哪有那么多的如果呢？没有如果，一切都是现实，残酷的现实！

她挣脱熙夜的怀抱，使劲儿把他推到门外，把他们几个都推到门外，把门反锁，她失魂落魄地趴到床上，用被子把自己蒙起来，以为这样就可以不用去面对什么现实了……

熙夜站在门口，眼里泛着沉痛的泪光，他知道苍颜此刻心里在想什么，他怕苍颜会选择逃避，从此远离他。她是谁的女儿对他来说并不重要，他爱的是她，只是她这个人！

这一次，对那些伤害苍颜的人他不会再手软！他说过，别人怎么伤害苍颜，他都会偿还回来，苍颜哭，伤害她的人就得跟着哭，苍颜痛，伤害苍颜的人就得跟着痛！

他在来的路上几乎调动了所有能调动的人去查这件事情，想必很快就会知道始作俑者是谁了！

他淡淡瞥了一眼姜枫，如果这次的事情还跟姜家、跟龙华有关系，他不介意彻底毁掉龙华！

姜枫看到他充满警告的眼神，没有说话。他看了一眼卧室紧闭的门，淡声说道："我先走了。"他看明白了彭熙夜刚才的眼神，如果他知道了始作俑者也一定不会放过他的，他现在要去监狱，他要去跟姜瑾瑜确认这件事情，他要让人去彻查此事，他要揪出隐藏在背后的那个人……

钟怀古想要拦住他，他怎么能在伤害了苍颜之后一走了之，何小猛摇了摇头，"怀古，让他走。"

钟怀古气急败坏地坐到沙发上，四月不明所以地"喵喵"叫了几声，又看着卧室的门叫了几声，像是在询问主人怎么不出来，主人怎么了？钟怀古抱起它轻轻抚摸了几下，"你主人现在正伤心呢，你安静着别出声。"

四月眨巴了几下眼睛又看了看何小猛和熙夜，果然不再叫了。钟怀古忽然想起什么，"一个多小时了，博客为什么没有被删除？"

"删除了两次，那人总是变换 IP 上传，现在网站正在做进一步处理，应该很快就会删除了。"何小猛说着长叹了一声也坐到了沙发上，“这都叫什么事儿啊，难道苍颜的父亲还真是姜瑾瑜不成?”

熙夜沉着脸瞥了一眼何小猛，没有说话。只靠着墙壁仔细听着卧室里的动静，这个时候他知道苍颜需要一个安静的环境来发泄自己的情绪，而他能做的就是安静的守在这里、守着苍颜!

钟怀古轻轻抚摸着四月，叹声说道:“也许苍颜最伤心的不是姜瑾瑜才是她的父亲，而是网上那些人对蔚涯阿姨的侮辱谩骂，还有那个始作俑者。”

何小猛一听不由坐直了身体，说着心中的猜测，“苍颜的身世我们也调查过，关于蔚涯阿姨的一切都被人做过处理了，查无可查，这个人是怎么知道苍颜身世的，而且还对蔚涯阿姨的事情知道的那么清楚?”

“这个人肯定认识苍颜，而且巴不得苍颜过不好!”钟怀古也猜测着，“谁会跟苍颜有这么大的仇恨啊?”

熙夜的表情微微一滞，手不由攥紧，他的脑海中闪过一个人的名字，会是她吗?他掏出手机给一个号码发了一条短信，就接着靠着墙壁竖起耳朵听里面的动静。

“你说谁会对当年的事情知道的这么详细?那个人必定是同时熟悉姜家、夏家和吕家的人，可是这个人会是谁呢?”钟怀古托着下巴在脑海中过滤着有可能的人。

何小猛忽然抬起头，“也许我们都忽略了一个人。”

钟怀古侧头盯着他，“谁?”

“罗静婷!”何小猛说道:“她是姜瑾瑜的情妇，姜瑾瑜被抓入狱，她心里一定大为恼火，她就把当年的事情全都抖露出来，以此攻击苍颜和盛华，甚至说是想让熙夜和苍颜反目!”

钟怀古沉思了一下，觉得有道理，当即就下结论，“肯定是这样的，我现在就去找她问清楚!”

他说着把四月放到何小猛腿上就站起身来，却被熙夜制止，“全凭猜测不能妄下结论，再等等。”

“等什么?”钟怀古不明所以地看着熙夜。

“调查结果。”简单的四个字说完，熙夜就不再吭声，他现在更关心的是苍颜在里面的情况。

听到敲门声三人俱是一愣，钟怀古怪叫道：“难道又是那帮记者?”

“记者都已经被驱逐出去了，有保安在外面把着他们应该进不来。”

“那会是谁?”

“开门看看就知道了。”何小猛把四月放到沙发上边说边往外走。

来人是夏明宇，何小猛愣了一愣随即道：“夏伯伯来了。”

钟怀古站起来，视线定格在夏明宇身上，眼睛里尽是惊讶，这个年才五十多岁的男人怎么一下子苍老了这么多，他的头发竟然全部变成了灰白色，乍看上去竟像个七十岁的老人……

夏明宇走到熙夜跟前，沉声道：“苍颜在里面?”

熙夜点点头，“您什么时候回来的?”

“上午刚到。”夏明宇边说边伸手敲门，“我去看看苍颜。”

熙夜伸手制止了他，“让我来敲吧。”他说着伸手去敲门，敲了几下等了一会儿没人应声，他和夏明宇对视了一眼，然后贴着门说道：“颜儿，你开门让我们进去，让我们陪着你好吗?”

又敲了几下，依旧没有听到回声，几个人的心顿时都提了起来，苍颜不会在里面做傻事吧?熙夜不管不顾地就开始撞门，撞了好几下才把门撞开，看到苍颜把自己蒙在被子里一动也不动，他三步并作两步奔过去一把掀起被子看到几乎哭成泪人儿的苍颜，心一下子被揪的生疼。他伸手拂开散落在她脸上的长发，缓缓把她抱在怀里，“颜儿，你哭出声来，好吗?”

苍颜微睁着眼睛，一动也不动，一声也不吭。看到她这个模样，熙夜的眼窝一热，一行泪当即就落了下来，他哽咽着声音心疼地说道：“颜儿，我求求你哭出声来，好不好，好不好?”

钟怀古拉着苍颜的一只手，也劝道：“苍颜，你哭出声来吧，别把自己憋坏了。”

夏明宇静静地看了一会儿，微叹一声，“苍颜，此刻的你应该坚强，应该勇敢地找出始作俑者!”他顿了顿，又说道：“你爷爷也回来了，他想见你，有些事情他想当面告诉你。”

苍颜动了动，抬起眼皮看了一眼夏明宇，他灰白的头发刺痛了她的眼睛，心也跟着猛抽了一下。这个男人那么爱蔚涯，看到网上那么多人骂蔚涯，他的心里也一定痛死了吧……

她抬手擦了擦眼泪，她不哭，她要找出始作俑者，她要听听夏宾鸿想跟她说什么，她要知道三十年前的事情……

第二十五章　真相

熙夜陪着她跟夏明宇一起到夏家的时候，夏宾鸿正坐在轮椅上喝茶，他端杯子的手微微颤抖着，见他们来也只是淡淡掀了一下眼皮，“坐吧。”

苍颜挨着熙夜在沙发上坐下，眼睛紧紧盯着夏宾鸿，不过才月余没见而已，他好像比之前更加苍老了，甚至可以用老态龙钟来形容他。她还记得去年她刚回来的时候，他虽然拄着拐杖可面色红润，说话铿锵有力，吵架的时候她都吵不过他……现在他坐在轮椅上，连一个茶杯都快端不稳了，才不过短短一年的时间，好像一切都变了，所谓物是人非也不过如此吧！

熙夜始终握着苍颜的手，“外公，您身体可好些了？”

夏宾鸿摆了摆手，“既然跟娅婻离婚了，就别叫我外公了，跟苍颜一样叫我爷爷吧。”

苍颜微微一愣，那声“爷爷”不自觉地就叫了出来。

夏宾鸿缓缓一笑，“还记得去年的时候你还直呼我的名字呢，现在也改口了。”他看了一眼窗外的天空，“时间过得真快啊，把我们都改变了，你们依旧年轻，可我已经老了，老的折腾不动了……”

想想这一辈子他走过的路，不由长叹一声，年少种种，如今想来，竟恍若隔世。他这一生经历了许多，世事在他眼中发生着变化，先前他手握权柄，叱咤风云，如今也不过是个被病体折磨的脆弱老人而已。

什么权势地位，荣华富贵，都不过镜花水月罢了。这些年若非儿子一直守在身边，他必定孤寡一生，原本他还有两个孙子的，可现在都身居国外不认他们了，原本他也可以有一个其乐融融的晚年的，可是他只能眼羡着别人弄孙膝前，感受着这空空荡荡的大房子……

既然这个家的改变因吕蔚涯而起，也该因吕蔚涯而结束……

“有些事情我瞒了许多年，现在想瞒也瞒不住了，索性就告诉你们吧。”夏宾鸿说着看了一眼夏明宇，脸上露出慈父的表情，“明宇你也坐下，一起听听。”

夏明宇的心顿时提了起来，他看着父亲的样子，像是有些事情父亲也是瞒着他的。他走到夏宾鸿跟前坐下，伸手握住父亲微微颤抖的手，等待着从父亲口中讲出的那个时隔多年的故事。

气氛显得有些沉重，夏宾鸿扫视了一眼屋内的几个人，这些都是他最亲近的人了。“娅婻呢？”

“她出去了。”

夏宾鸿微微点点头，他浑浊的老眼闪过一丝疼痛，他定了定神开始了回忆，“苍颜，你确实不是我们夏家的孩子，当年你姥爷来找过我，所以这些年我才任由你来闹。”

的确是这样，她每次来夏家，虽然会有阻拦但每次都能进来。想到姥爷，苍颜猛然想起了另外一件事情，“作为交换，我姥爷给你捐了一颗肾，是不是？”苍颜自己也感受到了声音里的颤抖，这是在询问，可是她的心里对那个答案是多么的肯定！

夏宾鸿没想到她竟然已经知道了这件事情，可他毕竟是经历过几多风雨的夏宾鸿，短暂的惊讶之后就恢复了正常。他没有否认，“是，他给了我一颗肾，让我善待你们。”

苍颜激动地猛然站起，“那你知不知道他那个时候已经是胃癌晚期了？你从他那里拿走一颗肾让他怎么活？”

“没有人不愿意活着！”夏宾鸿的声音无比的坚定！是的，能活着没有人想死，活着一切就都有希望，都有可能！“就算他不给我肾你以为胃癌晚期还能让他活多久？他用他的一颗肾做了他认为最有意义的事情，既然是你情我愿的事情我为什么要拒绝？”

“你就不怕那颗肾会把癌细胞带到你体内？你为什么没有得胃癌？你……”

“苍颜！”夏明宇冷声打断苍颜，“你不能这么跟爷爷说话！”

“你知道你姥爷为什么愿意捐肾给我吗？为了你！”夏宾鸿颤抖得更厉害了，那些他不愿想起的事情开始在他的脑海里浮现，人总是害怕回忆不好的事情，尤其是上了年纪的人。

苍颜惊讶地看着夏宾鸿，姥爷冒着生命随时都会终止的危险捐肾给夏宾鸿是为了她？此刻她迫切的想要知道当年都发生了什么事情，她重新坐到沙发上，等待着最后的真相。

“当年蔚涯还没出事的时候你姥爷就来找我，说愿意捐出一颗肾来救我的命，条件就是让我承认你的身份，让你的名字能进夏家的户口……”

“可是你并没有这么做。”苍颜凉凉一笑，“你接受了我姥爷冒着生命危险的捐献，却并没有履行诺言，而且在我姥爷最后的时间里竟然找不到医院救治他，那么多家医院竟然没有一家医院愿意救他，你让我姥爷用一条命换了一个谎言！"

"不是医院不愿救治他。"夏宾鸿顿了顿，有些无奈地叹了一声，"是确实救不了了，病入膏肓的人了，再救也救不活了……"

夏宾鸿咳了几声后又继续说道："我确实骗了你姥爷，因为我不能接受一个来路不明的孙女，况且当年吕蔚涯把我的儿子害的那么惨，甚至我的儿媳孙子都离我们远去……所以我只能给你们一大笔钱，甚至让你和娅婻一起上贵族学校，接受最好的教育，但我没办法接受你！"

夏宾鸿陷入回忆里，目光好像穿过几十年的时光隧道回到了从前，"当年我曾去找过蔚涯，起初不管我怎么问她她都说孩子是明宇的，看她的态度之坚决，我也以为那孩子就是明宇的了，可是她的生活作风有那么多问题，为了我儿子着想我是不会再让他们往来的，是我威胁明宇如果再跟吕蔚涯来往就把他们一家赶出这个城市……苍颜四岁那年吧，我听说她去找了姜瑾瑜，想让姜瑾瑜承认苍颜，我又去找了她，在我的百般逼问下她终于承认了孩子不是明宇的。"

夏明宇握紧了夏宾鸿的手，嘴角微抖着，"父亲……"

"我不让她进夏家的门不仅是因为她的不贞不洁，也不仅是因为她伤害了明宇，而是因为她居然想用别人的孩子来冒充夏家的骨血！"夏宾鸿说到这里声音里有些许的激动，好像还对当年的事情耿耿于怀，"可是我也能理解她那做母亲的心，孩子出生总不能没有户口，因为姜瑾瑜那个混蛋的不承认，她才想利用明宇对她的爱来为她的孩子谋一个将来……"

夏明宇的眼角有泪流出，每次说到蔚涯都无疑是揭开他心里一直都不曾愈合的伤疤，让心里的血一直不断地流，他哽咽着声音喃喃说道："蔚涯……"

苍颜抹了一把脸上的泪，“蔚涯不是想让我出生后有一个户口，或许她也曾想过要为我谋一个好的未来，让我衣食无忧的生活在夏家，蔚涯心里最痛的是她生下的孩子不是她心爱男人的，她忍受不了自己的不洁，才会变得那么极端。”

“所以我们一家都痛恨着姜瑾瑜，要想打败那个把我儿子害得二十多年孤寡一人沉浸在过去的悲痛中的姜瑾瑜，我手里必须要有筹码，而在N市能和龙华对抗的就只有盛华。”夏宾鸿歉疚地看了一眼熙夜和苍颜，“孩子们，你们别怪爷爷，我不能眼睁睁看着我的儿子活在悲痛中而姜瑾瑜那个衣冠禽兽却活的潇洒自如！”

“所以十年前当盛华陷入危机的时候你立刻找人跟我谈条件，冷硬地拆散了我们四个？”熙夜冷沉的声音透着心底的哀伤，“你不想夏伯伯一个人痛苦，却让我们四个人一起痛苦了十年！我们的青春，我们的生命，甚至我们的爱情和友情都成了你报复姜瑾瑜的牺牲品！您不觉得您太残忍了吗！”

夏宾鸿的眼角滑落一行老泪，猛烈地咳嗽了一阵才继续说道：“是啊，我承认我的确是残忍的，为了自己的目的拆散了你们四人，改变了你们的人生轨迹，甚至让苍颜孤身在外漂泊了九年！可是十年前盛华的危机可能是我唯一的机会，我以政商联姻的理由来威逼利诱你，让你不得不和娅嫡结婚。你们知道的，娅嫡，是我唯一的外孙女，我的女儿女婿去的早，我必须要好好照顾我的外孙女，而你是个优秀的年轻人，我以为你能给娅嫡带来幸福。况且娅嫡从小耳濡目染，她知道怎么能让自己在一家大公司里站稳脚跟，在生意上更是比苍颜更适合成为你的助手，所以在我看来娅嫡是最适合嫁给你的……是我忽略了你们的爱情和友情，只是自私地想要达到自己的目的狠心利用了你们！是我错了……”

这还是他们第一次见到夏宾鸿认错，原本以为像他这样的人从来不会觉得自己错，更不会去认错。

苍颜的手和熙夜的手紧紧握在一起，他们彼此感受着对方来自心底的颤动，他们知道这一天，所有的谜底都会揭开。

夏宾鸿静静看了一会儿苍颜，良久，长叹一声，“有谁会看着自己家的骨血流落在外而不相认呢，苍颜，这么多年来你心里定是恨极了爷爷吧，也恨极了你夏伯伯，你心里也许会有千万个疑问，想知道我们为何不愿接纳蔚涯不愿接纳你，这就是答案，这几十年来是我太过于自私了，以为自己手中有点权力就不把你们放在眼里了，如今我将不久于人世了，原本固执坚持的东西好像忽然间都看开了……苍颜，你是个好孩子，是爷爷的偏见和固执让你吃了这许多苦……”

当夏宾鸿说到他将不久于人世的时候苍颜的心猛地紧了一下，这么多年了，这还是他们第一次这样坐在一起心平气和地谈话，可给她的感觉却是这有可能是他们最后一次这样谈话了……

从来都不曾想过有一天他会这么苍老、这么虚弱、这么可怜……

苍颜觉得自己的喉咙酸涩得像是要坏掉。

“颜儿。”熙夜紧紧抱住苍颜，她的眼中盈满泪水，这一刻她身上随时会竖起来的刺全都软的没有一点抵抗力，有的只是那假装的坚强被撕开后的无助和脆弱！一如十年前一样，她在人前不管不顾地落泪，却始终不肯让自己哭出声来！“如果你觉得难过，如果你想要哭泣，就痛痛快快地哭出声来，在我们面前你不需要把自己伪装起来，眼里有泪，当眼泪止不住的时候，索性就让它流完吧！”

忽然从外面传来一声冷笑，众人朝声音的来源看去，只见程娅媠正双臂环胸地站在客厅门口，她冷冷瞥了一眼熙夜，“你的眼里心里只有她，我哭泣我难过的时候你在哪里？”

“娅媠回来了。”夏明宇眨巴了几下眼睛，抬手擦掉挂在眼角的泪珠，“你去哪儿了？”

程娅媠表情极为不屑地看了他一眼，“你们不是都关心着苍颜吗？你们陪她一起哭一起笑哪还有心思管我的事情！”

夏明宇的神色一冷，“娅媠，你这是说的什么话？”

“什么话？”程娅媠冷笑一声，“舅舅，在你心里是苍颜重要还是我重要？现在苍颜给盛华带来的负面影响远比我带来的大，为什么苍颜就可以留下来当什么千金大小姐？而我就必须离开盛华？离开就离开，我现在就去收拾东西，永远离开这里！”

程娅媠说着就往楼上跑，夏明宇急忙让佣人上去看看，而就在此时何小猛一脸紧张的样子从外面跑了进来，他附在熙夜耳边说了几句话，熙夜的脸色当即就变了，他抬眼看着程娅媠爬楼梯的背影，眼中闪过一丝冷厉，随即对何小猛说，“你立即去银行，看能否追回来！”

苍颜紧张地看了一眼熙夜，“发生了什么事情？”

“没什么。”熙夜淡淡一笑，“财务转错了一笔账，我让猛子去银行查看一下是否还能追回来。”

可是他方才眼底闪过的冷意没能逃出夏宾鸿的眼睛，他知道这件事情肯定不是他说的那么简单。他抬头看了一眼楼上，也许这件事情和娅媠有关系吧。

“熙夜。”夏宾鸿转过视线看向熙夜，“你能否答应我一件事情？”

“爷爷请讲。”

“我只有娅婻这一个外孙女，她从小就有些胆小怕事，没有安全感，虽然你们离婚了，虽然这些年你们只是名义上的夫妻，可你能否在照顾苍颜的时候也帮我好好照顾她?”

原来这几年的一切都没逃出他的眼睛，他好像什么都知道，什么都知道……可是他该怎么好好照顾娅婻，她已经走上了犯罪的道路，在法律面前他还能有什么办法呢?

他点点头，说道:“我会尽力的。”

即便这只是一个比较中肯的说辞，但既然是从熙夜嘴里说出来的，如果娅婻做了什么过分的事情他也不会下手不留情面了。夏宾鸿知道，他一直都知道，除了苍颜，熙夜对谁都是下得了手去整治的……

程娅婻提着行李箱下来的时候熙夜夏明宇得到父亲眼神暗示起身拦住了她，“娅婻，你不要任性，把东西放回房间，好好在房里待着。”

“你以为此时此刻我还会听你的话吗?舅舅，我一直都敬重你，可我不是你们随意摆布的玩偶，我有自己的想法和追求，从今以后你们就不要再管我了，就当我死了!”

“你这是说的什么话?”夏明宇觉得不可思议，“你待在这个家里还有什么不满足的?”

“满足?”程娅婻冷笑一声，眼睛里凝聚起恨意，“当我的爱情被人粉碎的时候、当我寄人篱下的时候你让我拿什么满足?我战战兢兢经营了这么多年的一切都被吕苍颜那么轻易地夺去了你让我怎么满足?我对外公和舅舅的任何决定都不敢反抗，生怕有一天你们给我的那些东西都会被收回!我每天活得提心吊胆的你们知道吗?”

夏明宇不可置信地看着程娅婻，嘴角微微颤抖着，“我竟不知道你这样想的，我竟不知你在这里会有一种寄人篱下的感觉!”

夏宾鸿颤抖得更厉害了，他苍老的声音里带着几分颤抖，“娅婻，你爸妈去的早，你从小就在外公身边养着，外公何曾把你当过外人？你这样想，这么做无疑是在戳外公的心窝子!”

程娅婻惨然一笑，眼泪一滴滴落下，“外公，这些年都是您在戳我的心窝子，是您毁了我一生的幸福，是您毁了我!”

她松开行李箱一手怒指苍颜，“还有你，吕苍颜！我爱着的钟怀古也在十年前离我而去，更在我怀了他的孩子后狠心抛下我出去漂泊，你知道这么多年他一直和你一样漂泊在外是因为什么吗？因为你！他走遍世界是为了寻找你！而他……”她的手指向熙夜，厉声说道：“还有你彭熙夜！你找苍颜找的要发疯，后来你终于不再出去找她了，我以为你是死心了，可谁知道你原来把她藏在了心底！甚至在我爱上你的时候，你依旧不肯多看我一眼！你知道我此刻我有多恨你吗?”

她又抬手指向楼上，“还有那个孩子，那个孩子就是一个错误！我和孩子都被你们抛弃了，我难道不该为我、为我的孩子争回那些原本就属于我的东西吗？金钱财富会让我和孩子在没有亲情、没有爱情的情况下也可以活的很好！我的心里可没有那些所谓的仁义道德，我只知道我要给我的孩子争一个美好的未来!”

“所以你转走了公司账面上所有的资金，是吗?”熙夜冷声喝断她，他起身走到程娅婻跟前，“那不是个小数目，那是几个亿！你分批转走的这笔钱，当真以为我不知道吗？程娅婻，我只是念着往日的情分、念着你跟苍颜的姐妹情、念着夏爷爷和夏伯伯对你的关爱才没有动你，我以为你会收手、会悔改，可你的胆子真是天似的大，几个亿的钱你都敢动!”

程娅婻的脸色“唰”地一下变得惨白，她别过脸不去看熙夜，“我不知道你在说什么!”

“要我给你看证据吗?”

这时熙夜的手机忽然响了，程娅婻借此想要逃跑，却被熙夜一把抓住手臂，等熙夜听完电话内容的时候整个人阴沉的让人心底打颤，他猛地把手机摔到地上，一把掐住程娅婻的脖子，眼神犀利森寒，声音冰冷至极，“为什么?”

程娅婻被他钳制住动弹不得，颇费力气地说道：“我不知道你在说什么。”

“为什么要指使别人发那样的博客，为什么要把苍颜的身世和蔚涯阿姨的事情公之于众?”

本来要去阻拦熙夜的夏明宇猛然顿住脚步，这简直不能用震撼来形容他此刻的内心了，这简直是晴天霹雳，他盯着程娅婻看了好一会儿，仿佛不认识她一样，“这一切都是你做的?”

原来连这都知道了吗，程娅婻看着夏明宇和苍颜的憎恶的眼神，缓缓一笑，供认不讳，“是我做的，这一切都是我做的，我从小就胆小怕事，你们都没想到我会敢做这样的事情吧？怎么样？是不是大出你们的意外?”

“你是怎么知道那些事情的?”

熙夜缓缓松开她，退到一边，冷眼看着程娅婻，他说过任何敢伤害苍颜的人都得付出代价。

程娅婻脖子上一松，呼吸就自由起来，刚才她真的以为彭熙夜会掐死她。她呼吸了好几下才终于呼吸均匀，她抬头对上夏明宇满是怒火的眼睛，“秘密，不会永远都是秘密。我只不过是在你陪外公去国外疗养期间帮你收拾了一下房间，我发现了一封信，从信上知道吕苍颜根本就不是你的孩子，你知道我当时心里多恨吗？原来你早就知道了苍颜不是你的女儿却还是把最好的都给她，你肯对一个不知生父是谁的私生女好，都不愿对我好，夏明宇你摸摸你的良心你对得起我早逝的爸妈吗？”

夏明宇疾步走上前扬手给了程娅婻一个耳光，他愤恨的眼睛都红了，“别拿你爸妈说事儿，告诉我你究竟为什么要这么做？”

程娅婻捂着疼的火辣辣的脸，脸上尽是恨意，一字一顿地说道：“伤害我的人，也别想好过！”

夏明宇盛怒之下要再次扬手去打她的时候被苍颜拦住了，“夏伯伯，让我和娅婻谈谈。”

程娅婻厌恶地看着苍颜，当即反驳道：“我跟你没什么好谈的，你跟你妈一样，骨子里都是放荡的，不然也不会招惹了这个男人又去招惹那个男人，婊子生的贱人……”

“啪！”又一声清脆的耳光打断了程娅婻的话，苍颜红着一双眼睛紧紧盯着程娅婻，冷声说道：“我说过，别人怎么说我都可以，但这么说我妈就不可以，你为什么要一次一次撕裂我的伤疤，一次一次在我的伤口上撒盐？”

“因为我恨你！”程娅婻猛地推了一把苍颜，“你知道我有多恨你？恨你为什么可以得到那么多的爱、恨你为什么会被外公和舅舅接受、恨你抢走了我的爱情、抢走了我的亲情、抢走了我的一切！吕苍颜你为什么不死啊？上天为什么那么眷顾你，得了胃癌还能治好，还能活蹦乱跳的出来碍我的眼！所以当有人找到我又给我讲了一个故事之后，我就知道了你是姜瑾瑜的孩子，那个风流成性却又惯会始乱终弃的男人才是你的父亲！”

苍颜冷眼看着程娅婻，眼中几多不屑，“程娅婻，你就是一个负心的人，不仅辜负了友情，还辜负了爱情，更辜负了亲情！

没有人想要离开你，是你骨子里的自卑让你像惊弓之鸟一般患得患失，让你活的这么压抑！伤害了你身边最爱你的人！”

“我要你管！”

夏明宇上前一步逼问道：“那个人是谁?”

“是谁都不要紧，只要能让你们过得不舒坦那个人是谁都不要紧！夏明宇，你此生的情都只给了吕蔚涯，你活该落得妻离子散的下场！”她打量着这个奢华阔大的家，缓缓后退一步，“还有这个家，我恨死了这个家！这个家剥夺了我的自由、剥夺了我的爱情、剥夺了我的一切！我一切的苦难都是从这里开始的，都是从这里开始的……”

突然出现在客厅的警察让她惊愕地打住了近乎嘶吼的声音，警察来了？警察要来抓她了？她本能地跑到夏宾鸿身边，抖着声音说：“外公，外公，他们要来抓我了，你救救我、救救我！”

夏宾鸿看了一眼进来的几个警察，忽然猛烈地咳嗽了几声，竟咳出一口血来。

夏明宇见此脸色一白，急忙前去拿药，一边给他喂药一边安抚着他，“父亲，这些事情您就不要操心了，让儿子来办就好了，您快去卧房休息吧。”

夏宾鸿瞥了一眼吓得哆哆嗦嗦的程娅婻，昏花的眼中闪过一丝失望，他摆了摆手，“我老了，管不动了，由你们折腾去吧！”

夏明宇搀扶起他，缓缓像卧室走去。

没有了夏宾鸿的庇护，程娅婻才是真的慌乱起来，她奔到熙夜跟前，拉住他的胳膊，“熙夜，你救救我，我真的不想坐牢，熙夜我错了，我真的错了，我不该偷你的钱，我不该偷那么多钱，你原谅我好不好？熙夜你救救我，我真的不想去坐牢……”她见熙夜不为所动，又去求苍颜，“苍颜，我们是好姐妹啊，你快跟熙夜说说让他帮帮我，他最听你的话了，你让他帮帮我，几个亿会被判处死刑的，苍颜，我不想坐牢不想死……”

熙夜把她从苍颜身边拉开，“你既然不想被坐牢不想被判处死刑，为什么还要这么做？”

程娅嫡愣了一下，随即又抓住熙夜的胳膊，“是魏明让我这么做的，是他指使我做的，那个账户也是他开的，熙夜，我是被逼的，你救救我好不好？”

“你以为我能救得了你吗？”

苍颜抓住熙夜的另一只胳膊，眼神里有请求，即便程娅嫡这么伤害了她，她也不能眼睁睁看着娅嫡出事不管啊，熙夜看向苍颜，眼中闪过一丝不忍，这个傻颜儿啊，不管别人怎么对她，她总是心存不忍。他拍了拍她的手，给她一个安慰的眼神，苍颜懂得了那个眼神的含义，就放下心来，他就知道他一定会有办法的。

警察把程娅嫡带走的时候她嘴里还在哭喊着让熙夜救救她。等他们走后，夏明宇才从卧室里出来，他看着熙夜和苍颜，一脸的愁容，不过是一会儿的时间，苍颜觉得他好像又老了许多。

夏明宇在沙发上坐下来，一身的疲态。他低头沉默了好一会儿才看向熙夜，再开口时声音有些黯哑，“有没有什么办法可以救她？”

熙夜沉吟了一下，看了一眼楼上，“也许，尚在哺乳期的孩子能帮她缓一缓。”

夏明宇点了点头，没有再说话。

熙夜和苍颜见此只好告辞了，也许这个时候他们都需要安静的环境来缓解一直紧绷的神经。

当他们走出夏家的时候一大群记者顿时围了上来，“夏小姐，虽然您是盛华承认的夏家大小姐，可是您从来没有在这里居住过，能告诉我其中的原因吗?”

“据知情人士透露，您和夏家的关系并不好，甚至时常发生口角之争，这是不是和您的身世有关系?”

“夏明宇先生和姜瑾瑜先生之间，究竟哪一位才是您的亲生父亲呢?”

“程小姐为什么会被警方抓走?”

……

熙夜紧紧护着苍颜，不让记者靠近她，又在夏家的保安帮助下才顺利坐进车里，熙夜手握方向盘问苍颜，“是回家还是去哪儿?”

苍颜看着窗外，“夜，你说给娅嫡讲故事的人，会是谁?”

“罗静婷。”几乎是毫不犹豫地熙夜就说出了这个名字。

苍颜疲惫的靠向椅背，“夜，送我回家吧。”

第二十六章　和解

苍颜站在十八楼的窗前看着那个西装笔挺站在楼下仰望这里的熙夜，眼泪如决堤的洪水一样泛滥出来，她知道，终于还是到了分别的时间。

她知道不管她的父亲是谁熙夜都不会介意，可是她介意，她介意的要死，她心痛的要死！她无法忍受自己的父亲是姜瑾瑜，那个害了蔚涯、害了她、也害了熙夜的男人！还害得夏伯伯为此孤寡了半生！

夜，其实当我知道姜瑾瑜是我父亲的时候我就已经在筹谋着离开了，当我知道我再也不能为你生孩子的时候这个想法就更坚定了，可是熙夜，一想到我将要离你而去我的心就痛的让我无法呼吸，我是那么的舍不得你、舍不得我们的爱情……

当年当你要选择和娅婻在一起的时候是不是也像我现在这样痛？当初你放开我是为了我好，现在，我可不可以也这样想？

你放开我一次，我放开你一次，这样也算公平了，不是吗？

苍颜摸了摸腹部，如果那个孩子没有掉，现在快成形了吧？她有时候想不明白，为什么她只是掉了一个孩子，就永远不能再有孩子了呢?

她也知道，她的身体是不适合生孩子的……胃癌也不是一两次手术就能治愈的……

她躲在窗帘后面，看着熙夜坐进车里，看着车子把熙夜带离她的视线，她知道，这次是真的要分别了……

姜枫来到的时候苍颜依旧站在窗前，怔怔地望着远方，她在这里站了一夜，是敲门的声音把她拉回了现实。开门，看到姜枫胡子拉碴的脸，心底微微一颤，不过一夕时间他竟然憔悴了这么多。

她尴尬地扯了扯嘴角却没能笑出来，只好停了这个动作，“哥……”

哥？姜枫的心猛地一颤，哥……多么亲近又疏远的字啊，从此以后他们之间再也没有别的可能。昨天他跑到监狱问过了，姜瑾瑜向他坦白了一切，虽然姜瑾瑜说的并不十分确定，可他知道这件事情错不了了，他和苍颜身上流着同样的血，他们是血浓于水的兄妹！

姜枫尴尬又心疼的看着她，良久，点了点头，迟疑了一下才终于找回声音，“你，还好吗?”

“嗯，还好。”苍颜让了让门，“进来吧。”

“不了。”姜枫看着苍颜，“姜瑾瑜想见你。”

苍颜愣了一下，点点头，“刚好，我也想见见他。”

监狱那边姜枫已经安排好了，苍颜很顺利地见到了姜瑾瑜，这是她第一次见姜瑾瑜，她听说他快六十岁了，即将是个花甲老人了，可他的样子并没有实际年龄那么老，他的眼睛很大，只是有些黯淡，苍颜想也许他之前的眼睛是很明亮的，是监狱生活让他失去了光彩；他的头发很浓密，只是鬓角也已白了，不像夏明宇头发灰白的像是老了二十岁……

苍颜打量姜瑾瑜的时候姜瑾瑜也在打量她，之前姜瑾瑜让人调查她的时候已经看过了她的照片，跟吕蔚涯长的有些像，怪不得之前觉得她的眉眼之间有些熟悉，原来竟是吕蔚涯的女儿……也是他的女儿。

当年吕蔚涯来找他的时候他以为吕蔚涯只是想利用一个孩子爬进他们姜家的大门，而那时他的实业刚刚做大，他不可能为了一个不贞不洁的女人毁了自己的前途，断然拒绝好像是当时最好的选择。

他心中不是不怀疑的，恰好苍颜近期也接二连三的手术，他让人找医生偷偷抽了她一点血做了DNA检测，当他看到那百分之九十九的相似数据时心里的震撼恐怕只有他自己知道，正当他要找苍颜谈谈时彭熙夜又以雷霆手段把他送进了监狱，他想也许这件事情可以烂在他心里的，可是竟然有人公开了苍颜的身世，公开了那一段过往……

他是混，向来视女人为衣服，用完了就像丢破抹布一样丢了，可是他还没有混到不认自己的孩子，虽然他知道苍颜一定在心里恨死了他……恨也好，不恨也罢，都改不了他们是父女的事实。

"你很像你母亲。"姜瑾瑜看着苍颜，率先打破沉默。

苍颜看着这个让他痛恨的男人，眼里除了冰冷什么都没有，她也没有吭声。

姜瑾瑜认识这样的眼神，蔚涯也曾像他露出过这种眼神，寒冷里夹杂着嫌恶。他定了定神，继续说道："不管你怎么恨我，你都是我的女儿，这点你改变不了。"

苍颜冷笑一声，淡淡张口，"你不配。"

姜瑾瑜微微一愣，她这样漠然的样子真是跟吕蔚涯一个模子刻出来的。他微微一笑，“配不配的又有什么关系，我姜瑾瑜从来都不在乎别人怎么看我，所以你也不用嘲讽我，对我没用!”

苍颜气结，这个男人果然如传言中的那样让人厌恶。“我来见你，不是想认你作父亲的，我来只想告诉你，在法院判决下来之前你最好去蔚涯的墓前跟她道歉，你必须为你曾经犯下的罪孽道歉!”

“我会去跟她道歉的，但我不是为她去的，我是为你，为了我的女儿去的！吕蔚涯那样薄凉的女人她活该有那样的下场……”

苍颜一把把手中的对话机砸向姜瑾瑜，可惜被窗户挡住了，苍颜恨得只想冲进去把他撕碎了拖出去喂狗!

旁边的狱警上前一步拦住情绪不稳的苍颜，把她带了出去。苍颜刚出去就看到了戴着手铐被警察押送进来的魏明，她面无表情地从他身边走过。

她失魂落魄地走出监狱，抬头看了一眼蔚蓝的天空，心里的失落难以用言语表达。她只知道，曾经年少时一起长大的朋友，这次是真的散了。

姜枫伸出手拍了拍她的肩膀，却是一句话也没能说出来，此时此刻好像所有的言语都会是多余的，即使想说也不知道该说些什么了，想对她说一句抱歉的话又害怕她会不原谅……

“散了。”

苍颜呢喃出两个字，就走了。

姜枫耳中回荡着她的这两个字，喉结翻动了几下，心里微叹一声，的确是散了！他回身看了一眼身后的监狱，长叹一声，爸爸，你一直想传承子孙后代的龙华集团，也要散了……

苍颜来到墓地的时候夏明宇正站在蔚涯的墓碑前静静地出神，她迟疑了一下还是走到了他跟前，与他一起并肩站着。

夏明宇侧头看了一眼她，“你来了。”

苍颜点点头，伸手把手里的菊花放到墓碑前，又去抚摸了几下蔚涯的照片，说：“我再来看看蔚涯。”

“是要离开了吗？”

“嗯，要离开了。”

“熙夜知道吗？”

“我不想让他知道。”

夏明宇微微一愣，眼中闪过一丝惊讶，“你想一个人走？”

苍颜耸了耸肩，笑的很是无奈，“其实，我也不想一个人走的，或者说我并不想走……”

“不想走就不要走了，这里就是你的家，夏家就是你的家。”

苍颜感激地看了他一眼，“谢谢你，夏伯伯，谢谢你一直爱着蔚涯，也谢谢你一直纵容着我的任性。”

夏明宇没有吭声，但当他听到“蔚涯”这个名字时眼角跳了几下，苍颜知道，这个男人一定是爱极了蔚涯，不然也不会为了蔚涯而弄得自己妻离子散，到现在他的两个孩子都不回来认他……

“爷爷，他还好吗？”

夏明宇抬头看向天空，忽然长叹了一声，“好不了了！”

已经这么严重了？苍颜看着天空，缓缓说道：“爷爷得的是什么病？”

“人年纪大了，疾病就会侵袭了，爷爷说他这一生活够了，不让医生治疗了。”夏明宇没有告诉苍颜，是她姥爷移植的那颗肾出了问题，还有肺癌……

苍颜没有吭声，只觉得喉咙酸涩的发胀。都要离去了，活着的将要死去了，在的也将要离开了。

“也许这样离开，也是一种解脱。”

“是啊，精神和肉体都将获得解脱……”他的声音戛然而止，双眼死死地看着那个向这边走来的男人，他的身后还跟着一个年轻的小伙子，那个男人就是化成了灰他也认得！“姜瑾瑜！”

苍颜扭头看到姜瑾瑜和姜枫正一前一后的往这边走来，视线再看远一些，还有几个便衣站在不远处。

在看到夏明宇的那一刻姜瑾瑜也有些愣神，夏明宇……他们斗了几十年了，现在却在一个女人的墓前以这样的方式见面，这还是第一次。他并没有理会夏明宇，他缓缓俯身把手中的菊花放到吕蔚涯的照片下面，他看着蔚涯的照片，依旧是年轻的，漂亮的，才猛然惊觉，原来他都已经这么老了！原来除了蔚涯，当年的那些人都已经接近花甲！甚至孩子们都已经到了他们曾经的那个年龄了……到底是时光飞逝，光阴如箭啊！

所有的事情，不管好的坏的，都在这时间的长河里沉没了，所有的恩怨也都被时间冲淡了，甚至再也没有当年的那种爱或者恨了，大风大浪经历过后，他们的内心都已经渐渐归于宁静了……

“二十四年了，再次见她却隔着一块墓碑，隔着阴阳……”

夏明宇冷声打断他，“你也配站在蔚涯的墓前，你还嫌伤她伤的不够狠吗！蔚涯上辈子究竟犯了什么错让你那样折磨她？”

“她的确错了！”姜瑾瑜冷笑一声，“她错在不该把名利看得那么重要，也不该在名誉一落千丈的时候还奢望什么狗屁爱情！吕蔚涯死了，你跟我斗了三十年，夏明宇你和吕蔚涯有什么区别？自己放不下感情，才会被感情折磨！如果你们从一开始也能像我一样告诉自己不去爱任何人，你们这么多年也不会都活在痛苦里了……所谓烦恼自寻，苦笑由人，凭什么因为我活的比你们潇洒你们就来怪罪我？”

夏明宇一把抓住他的前襟，如果不是还有一丝理智在，他真的很想一拳打死这个混蛋！“你以为别人都像你一样自私吗？你以为别人都愿意像你一样任意践踏别人的感情吗？”

姜瑾瑜冷笑一声，“自私？跟我谈自私？”他敛起脸上的冷笑一本正经地看着夏明宇，“你想和吕蔚涯在一起难道不是出于自私的心理吗？爱本来就是自私，不爱也是自私的，你们有爱的权利，我也有不爱的权利！”

“滚——”苍颜猛地推了一把姜瑾瑜，“滚，滚出这里！”

“爸，你为什么非要这样呢？在蔚涯阿姨的墓前你心里难道一丝愧疚都没有吗？三十年来你都没有半点反思之心吗？”姜枫气急败坏地看着姜瑾瑜，“爸，你把苍颜一家害成这样就难道不该道歉吗？”

姜瑾瑜愣了一愣，他在这一刻忽然觉得很迷茫，这么多年来他除了那些女人的怨恨和咒骂以及身体短暂的快感他还得到了什么……女儿不肯认他，儿子也与他疏离，一心想传承下去的龙华也即将倾毁，到头来他好像什么都没有得到，身边的人却越来越少了，难道这真是苍天给他的报应吗？

他看着儿子气愤的表情，看着苍颜怨恨的眼神，看着夏明宇灰白的头发，看着身后那几个便衣警察，他愣怔了好一会儿，缓缓走到蔚涯的墓前跪了下去。老泪一瞬间爬上了他的脸庞，他像个孩子一样失声痛哭着，好像什么都失去了，什么都没有了！

是他的报应，是上天对他的惩罚！他这一生的风流终究还是得到了报应！他谁都没爱过，所以到最后谁都不爱他……他就是孤家寡人一个，还要接受法院的判决，他这一生已经完了，他觉得自己很可怜、也很可悲！

到最后竟落得这般凄惨下场，他忽然开始羡慕起夏明宇来，那个被他嘲讽了几十年的人现在成了他最羡慕的人……

苍颜看着姜瑾瑜跪在地上的身影、听着他的失声痛哭，这一刻她忽然不再怨恨这个男人了，甚至在心底还有一丝悲悯……

姜枫看着因为哭泣而身体颤抖的父亲，眼里的泪终于掉了下来，因为母亲的自杀，因为父亲的风流，这些年他心里一直怨着父亲，可是这一刻除了悲伤他什么都感觉不到……

夏明宇忽然长叹了一声，相互争斗和算计了那么多年，如今看着这样的姜瑾瑜，他也觉得可怜，他看着蔚涯的照片，又是一声长叹，一直压在心底的石头一瞬间落地了，可他却没有觉得轻松，在这场争斗里，没有人笑到了最后，他们都是输家……

第二十七章　执手

第二天龙华集团总裁姜枫正式宣布龙华集团破产，当天盛华集团董事长彭熙夜召开记者发布会表示有收购龙华的打算，至此这场持续了几个月的商战终于宣告结束。

苍颜默默关掉电视，走到窗前静静地看着天空出神，这一切终于都结束了。

没过多久，熙夜打来电话问她在哪儿，她沉默了一会儿还是选择了对他撒谎，“夜，我在墓地陪蔚涯。”

“好，我去接你。”

苍颜挂了电话，忽然用手捂住脸。夜，分别的这一刻终于还是要来了……

熙夜赶去墓地发现她不在，等他再赶回来的时候已经是四个小时后了，那时她应该已经走远了吧，即使他去追也追不上了……

苍颜的耳中回荡起医生对她说的话，“胃的部分切除手术之后，还需要住院做辅助化疗，也许这样还能保证你的生命，甚至根除癌细胞！”

她没有选择化疗，她不是不想治好自己的病，她只是不想再让人看见她脆弱难看的样子。

走出花园小区的时候她抬头望了一眼那栋楼，这里曾有姥爷、姥姥和蔚涯，还有她……她不知道这一别还能不能再回来，她知道不管走的多远，她都带不走有关这里的一切记忆，还有她的青春……

钟怀古坐在车里看着她的身影，她还是一个人、一个背包、一只猫，一如十年前一样，看上去像只是出去逛一会儿，可他知道苍颜那一回头的仰望就是告别，她要走了，再次离开这里。他缓缓推开车门，张了张嘴却没有发出声来，他不知道这个时候要不要去阻拦她，上次是迫不得已的逃离，这次是无可奈何的离开……

苍颜不经意间瞥到一旁站着的钟怀古，微微一愣，缓步走到他跟前，他脸上早已没了刚回来时的放浪不羁，有的只是深沉和阴郁，也许这才是本真的他，那不羁的样子只是做给别人看的。

“你来了。”

“你要走了？”

苍颜不知道他是怎么知道的，但她没有否认。

“这次要走多久？”

“不知道。”苍颜望了一眼天空，淡淡道：“也许还会回来，也许就不再回来了。”她忽然想起一件事情，“娅婻怎么样了？”

钟怀古苦笑了一下，“没想到她把你害的这么惨，你还关心着她。熙夜已经向法院递交了申请，但是娅婻的犯罪情节太过严重，不知道法院是否会考虑缓刑。”

苍颜的眼睛微酸，她低头走了几步又停下，没有回头，“不要告诉熙夜。”

钟怀古轻轻嗯了一声。“苍颜，我去送送你吧?”

“不用了，我自己一个人走。”

钟怀古看着那个抱着四月决绝离去的女子，忽然不顾形象的趴在车上大哭，也许此生都再见不到了……

苍颜听着背后传来的哭声，眼睛好像更酸了，她没有回头只决绝地迈着脚步，她怕停留的时间越长，她越舍不得。

赶到机场的时候，在机场入口看到了站在那里的姜枫，他好像在等什么人。苍颜的脚步顿了顿，勇敢地走上前去，姜枫看着她怀抱四月就知道她这是要离开，和几年前见到的她一样，简单的一只背包、一个人和一只猫，就去四处漂泊了。

“知道你要走，我来送送你。”

苍颜淡淡一笑，轻声说道:“谢谢你。”

姜枫的心不由抽痛了一下，他顿了一下，视线定格在苍颜脸上，“苍颜，我不知道这个时候该跟你说些什么，爸……他犯下的那些错法律不会绕过他，虽然法院还没判决，但我知道一定是重罪，他也算是遭到了惩罚……你原谅他，也原谅我，好不好?”

苍颜抹了一下眼角，说：“好”。

简单的一个字，原谅了所有的过去。

“谢谢你，苍颜!”姜枫的声音有些哽咽，发生了这么多事情，他们的心境都已变了。“你进去吧，我在这看着你。”

苍颜深吸了一口气，故作轻松地点点头，“我走了，你好好保重。”

苍颜进到进场的那一刹那，姜枫忽然对着她的背影大喊道:“苍颜，你记着，我是你哥——”

我是你哥——这简短的几个字久久回荡在苍颜耳畔。她抹了一把脸上的泪，淡淡一笑，别了，哥哥。

等机的时候她接到何小猛的电话，声音很急切，“苍颜，熙夜手机打不通，你跟他在一起吗？”

“他去了墓地吧。”

何小猛微微一愣，“那你在哪儿？”

“我……”

不等她回答，何小猛就说道：“夏爷爷去世了！”

苍颜的心像被什么揪了一下。夏爷爷去世了吗？

她以为他是不败的，可他最终还是败给了时间，败给了病魔！他走过年少、走过青春，走过中年，走过老年，终于在残酷的时间面前倒下了！

时间的确是残酷的，它没有人情，不会停留，迎接一个人的出世，然后用它独有的刻刀雕刻一个人的容颜，最后毫不留恋地送这个人离开这个世界。它的脚步从来不曾停息，没有爱恨地往前走……最终把它迎接来的生命都送走。

她无力地垂下手臂，缓缓闭上眼睛。爷爷，一路走好！

熙夜，再见！

“你就想这样走了吗？”

忽然响起的声音吓了苍颜一跳，她睁开眼睛看着一脸怒气的熙夜，忽然有些不知所措，他不是被她骗去墓地了吗，怎么会出现在这里？

她怔过神来，匆忙站起来抱着四月就跑，熙夜见此一把拉住她的胳膊，用力之大一下子让苍颜跌进了他的怀抱。

“傻瓜，我陪着你长大，看着你长大，你的想法我怎么会不知道。”熙夜紧紧箍着她，“你骗我去墓地，就是为了给自己争取逃跑的时间吧？”

苍颜被他大力钳制着，动也动不了，她只能靠在他胸前听着他有力的心跳，泪水一下子就浸湿了他胸前的衬衫。

“颜儿，我都不介意，我唯一介意的是你要偷偷地逃跑，偷偷地不要我。”

所有的坚持顿时土崩瓦解，她呜呜地哭出声音，爬在他胸前呜咽不清地说道：“夜，我再也不能做母亲，再也不能给你生一个孩子，再也不能了！还有我的胃，根本就没有全好，医生说我还要化疗，我不想让你看到我丑陋脆弱的样子，我不想我不想我一点都不想！”

机场广播开始播报起航的航班，她使劲儿挣脱熙夜的怀抱要跑，熙夜追上去不管不顾地扛起她就走，无论她怎样踢怎样打怎样哭他都不放手，他知道他一旦放了手她就跑了，跑到他不知道的角落躲起来自己忍受疼痛、舔舐伤口……

他再也不会放开她，再也不会了！

番外　团子和家

时间已在不知不觉中过去了三年。

苍颜坐在窗前，看着院子里一起玩耍的夏明宇和小团子，她脸上露出一抹微笑。夏明宇三年前就从公司退了下来，每天就陪着小团子，他脸上的笑容也渐渐多了。

魏明主动承担了所有的责任，说是他胁迫娅婻转账的，最终他被法院判处死刑，立即执行了。而娅婻在那场过错中从主犯变成了从犯，但她被抓入狱后没多久就疯了，后来她被转去了精神病院。苍颜和熙夜一起去看过她，只是她已认不出他们了，也不认得团子了。

苍颜有时候在想，忘记也好，忘记从前的那些不愉快就不会在回忆里疼痛。

熙夜那天把她从机场扛回来之后，她就再没想过离开。她接受化疗的时候一头长发都剃光了，熙夜不仅没有嫌弃她还鼓励她积极配合医生，她答应了，幸得上天眷顾，她的化疗已经结束，医生说只要不复发就没有大碍了。

今年她和熙夜结婚了，她本来不打算公开的，可熙夜却给了她一场盛大奢华的婚礼，他不在乎别人怎么看她，他只怕他的生命里没有她。

他们结婚后就收养了娅婻和钟怀古的孩子……

说到钟怀古，苍颜的眼睛暗了暗，娅婻疯了之后他曾去看过她几次，只是每次都会被疯狂的娅婻又踢又打地赶出来，后来他又去看过她几次，只是远远地看，再后来他就走了，走之前还把四月从她这里抢走了，他说，也算是还有一个念想。

姜瑾瑜那年被判决有期徒刑十五年，姜枫的公司破产之后被熙夜收购了过来，他则无事一身轻的又做起了背包客，四处漂泊去了……

肩上忽然一沉，苍颜扭头恰对上熙夜的眸子，她微微一笑，“你回来了。”

熙夜抬头看了一眼正玩得开心的夏明宇和小团子，嘴角浮起一抹笑意，“嗯，回来了。你就一直坐在这里看他们玩吗？”

“我玩得累了，进来休息会儿。”

熙夜坐在她身边，把她拥进怀里，“我听伯伯说你最近在研究厨艺，团子也嚷着要吃妈妈做的饭，恰好猛子一会儿要过来吃饭，你要不要露一手？”

苍颜的脸忽然热起来，她有些尴尬地扭过头去。

熙夜见她这样子大概也猜出她研究厨艺肯定没研究处个所以然来，眼中闪过一丝戏谑，“而且，我也很想品尝一番呢！”

苍颜忽然站起身来，对着窗外大喊一声，“团子，你爸要给咱们做晚饭，你同意吗？”

团子停下动作，望了一眼他们这边，忽然拍着手跳起来，

“我同意，不过我更想吃妈妈做的饭!”

夏明宇抱起团子，看着熙夜和苍颜，眼里尽是慈爱。他心底长叹一声，这个家也算是完整了!